NF文庫
ノンフィクション

新装解説版

飛行隊長が語る勝者の条件

最前線指揮官たちの太平洋戦争

雨倉孝之

潮書房光人新社

本書では、飛行隊長というものが航空隊においてどのようなポストだったのかを分かり易く綴っています。

非情なる戦いの場において、部下の命を預かるリーダーたちはいかに決断し、行動したのか。

敵弾の舞う大空の戦場に、陣頭指揮をとって飛び込む飛行隊長の苛烈なる空戦の日々を詳細に描き、かずかずの激戦を乗り越えた十七人の男たちの迫真の肉声を伝えます。

飛行隊長が語る勝者の条件——目次

写真提供／各関係者・雑誌「丸」編集部

飛行隊長が語る勝者の条件

■太平洋戦争・主要海空戦年表

16年12月8日　真珠湾攻撃（米英蘭に宣戦布告）
12月10日　マレー沖海戦
17年2月15日　シンガポール陥落
2月27日　スラバヤ沖海戦
4月5日　インド洋作戦
4月18日　ドーリットル帝都空襲
5月7日　サンゴ海海戦（8日まで）
6月5日　ミッドウェー海戦
8月8日　第一次ソロモン海戦
8月24日　第二次ソロモン海戦
10月11日　サボ島沖夜戦
10月26日　南太平洋海戦
11月12日　第三次ソロモン海戦（14日まで）
18年2月1日　ガダルカナルより撤収（4、7日）
3月3日　ビスマルク海海戦
3月27日　アッツ島沖海戦
4月7日　「い」号作戦開始
4月18日　山本五十六連合艦隊司令長官戦死
5月29日　アッツ島の日本軍玉砕
6月30日　米軍レンドバ島上陸
中北部ソロモン攻防戦へ移行
7月12日　コロンバンガラ島沖夜戦
7月29日　キスカの撤退
11月5日　ブーゲンビル島沖航空戦（第6次まで）
11月11日　米機動部隊、ラバウル大空襲
11月25日　マキン、タラワの日本軍玉砕
19年2月6日　ルオット、クェゼリン玉砕
2月17日　米機動部隊、トラック大空襲
2月20日　ラバウルから航空部隊撤退
3月31日　古賀峯一連合艦隊司令長官殉職
5月27日　米軍、ビアク島に上陸
6月19日　マリアナ沖海戦（20日まで）
7月7日　サイパンの日本軍玉砕
10月12日　台湾沖航空戦（16日まで）
10月24日　フィリピン沖海戦（26日まで）
10月25日　神風特別攻撃隊初出撃
20年1月9日　米軍、リンガエン湾に上陸
3月11日　「梓」特別攻撃隊ウルシー突入
3月17日　硫黄島の日本軍玉砕
4月1日　米軍、沖縄本島に上陸
4月6日　菊水作戦（6月22日まで）
4月7日　坊ノ岬沖海戦（「大和」撃沈）
6月21日　沖縄の日本軍ほとんど全滅
8月6日　広島に原爆投下

真の勇者

――攻撃四〇六飛行隊長・壹岐春記少佐の証言

中国大陸への爆撃行

『さあ、どうぞお上がり下さい』

壹岐春記氏はこころよく請じ入れてくださった。さして大きいとはいえない体軀に白髪、文字通りの温顔の持ち主である。この人が日華事変から太平洋戦争まで、二二六回もの航空戦の修羅場をくぐり抜けてきた戦士とはとても思えなかった。あとで詳しく語っていただくが、壹岐さんは太平洋戦争の劈頭、マレー沖海戦で、英国戦艦「レパルス」に魚雷をブチ込んだ主演の一人なのだ。

なのに、この温厚さはどうだ。戦後五〇年の平和の風が、戦士の猛々しさを洗い流したのか。いや、それだけではあるまい。

氏は飛行機乗りになる前の海軍少尉時代、戦艦「日向」に乗り組んで艦船勤務をしていた。そのとき飛行学生に採用されたのだが、艦長は、のちに中将になる杉山六蔵大佐だった。壹岐少尉が飛行学生に発令され転任の挨拶に行くと、艦長は、「お目出とう。だが、飛行機は車輪のついたのはよくない。フロートのついた方へ乗れよ」と笑いながら言われた。

『わたしは艦長に私淑していましたからね。その艦長の言葉でしたから、飛行学生へ行って希望をとられたとき、わたしはすぐさま水上機専修を希望していれられたんです』

やはり、天性すなおな方だったようだ。しかし、水上機乗りはわずか二年たらずで足を洗い、〝中攻乗り〟にかわる。

『九六陸攻が出る時代になりましてね、そっちの要員が足りないもんですから、三座水偵からも何人も行ったんです——』

ここでもすなおに配置換えに応ずる。

昭和のはやくから、いつかは予想される対米国艦隊戦に、海軍は南洋群島の島々に飛行場をつくり、そこから飛行艇を発進させて艦隊作戦に協力させる案をもっていた。その思想の発展した線上に、「八試特偵」を経て誕生したのが九六式陸上攻撃機（G3M1）だ。最大速力は一八八ノット、航続力二四七〇浬、搭乗員五名（定員七名）で雷撃も爆撃も可能な、海軍の待ち望んだ高性能機だった。昭和十一年に制式採用された。

この飛行機の初陣は日華事変の勃発直後に行なわれた、いわゆる〝渡洋爆撃〟である。長大な航続力をいかして、昭和十二年八月十四日、十五日の両日、台北と九州の大村基地から台風のあらしをおかし、東シナ海を飛び渡って中国杭州方面の敵航空基地と、首都南京への爆撃を敢行したのだ。

その後の九六陸攻隊は大忙しだった。漢口、広東攻略戦に参加し、さらに重慶、成都、蘭州、昆明と、大陸奥地の要衝へ足をのばして爆弾の雨を降らせた。活躍の成果はめざましかったが、それは決して安易に得られたものではなかった。昭和十五年八月に零戦が出現するまで、奥地爆撃への中攻隊は護衛戦闘機なしの裸で出かけていた。期待された高性能機だったが、敵戦闘機との交戦でいくつもの欠陥が露呈された。

壹岐氏も昭和十三年十月に高雄海軍航空隊付となって出征していらい、三年間の多くを中国戦線で、そんな中攻隊の苦労をつぶさになめる。第一三航空隊付として勤務していた十四年十一月四日の成都・太平寺飛行場攻撃のときも、飛行機隊は大きな被害をこうむった。こともあろうに、奥田喜久司令の搭乗機が撃墜されたのだ。

――ふつう、われわれが考えると、司令みずから飛んで指揮するというのは非常に珍しいように思うんですが。

『そうなんです。このとき、一連空、二連空を一緒にした大々的な攻撃をやることになりました。そして、その指揮は二連空司令官の大西瀧治郎大佐が「俺がとる」とおっしゃったそうです。けれど奥田さんもそういわれて、「では、行って下さい」とは言えんでしょう。一三空の司令、陸攻隊の主柱ですからね』

通常の攻撃であれば、指揮官は分隊長、飛行隊長、せいぜいその上の飛行長までだ。

当時、太平寺飛行場に敵爆撃機、戦闘機多数集結の情報が入っており、一三空の三六機のほ

昭和17年７月、新竹空教官時代
九六陸攻・操縦席の壹岐少佐。

か木更津、鹿屋各一八機、計七二機で大空襲をかけ、一挙せん滅の計画をたてたのだ。が、敵戦闘機は三〇数機と見込まれ、白昼、しかも裸の攻撃隊に危険は多分に予想された。

その日、午前八時に漢口を発進し、五二〇浬の航程を翔破して午後一時四十分頃には、成都市街が見えてきた。やがて、太平寺飛行場もハッキリしてくる。さらに西のほう遠く、チベット高原に連なるハヤンカラ山系の白雪をいただいた姿がくっきり浮かび出してくると、敵戦闘機E16が壹岐隊の左前方から襲ってきた。曳痕弾がサッと流れる。さらに切りかえすと、こんどは左後上方からかかってきた。

『そのときにね、私の飛行機が真っさきにガソリンを吹いたそうですよ。白い煙のように。そいつに曳痕弾か焼夷弾を撃ちこまれますと、火災になりますからね。それで列機は、「ああ、とうとう壹岐中尉はやられた。もう今日はダメだ」と思っとったそうです』

だが、そのタンクは小さかったので、燃料が流れ出しただけですんだ。間もなく爆撃も終了したのだが、その直後であったか、奥田司令機がやられてしまった。

『わたしは二中隊二小隊の一番機におりましたから、編隊ぜんぶがよく見えるわけです。すると、E16六機ぐらいが、こうパパパッパッと下から撃ちあげてきたんです。指揮官の一番機を狙ってきますからね。だが、こっちには前下方に対する機銃がないんです。まったく、死角を狙われてしまいました』

撃ち終えた敵機は、すばやく宙返り反転をやって体をかわしていった。奥田司令搭乗の総指揮官機が右翼付根付近から火焔をふき、急激に降下しはじめた。そして、燃えながら二〇〇〇メートルも突っこんだと見えたころ、焼けた両翼が飛び散った。胴体だけになった総指揮官機はまるで鉛筆を投げつけたかのように、地上に激突したのだ。この日の戦闘で、一三空は司令と一緒に乗っていた細川直三郎飛行隊長、森千代次先任分隊長という、航空隊の要になる主要幹部を一挙に失ってしまった。

九六陸攻は、当時、胴体上部に二〇ミリ機銃一梃、七・七ミリを胴体両側のスポンソンに各一梃、前部にも二梃もっていたが、前下方に向ける機銃がなかった。

かねてからの戦訓により、現地部隊では、護衛戦闘機をともなわない奥地強襲には、ぜひとも、前下方にも撃てる射撃兵装の強化が必要であるとの意見を提出していた。この強い要望で、すでに漢口の航空廠（特務艦「朝日」の工作部）で一部の中攻に改修工事がはじめられていた。操縦席後方の両側窓縁に、七・七ミリを前上方に向けて撃てるよう、またさらに、爆撃照準窓から前下方に射撃できる、簡単な改造作業を臨時の緊急工事として開始していた。

十一月四日の太平寺飛行場空襲は、そんな工事に取りかかった矢先に実施されたので、敵戦闘機の巧妙な戦法は、わが方の虚を完全についた形になってしまったのだ。

開戦前の猛訓練

太平洋戦争開戦三日目の昭和十六年十二月十日にマレー沖海戦が生起して、日本海軍はイギリスの最新鋭戦艦「プリンス・オブ・ウェールズ」とおなじく戦艦「レパルス」を撃沈して、全世界をアッと驚かせた。この事実に、あの剛腹なチャーチル英首相すら言葉を失うほどに愕然としたと記録されているが、戦艦どうしでの撃ち合いでならまだしも、わずか八五機の中攻隊にしてやられたのだから無理もない。当時、大尉だった壹岐さんは鹿屋海軍航空

隊の分隊長として、この海戦に重要な役割を演じた。その飛行機屋の氏さえも、

『わたしたちは、少なくとも何発かの魚雷や爆弾は当てられる。これは誓ってやれる。そして敵艦を動けなくし、攻撃力をなくすことはできる。けれど、目の前であの巨大な戦艦が沈んでいったのを見たときは、ホントに不思議に思えたくらいでした』

と回想するほどなのだから、世界中の海軍がびっくり仰天したのも当然だったろう。ハワイ空襲のときは、碇泊艦隊への攻撃だったが、今回は海上を自由に航行し、回避し、しかも猛烈な砲火を撃ち上げてくる艦隊への雷爆撃だった。これで〝戦艦対飛行機〟の論争に、どちらへ軍配を上げるかは明らかとなった。

このときの壹岐大尉の搭乗機は一式陸攻だ。昭和十六年四月に制式化され、鹿屋空も九六式陸攻から機種変更され、全七二機が、台湾の台中基地へ進出したのは昭和十六年十一月末であった。当時の一式陸攻は一一型で、最大速力二三〇ノット、航続力二三一五浬、火器は最初から二〇ミリ機銃一、七・七ミリ四梃と強化されていた。雷撃も爆撃もともに可能なのはいうまでもない。

『スロットルを入れますとね、離昇出力一五三〇馬力。独特のピーンという力強い爆音をたてて軽快にあがっていく、とても操縦性のよい飛行機でしたよ』

しかし、海軍最新鋭機を駆って攻撃を加えたとしても、世界海軍の常識をくつがえす驚異的な大戦果をあげるには、さだめし、事前の準備や訓練になみなみならぬ苦心があったであろう。

『攻撃の訓練としては爆撃と雷撃ですね。雷撃の方は、当時は五〇から一〇〇メートルくら

い の高度で投下することにしていました。そうしますと、あとの研究会で鉄砲屋の連中が、あれでは魚雷を落とす前に、高角砲と機銃で十分撃墜できるというわけなんですよ。それで、雷撃では、七〇パーセントから七五パーセントくらいは墜とされると覚悟していました。常識になっていました』

ところが、十六年九月中旬ころから、鹿屋空の半兵力、三コ中隊は特命をうけて〝浅深度雷撃〟の訓練をはじめた。

『航空隊の分隊長は、本来の分隊長の仕事以外にいろいろ担任をもっていました。雷撃の指導とか、衛兵司令とか飛行場係将校とかね。わたしは雷撃の方を担当していました。

浅深度雷撃というのは、発射高度一〇メートル、機速一七〇から一八〇ノットくらいで雷撃する訓練なんです。水深の浅い海面でやるために。そんなに低いと、最初はプロペラで海面を叩きそうな気がするんですよ。それで、だんだん高度二〇から、つぎに一五、そして一〇メートルと下げていって、しまいには一〇メートルでも何でもなくなりました。

ところで、どこをやるんだろう、マニラ湾のキャビテだろうか？　とわたしたちは話していました。艦攻隊の真珠湾攻撃は、もううすうすわかっていましたがね。

それとですね、基地移動訓練。南洋諸島に飛行場を造りましたから、そこへ飛んで行って作戦基地として使おうとする場合、天気がちょっと悪いと小さな島だから見つからないんですよ。それでは困るから天測をしっかりやり、航法をきちんとやって間違いなく移動できる訓練を厳しくやったんです。昭和十六年の春には、わざわざ中攻隊の大部で南洋へ移動訓練をしました。そのあとも、夜に鹿屋を発って台北へ行くとか、高雄の航空隊を出て、夜間、鹿屋に着くとかの訓練を厳格にやったもんです』
海軍のなかでの航空の重要性が増大してくると、全外戦航空兵力を空母部隊と基地航空部隊の二つに分割することになった。この案にそって編成された陸上航空外戦兵力が、第一一航空艦隊である。二一、二三航空戦隊をあつめて航空戦隊をつくり、三コ航空戦隊で航空艦隊を構成したのだ。昭和十六年一月十五日に発令。第一一航空艦隊は連合艦隊司令長官の指揮下に入り、軍艦を持たない飛行機だけの、まったく斬新な、独立した戦略部隊として運用されることになった。
とすると、麾下の各航空隊は指令一下、たとえ遠距離でも、定められた地点に、すみやかに確実に展開できる機動性能力を有していなければならない。第二二航空戦隊の配下にあった壹岐大尉の鹿屋航空隊も、そんな基本的部隊訓練に努力したというわけだ。

英戦艦「レパルス」を雷撃

さて、いよいよマレー沖海戦の当日である。この日の戦いは、壹岐分隊長にとっても長い戦歴のなかでのハイライトであった。だが、とかく本当の勇者というのは手柄話めいたことはしゃべりたがらない。壹岐氏もそうだった。じつは、第一回目のインタビューでは素通りされてしまい、二回目の訪問でようやく海戦の模様をうかがったのだ。それも、話にケバケバしさはなく、きわめて抑制された語り口であった。
『わたしたち鹿屋の三コ中隊はぜんぶ雷撃なんです。午前八時十四分、三六機そろって出発しました。針路は一八七度、真南より少し西にふれて高度三〇〇〇で南下しました。天気はずーっと全コース快晴でした。

予定した地点に来てみると、西の方、マレー半島にはうすく雲がかかっていましたが、シンガポールははっきり見え、スマトラのむこうにインド洋もよく見えるんです。ところが、敵艦隊らしいものは見えんのですよ。それで十一時四十五分でしたか、そこはもう基地から六〇〇浬地点でした。

そうしたら敵情が入りまして、主電信員が受けた電報で敵艦隊の位置をチャートにいれてみると、マレー半島の陸上になってしまうんですよ』

これは、どうやら当日鹿屋隊が使用する暗号について、送信側と受信側の取りきめに誤りがあったからのようだ。飛行機隊が敵位置をいっこうに了解しないのを心配した、ツドウム基地の藤吉直四郎・鹿屋空司令は、司令部に電話して平文（ひらぶん）で送信してくれるよう依頼した。宮内七三飛行隊長の指揮する鹿屋三コ中隊が、やっと敵情を知ったのは一三〇〇（午後一時）頃だった。位置を入れてみるとクワンタン沖である。わかった。ただちに西方へ変針、敵艦隊所在予想地点に向かった。

『三〇〇〇ぐらいで飛んでいきましたら、上空は快晴なんですが、下に雲がありましてね、雲量六か八くらいだったでしょう。困ったなぁと思っていたら、右手前方の雲の峰の間に水上機を一機見つけたんです。あ、これはここに居る、と私は思いました。そして雲の切れ間から、艦首に白波をけたてて走っている艦隊がチラッと見えたんです。

宮内指揮官機も同時に敵艦隊を視認し、一三四八（午後一時四十八分）に大きく翼をふって、ゆるやかに左旋回しながら雲の下へ突入していきました。第三中隊の私は右旋回で雲下に出ました。雲の下際は三〇〇から四〇〇メートルぐらいでしたろうか、前方一〇マイルばかりのところに敵艦隊がハッキリ見えたんです』

前衛に三隻の駆逐艦を配置し、一番艦「プリンス・オブ・ウェールズ」、二番艦「レパルス」の順に縦陣を組んで航行していた。

『わたしは、その速力を二二ノットと判定しました。高度を下げて雲の下側に出ると、敵の機銃や砲弾が、文字どおり雨あられと降りそそいでくるのを見て、まったくびっくりしました。これじゃやられると思って、ちょっと高度を上げて雲の下際に入ったり出たりして接敵したんですよ。そして、初めてわたしは一番艦に向かったんです。

すると、間もなく一番艦の右舷艦橋より少し後方に、真っ白な大きな水柱があがりました。一中隊の魚雷が命中したんです。そのとたん、「ああ、当たった！　こりゃあ当たった！」と思いました。水柱なんて、日本海海戦の絵で見たことはありましたが、実際に見るのは生まれてはじめてですからねぇ、感激でした。それからじきに、二本目の水柱が艦尾付近から立ち昇ったんです。

それですぐ私は、「よし。これで一番艦はよし、二番艦に向かおう」と即座に決心しました』

「プリンス・オブ・ウェールズ」は沈没しないまでも、行動力、戦闘力はいちじるしく減退するであろう、あとは水上部隊や潜水部隊の手にまかせればよいと、とっさに判断したのだと壹岐氏は語る。それに、出発前、宮内攻撃隊は、一中隊は一番艦、二中隊は二番艦、三中隊は打ちもらした艦に適宜にかかると、あらかじめ打ち合わせができていたのだ。

『そこで、左前方にいた「レパルス」の右舷から襲撃しようと思ったんですが、急に「レパルス」が面舵一杯で右へ回り出しました。で、わたしは、左舷からの攻撃に切りかえたんです。うちの二番機、三番機は一本棒になって続行しました。ですが、二小隊、三小隊は大きく左へまわって、艦尾側から右舷にまわりこんで、期せずして平素の訓練どおり、両舷から同時挾撃のうまい態勢になりました。

主操縦員でもある私は、旋回する「レパルス」を狙ってもう一生懸命です。小隊長の矢萩飛曹長が、「距離一五〇〇、高度五〇メーター」「一三〇〇、三〇メーター」と伝声管で伝えてくるのを聞きながら、高度計をチラッと確かめては、目測して照準しました。そして、ここぞというところで、「ヨーイッ」「テーッ！」と魚雷を投下したんです。それにしても、敵の防御砲火はじつに猛烈でした』

マレー沖海戦で中攻隊の猛攻撃を受ける英戦艦レパルス（上）とプリンス・オブ・ウェールズ。

と語る、そのときの壹岐さんの心と頭のなかは、ただひたすら魚雷を命中させることだけに占められ、生とか死とかの入りこむ一分のスキ間もなかったのではなかろうか。人間である以上、恐怖の念もわこう。しかしそれは、生ずるとすれば魚雷発射後、避退にうつってからではあるまいか。

『機銃には曳痕弾が入ってますから、まるで真っ赤なアイスキャンデーの棒の束が、みんな自分に突きささってくるように見えるんです。そして、目の前にくるとサーッと両側に分かれていくんですよ。それだけでなく、振りまくように撃ってくる機銃弾や砲弾の弾片が、まわりの海面に落下して、ちょうど土砂降りの夕立で、水たまりの水面にはげしくしぶきがはね返るように見えました。低空をはって行きますから、ハッキリわかるんです。大陸の戦場で浴びてきた防御砲火とは、とてもくらべものになりません。

左へ旋回して避退したんですが、「レパルス」の左舷に沿って一五〇メートルぐらいの高度で飛んだんです。機銃掃射をしながら飛び過ぎると、甲板の状況や、乗組員が雨合羽みたいなものを着ているのまでよく見えました。

そのときでした。偵察員の前川一飛曹が、「分隊長、当たりましたっ!」と叫んだんですよ。二番機がやられたのは、それと同時だったでしょう。わたしの右前の下方の海へ突っ込みました。すると、また前川兵曹が、「また当たりましたーっ!」と報告してきたんです。そして、これもほとんど同時でしたが、今度は三番機が火だるまになって、二番機からすこし左へ離れたところへ突っ込みました。落ちたとたん、ワーッとガソリンの炎が燃えあがりました』

敵は、左舷から先頭で近づいてきた第一小隊を終始ねらっていた。右舷に移った六機は裏へ回った態勢になり、比較的撃たれなかったが、狙われた壹岐・第一小隊は二機まで撃墜されてしまったのだ。壹岐機も帰還後にしらべてみると、被弾一七発だった。

しかし、効果は高かった。小隊の発射魚雷三本のうち、二本の命中を確認、壹岐中隊長はそれを二番機、三番機によるものと報告している。

マリアナ方面で索敵任務

昭和十七年の春から、壹岐大尉はしばらく後方にさがって教育部隊に勤務する。そして、十九年三月、ふたたび戦地へ赴任したときは、戦勢はすっかり暗転していた。

『人事局の発令ミスがありましてね、グアムやらペリリューやらをあちこち動いたんですが、結局、わたしはグアムの攻撃第七〇一飛行隊の飛行隊長として落ち着きました。そして、五月の十五日、巖谷二三男少佐の攻撃第七〇六飛行隊と基地配備を交代することになったんです。わたしは一式陸攻二七機をひきいて、グアムで別れの盃をあげると、トラックの春島第一基地へ進出しました。

トラックは二月に機動部隊の大空襲をうけていましたからね、敵はきっとトラック諸島を占領するだろうといわれ、それで玉砕覚悟で行ったんですよ。

ところが、この基地ではただ一つの飛行隊でして、わたしは飛行隊長だけでなく、防衛やら何やら基地指揮官も兼務することになりました。ここでは毎日、北から南東にかけて約七〇〇浬の哨戒飛行を実施したんです。こっちへ一機、向こうへ三機というように数機、扇形に出すんですけど、当時われわれは〝食われる〟といってましたが、敵機と遭遇しては「ヒ連送」を出して未帰還になり、一機へり二機へりして、どんどん減っていきました。ですが、そういうところですから、補充の飛行機がこないわけですよ。

そんな六月九日だったですかな、哨戒機の一機が西航中のアメリカ機動部隊を発見したんです。つぎつぎと敵情を報告してきましたが、やはり「ヒ連送」で帰ってきませんでした。これが、マリアナ来襲の敵機動部隊発見の第一報だったわけです。

ひきつづいて敵情を知るために、索敵触接機を夜も昼も発進させるんですが、とうとう六月十一日には保有機数が七機になってしまいました。北方へ向かった索敵機は、敵発見電報を打ってから未帰還になったんですが、朝、北東へ出した索敵機は敵を見ずに帰還したんです。そうしているとき、夕方、司令部から〝サイパン・テニアン東方にいる機動部隊の情況を偵察せよ〟という命令がきたんですよ。

それで、分隊長の大矢正夫大尉（海兵六五期）が「隊長、では私が行きましょう」と申し出てくれましてね。「じゃ、帰ったばかりでご苦労だが行ってもらおうか」と、出したんです。ところが、夜になったので暗くて海上がわからない。結局、敵を発見できずにテニアンに着陸しました。無事着陸で一応、安心したんですが、翌日は朝から激しい空襲でした。その情況を電報してくるんですが、そのうち乗っていった飛行機もやられて、ついに彼は脱出できなくなってしまいました。

そんなわけで、連日の索敵と哨戒で飛行機を失い、マリアナ東方海面での未帰還機を最後に、可動機がついになくなってしまったんです』

これでは戦さにならない。壹岐飛行隊長は春島第二基地の二二航戦司令部へ出頭し、許可を得てたった一機のこった要修理の一式陸攻を駆り、六月十四日早朝、補充機の依頼にダバオへ飛んだ。風防が破損しており、ベニヤ板を張った飛行機に空輸員を六組乗せて出発したのだ。途中、敵哨戒機をうまくまいて夕方ダバオへ到着する。だが、ダバオには、二二航戦司令官からの機材受け入れ依頼の電報はまだ着いていなかった。しかし、有馬正文二六航戦司令官の非常な好意で、七五一空への補充用機のうちから、六機をさいてもらえることになった。こうして、攻撃七〇一飛行隊はふたたび任務を開始することができた。

銀河でレイテ沖海戦参加

『「銀河」はいい飛行機だったですよ。とても軽くて、わたしは名機だったと思います――』

と壹岐氏は語るのだが、長年乗りなれてきた九六式や一式の陸上攻撃機から、陸上爆撃機へ変わるについては、ちょっとしたいきさつめいたものがあったようだ。

『――マリアナ沖海戦のまえ、グアムに銀河隊がおりましてね。初めて銀河を見ました。江草隆繁さんが飛行隊長で、それを見てますと、みな単発の艦爆出身者だから、双発の編隊に慣れていないんですね。こんなに開いているんですよ。

それで私たちは、これはまずい、もっと緊密に編隊を組んで防御銃火を集中できるようにしないと、戦闘機にたかられたとき、個々にやられてしまうと話していたんです。

艦爆出身者は降下爆撃はできるが、雷撃をやったことがない。中攻出身者は雷撃はやれるが降爆の経験がない。そういう意味ではどちらも同じマイナスをもっている。しかし、中攻経験者は双発機の編隊に慣れている。だから、銀河へは、陸上攻撃機から行った方がいいんじゃないか、と話していました』

壹岐さんは昭和十九年七月十日付で横須賀鎮守府付に発令され、七月二十五日に内地に帰り、八月一日付で銀河隊の飛行隊長に補任されるのだが、こういった発言も、人事異動に作用していたのではないか、とご自身推測している。

銀河は、最高速力が三〇〇ノットをこえ、搭乗員三名でありながら航続距離は三〇〇〇マイル。しかも八〇〇キロの爆弾をつかう急降下爆撃と、魚雷をかかえて雷撃も可能な陸上爆撃機だったのだ。

こんな最新鋭機に搭乗して、壹岐・攻撃第四〇六飛行隊長は昭和十九年秋の比島沖海戦に参加する。戦況は、数ヵ月まえの攻撃第七〇一隊長時代よりはるかに悪化していた。

攻撃四〇六は佐多直大大佐を司令とする第七六三航空隊に所属しており、十月なかば、壹岐隊長は司令とともに比島のクラーク第一基地へ進出していた。十八日には、捷一号作戦が発動されている。連日、この基地へ降着してくる銀河や陸攻を収容しては整備、補給のうえ、飛行機隊を編成して作戦を実施するのが、当時、七六三空司令にあたえられた任務の一つになっていた。

『十月二十四日の午後、「在クラーク第一基地の銀河は全力を以て、レイテ東北方の敵空母群を攻撃撃滅せよ」という命令が出されました。それで、集めてみると全部でたった八機だったんです。〝ああ、これが最後の攻撃になるな〟と思いましたねぇ、そこで、わたしも指揮官として出撃することに決心したんです。

今日こそ、どこでどう死ぬかわからんと思いましたから、初めて遺書というものを書きました。なにしろ、集めた飛行機はわたしの攻撃四〇六のほかに四〇一、五〇一などで、自分の機の搭乗員のほかは、名前を技量もわからんのです。

あの頃は、そういう攻撃隊が多かったんじゃないですか、ほかにも。もう末期的症状でした。昭和十九年三月に空地分離するまでは、一つの航空隊のなかに飛行隊があり分隊があって、ちゃんとやっていたんです。いくら階級組織になっておっても、そこには人間同士の、生きた通いあうつながりがありましたが、あの時期、そんなことを言っておられない情況に追い込まれていたと思うんです。それで、これが最後だから、飛行隊長みずから出撃しなきゃいかんと考えて、「私が行きます」といって出たんですがね』

夕方近く、八機の銀河隊は、佐多司令や田中次郎副長たち全員の帽振れで見送られて離陸した。

『レイテ沖に向かって飛行中、スリガオ水道を右前方に見ていると、空中に高角砲弾の炸裂する閃光と黒い煙を発見したんです。よく目をこらすと、その下に戦艦がいる。「武蔵」でした。上空のグラマンを射っているんです。

すると、二〇機ばかりのF6Fがわたしたち八機にかかってきました。二〇ミリで猛射したんですが、こいつがしつこく食いさがってくるんですよ。

こりゃあ、いったん避退した方がよいと思いまして、前方の真っ黒く突っ立った大入道雲に突入しようとしました。機首を突っ込んで増速したり横滑りしたりして、敵弾を避けながら空戦をつづけたわけです。

そのうち列機は一機へり、二機へりして、とうとう三機になっちゃったんです。やっと雲に入って、雲のなかをぐるぐる飛ぶことにしました。出ればグラマンが待ってますからね。ちょっと顔を出してみると、敵も追跡を止めた様子なので、たった一機になって、東へ飛びました。日はもう沈んでまして、真っ暗ななかを敵機動部隊の方向へ飛んだんです。そのとき、電信員が、「敵は東方に逃走して位置不明、引き返せ」という電報を届けてきました。しかたなく、反転して基地へもどることにしたのですが、あのときの列機の名前はいまだにわかりません』

最初から片道雷撃の計画で燃料を搭載していたので、帰還の途中にガソリンがなくなり、エンジン停止、グライドして海上に不時着水したのだった。壹岐氏は水上機出身、夜間着水には経験があったので、うまく降りることができた。そして、幸運にも陸軍部隊に救助され、一週間後の十月三十一日、クラーク基地に帰着することができた。

〝弱虫〟は飛ばされる！

昭和二十年に入っても、壹岐隊長と銀河のつきあいは続くのだが、氏はまたこうも語る。

『よい飛行機だったけれど、欠点もあるんですよ。電気系統に絶縁が悪いとか、部品不良だとかで、故障を起こすんです。飛行機そのものはどえらく長く飛べますし、降爆も雷撃もできて操縦もしやすい飛行機でしたが。

当時、日本海軍は世界にないようなやつを造るんですね。ゼロ戦もそうでした。一式陸攻にしても、雷撃と爆撃ができて、しかもあの程度の機体であれだけ長く飛べるというのは外国にも例がない。ただし、その裏には〝無防備〟という弱点がありました』

　ここで、壹岐氏のことばは海軍の軍備思想、戦術思想にもおよんだ。

『——あの頃、わたしがもし、これではやられるからここに防弾アーマーをつけてくれ、というようなことを言ったら、わたしはすぐどこかの練習航空隊へとばされましたよ。あくる日にね。当時の海軍の考え方では、「ああ、あいつは駄目だ、弱虫だ」といって、とばされちまうんです。

　現にそういう人がいました。さっきお話した漢口におるとき、二連空で蘭州攻撃についての中隊長会議の打ち合わせのさい〝前方に銃座をつけなければ、私は部下を死地に連れて行くことはできません〟といったふうな表現で意見をのべた人がありましたが、その人はさっそくあくる日、転勤させられてしまいました』

　——しかし、敵にやられないようにするということは、何度でも戦闘に出かけられるし、新しいパイロットを養成するのと同じはずですよね。

『まったく同感です。それでね、実はマレー沖海戦がすんで、二月十五日だったですかな、シンガポール攻略もかたがついて、わたしらの航空隊は整備休養に入っておった。野球をやったり、バレーをやったり。そうしたら連合軍の艦隊が北上してきました。さあ、これをやれ、というわけです。

　わたしの分隊は、必ずいつでも九機は飛び出せる準備をしていたので、すぐ出発しました（筆者注、ツドウム基地を一二三〇〈十二時半〉に）。それで、艦隊の速力とこちらの速力を考えあわせてみると、だいたい明るいうちに爆撃できる目算がつきました。ところが、敵サン、反転して南の方に逃げ出したんです。

計算してみると、日没後おおよそ三〇分かもう少し遅くならないと、追いつかんことになりました。それで、わたしはこれは無理、と判断して独断引き返したんです。というのは、雷撃は別ですけど、爆撃はね、高度三〇〇〇以上になりますと下はもう暗いんですよ。だから照準しても見えない。逆に、夕日で、こちらは明るく下から見えます。昼間と同じで、撃たれるとよくあたります。結局、こういう状態での攻撃は被害ばかり多くて、こっちの爆弾はあたらない。そう計算してわたしは反転したんです。

そしたら、途中で、小一時間遅れて出発した僚隊の二コ中隊と行きあいました。彼らはそのまま進んでいきました。けれど、一発もあたらなかったんですよ。一七機いきましてね。全機被弾。これらの中隊は遅くなってもう帰れないから、ボルネオのレドとかカハンの基地に着陸したんです。そこは初めて夜間着陸するところなので、三機ぐらいが失敗して飛行機をこわし、搭乗員も戦死しました。

わたしは、〝戦争は計算だ〟と思うんですよ。横空に戦訓調査班というのがあって、その人たちがツドウム基地に来て、ひどくは非難しなかったけれど、あのときは追撃戦だったから引き返さず、そのまま進撃すべきだったという判断を下していました。わたしは何も言わず黙っておった。しかし、追撃戦で追っかけていって戦果ゼロ、被害のみ。いまだに私は、あのときの判断はよかったと思っています。

このことについては、その後、まあ、わたしの顔をたててくれたんでしょうけど、司令部の命令でひきかえしたことになっているんです。だけど本当は、自分の考えで反転しました

（筆者注、防研戦史叢書「蘭印・ベンガル湾方面海軍進攻作戦」には、「日没迄ニ基地帰投ノ出来

ザルトキハ攻撃ヲ止メ帰レ、日没二〇二一一六四〇」の電を受け、一中隊は反転、と記されている）。ただむやみに進撃するだけでは十分とはいえません。ちょっと計算して、ということを当時も考えていたし、いまでも間違いじゃなかったと思っています』

〈軍歴〉明治四十五年五月五日、鹿児島県に生まれる。昭和九年十一月、海軍兵学校卒業、六二期。「八雲」乗組。昭和十年、「青葉」乗組。昭和十一年四月、任海軍少尉、「日向」乗組。同十二月、海軍練習航空隊第二八期飛行学生。昭和十二年九月、佐世保海軍航空隊付。同十二月、任海軍中尉。昭和十三年三月、館山海軍航空隊付。同八月、木更津海軍航空隊付。同十月、高雄海軍航空隊付。同十二月、第一三航空隊付。昭和十四年十一月、任海軍大尉。昭和十五年一月、鹿屋海軍航空隊付。同十月、鹿屋海軍航空隊分隊長。昭和十七年二月、木更津海軍航空隊分隊長。同四月、新竹海軍航空隊分隊長。同十月、新竹海軍航空隊飛行隊長兼分隊長。昭和十八年十二月、宮崎海軍航空隊飛行隊長。昭和十九年二月、第七五五海軍航空隊飛行長。同五月、任海軍少佐。同八月、攻撃第四〇五飛行隊長（七六二空）。同十一月、攻撃第四〇六飛行隊長。この職務のまま第七〇五、ついで第七六二海軍航空隊に編入。昭和二十年七月、豊橋海軍航空隊飛行長。昭和二十七年七月、警察予備隊へ入隊。昭和二十九年九月、航空自衛隊へ転じ、昭和四十年四月、退職。

鶴翼の陣

——空母「瑞鶴」飛行隊長・高橋定少佐の証言

緒戦は比島で戡定作戦協力

高橋定・元艦爆飛行隊長への訪問であるが、氏の実戦歴も長い。昭和十二年七月の日華事変勃発当初から二十年終戦までのあらかただから、何と八年だ。その後半の、太平洋戦争出征からインタビューは始まった。

昭和十七年二月、九機の九九式艦爆をひきい、フィリピンのニコルスフィールドへの着陸が隊長の戦地入りだった。

『第三一航空隊という、第三南遣艦隊に所属する特設航空隊でした。バターン半島のマリベレスに敵の基地がありまして、非常に深い横穴を掘り、そこにマッカーサーが立て籠って、フィリピン全土の敗残兵の指揮をとっていたんです。まだ、コレヒドールは陥ちていません。

そこで三一空が出かけて行きまして、戡定(かんてい)作戦と言いますが、敗残兵を鎮圧しながら、豪州とマリベレス間の輸送をまず遮断する。そしてマリベレスとコレヒドールを陥落させようと、そういう目的で行ったんです。九九艦爆常用九機、補用三機のちいさな航空隊でしたから、飛行長も兼ねました。

ほかに、中攻部隊や制空隊の零戦部隊もクラーク基地におりまして、二、三回、中攻の八〇〇キロで爆撃したんですが、コレヒドール要塞のペトンは厚くて貫けない。で、これは止めまして、燃料、弾薬や食料、水を補給する輸送船をカットするために、急降下爆撃でねらったんです。つまり糧道を遮断して、敵を降伏させようとしたわけです。

この作戦中にマッカーサーが逃げ出しましてね、高速艇で。われわれみんな、それを見とったんですよ。マッカーサーが乗っていたというのは後で知ったんですが、ああ、あれがそうだったのか、というわけでした。ですが、当時はマッカーサー〝将軍〟といったって一敗将でしたから、別に深追いもしませんでした』

そんな三月下旬、部隊のK中尉機が対空砲火に撃たれ、マリベレス基地の東方約一〇〇〇メートルの海上に墜落したことがあった。

K中尉たちは落下傘で降下し、マニラ湾を漂流しはじめた。それを知った高橋隊長は全機出動させて敵陣の機銃を制圧し、その制圧下に三南遣司令部の九〇式大艇が着水し、三時間後に二人を救出した。わずか数時間の敵前漂流で、顔は真っ赤に焼け、頬はこけ、眼は落ちくぼんでしまっていたそうだ。

昭和18年4月7日、「い」号作戦時、出撃を前にした高橋隊長。

戦後とかく、このような場合に「人命を軽視

した日本の軍隊は、救助に最善をつくさなかった」と評されることが多い。しかし、いまの例のように、

『助ける手段があれば必ず助けます』

という氏の断言だった。

やがて昭和十七年五月七日、コレヒドール占領。翌六月なかばに、高橋隊長は「瑞鶴」飛行隊長に補任される。直前にミッドウェー沖での大敗があり、有力空母四隻が撃沈されたのだが、氏の転任は、直接それとは関係がなかったらしい。前任者が戦死したわけでもなく、定期的な人事異動であったようだ。

——それで今度は、十七年八月下旬の第二次ソロモン海戦に参加される。このときは敵が発見できず、やむをえず引き返されたわけですね。

『あれはですね。実情を申しますと、「翔鶴」「瑞鶴」から八月二十四日午後一時、第一次攻撃隊が出発しました。敵位置がはっきり確認できないまま索敵攻撃です。そうしたら、この攻撃で敵母艦は火災を起こした。「エンタープライズ」が、ガダルカナル島東方約二〇〇浬を東へ逃走中であると。

わたしは二次攻撃隊をつれて、午後二時に出発する予定でした。そして発艦寸前に、いまいった敵情を知らされたわけです。予定を少し遅れた二時十分でした。

けれど、ガ島東方といったって、ガ島のどの地点から二〇〇マイルだかわからない。敵が東へ逃げているなら、予想地点への針路より三度東へ振って飛んで行かなければならない。ところが、その母艦「エンタープライズ」は火を消し止めて、逆に西方、ガダルの方向へ向

かっていたんです。もっとも、これは帰って着艦後に調べたんですが。

だから、会敵予想地点へ着いても敵がいない。で、そこから九〇度右へ針路をかえて、燃料の許すかぎりガダルへ向かって飛んだんです。しかし、敵は全力をあげてガ島へ進んでいたので、ついに発見できなかったわけです。仕方なく引き返したのですが、とうとう燃料がなくなりましてね、わたしの前に緊急着艦を要求していた機があったんですが、間に合わなくなって海上に着水しました。それからわたしが着艦して、そのあと、また着水する機が出ました』

——二次攻撃隊までが、どうして敵位置不明というような状況で、進撃しなければならなかったのでしょうか？

『それは、第一次攻撃に行った飛行機が全機墜とされたからなんです。「瑞鶴」艦爆は、わたしより兵学校が五期後輩の大塚礼次郎大尉が九機率いて出たんですが、一機も帰らない。だから、一次隊からの敵情がフィード・バックされなかったというわけです』

ならば、なぜ「瑞鶴」艦爆隊全機未帰還というような事態におちいったのだろう。

端的に言って護衛戦闘機の不足であった。「翔鶴」艦爆隊長・関衛（まもる）少佐が指揮する一次隊は、艦攻一二機、艦爆三〇機、合計四二機だったが、護衛する戦闘機はわずか九機だった。高橋隊長の二次隊にしても、艦爆二七機、艦攻一二機、合計三九機にたいし、戦闘機は九機であった。

『ついてくる戦闘機は、多ければ多いほどいいんですけど、司令部では、敵の防空戦闘機がどれくらい出てくるかを予想して攻撃隊を出発させるわけです。

一艦には、艦爆は二七機を載せ、雷撃をやる艦攻は一八機をのせています。そして、戦闘機は二七機です。そうしますと、いざ戦闘というとき、味方母艦の警戒にも戦闘機を残さなければならないし、攻撃隊の護衛にもつけなければなりません。

敵の部隊にとりついたとき、たくさんの敵戦闘機が上がってきて、その機数が、こちらの護衛戦闘機がわたりあえる以上に多いと、艦爆、艦攻の邀撃にまわってくるわけです。そういう余力を与えないように対抗できるためには、護衛戦闘機が何機必要かという問題になります。

二七機の戦闘機のうち、九機を母艦の直衛に残して一八機が攻撃隊について行くか、あるいはその逆にするか。しかし、ミッドウェーの経験がありますから、われわれとしては、多数機が制空隊でついてきてもらいたいけれど、自分のオヤブネが沈んでしまってはどうにもなりません。そこで一八機が自艦の防空に残って、九機が攻撃に行く例が多かったんですが、たった九機で、二七機の艦爆と一八機の艦攻を守れ、というのは無理なはなしなんです』

「突撃」下令後の被弾、漂流

高橋隊長の二回目の対空母戦闘は、それから二ヵ月後、昭和十七年十月二十六日に戦われた。日本側の呼称は南太平洋海戦という。

——このとき、艦爆隊は鶴翼の陣を張って突撃したそうですが、どういう狙いがあって……。

『ふつう艦爆というのは、一本棒につながって、順次、降下爆撃に入ってゆくわけですね。けれど、これでは時間がかかるし、敵に喰いつかれてやられるのは、いちばんうしろの飛行機なんです。〝指揮官先頭〟なんていっても、見方によれば、指揮官は敵から逃げていくことになります。これは全軍の士気に関係します。そこで隊全体が、敵の攻撃を受けるプロバビリティーを等しくする。それには鶴翼の陣です。全機が横になって迫っていけば、敵だって、横ながにならんでいる飛行機に一つ一つ攻撃をかけていくのは難しい。被害に大きい相違が出てきます。

しかし、この陣形で同時に爆撃に入りますとね、味方は危険なんです。一つの目標に一緒に降下していきますから、投下点で接触を起こします。接触しないまでも、接近すると危険を感じて照準に専念できません。それで、少しずつ高度差をつけるわけです。

急降下の途中で指揮官が、あるいは何番機が、機首を上げるとか下げるとか、それぞれの隊であらかじめ定めておくんです。これは難しいようですけど、十分な訓練によってしぜんに出来るようになります。こうやって、多少の危険をおかしてやるのが鶴翼の陣による爆撃です』

だが、この斬新な戦法を成功させるためには、氏も語っているように、隊長と隊員のあいだに完全な意思の疎通がなされていなければならなかった。

『訓練を毎日いっしょにやっていると、そういうカンが養われてくるんです。それをいきなり、隣りの艦の飛行機隊と編隊を組んでやれ、といわれてもですね、戦争にならんですよ。

もっとも、敵の戦闘機がヘボで、こまかく列機に指示をあたえる余裕があるときならやれますがね。強い敵と混戦となったときは、よく訓練した自分の部下と一緒でなければ戦えません』

二次ソロモン海戦のときは、一艦の艦爆隊、艦攻隊をこまぎれのように分割してたたかわせた。「瑞鶴」大塚大尉の九機を「翔鶴」隊のなかに組み入れ、「翔鶴」山田昌平大尉の九機を高橋隊長の指揮下に入れた。いわゆる軍隊区分による編隊だ。戦闘は、上官と部下の血の連結によって戦うもの、という持論の高橋氏は、海戦のあと、今後、こういうことのないよう、司令部に厳重に申し入れたのであった。

――そうすると、指揮官というのは、発艦してから、自分の誘導で攻撃隊を敵艦隊上空へもっていけるかどうか、その上空でどんな態勢をとることができるかが、いちばん頭をなやますところですね。

『それが指揮官のすべてです。南太平洋海戦のときは、敵位置ははっきりしていました。それで第一に考えたのは、敵前四〇浬から二〇浬で戦闘機どうしの空戦が始まるだろう。そしたら、その空戦の勝敗によって、敵戦闘機が艦爆に襲いかかってくる場所もきまる。そこを敵前何マイル付近と予想したらよいのか、ということでしたね。

第二番目は、戦場の風向、風速はどうだろうか。五メートルの迎え風であれば、敵戦闘機との空戦時間が約三〇秒ほど長くなります。一〇メートル以上の迎え風だったら、風下側からでは、攻撃の成功は非常に困難になる。

もし風向が不明で、風速が二〇メートル以上の局地的な小台風のなかの決戦になれば、臨機応変にやって、そのときは負けることはない。だから、最悪の状況を、迎え風七メートルでの戦闘のときと、考えました。

そしてですね。敵戦闘機二〇機と三分間戦って、敵艦上空に到達できれば味方の勝利は確実、五分間戦わなければならないときは負けであろう。距離に換算して、敵前一〇マイルに接近するまで敵戦闘機の襲撃がなければ、われわれが勝って「エンタープライズ」や「ホーネット」を沈めることができる。その反対に、一五浬以上の距離から敵戦闘機に襲撃されれば味方の敗戦で、艦爆は八割ぐらいがやられ、しかも、「エンタープライズ」を撃沈することはできないんじゃないか。

もう一つ、敵の針路と速力ですが、もし、敵艦隊がこちらの攻撃隊に向かってくる反航戦になれば、短時間決戦となり、敵戦闘機との空戦時間はやく二分短縮されて、わたしらにとって非常に有利になります。けれど、これは特別な僥倖というべきであって、期待してはいけません。敵だって凡将ではありませんから、反航戦にはならないだろう。と、いろいろ思いをめぐらして飛んで行ったんです。

昭和17年10月26日、南太平洋海戦で一航戦の第１次攻撃「翔鶴」艦攻隊と「瑞鶴」艦爆隊の同時攻撃を受ける米空母ホーネット。

そういうわけで、指揮官は敵を見つけたら、敵母艦にたいして攻撃しやすい位置に全軍を誘導してやることです。以上のことができたら、もうあとは、少佐も一等兵もかわりありません。艦爆は、一機に爆弾一つしか持ってませんから』

高橋隊長が、「ホーネット」を中心にした敵輪形陣が白波を長くひいて、全速力で南方へ走っているのを発見したのは午前七時四十分だった。距離四〇浬、敵針一八〇度、速力三四ノット、風向風速は北東、約三メートル、敵機はまだ現われない。断雲が多く、敵戦闘機からは目視発見に大きな妨げになっているのかもしれなかった。

五分経過。いぜん敵機は姿を見せない。「突撃準備隊形つくれ」を下令する。

そのとき初めて、後方上空から味方戦闘機に敵戦闘機が襲いかかってきた。やく四〇機のＦ４Ｆワイルドキャットだった。突撃開始まであと一分。艦爆隊二一機は高橋隊長機を最右翼にして、一列横隊にならんだ。

いよいよ、敵機がこちらにもやってきた。「艦爆隊突撃せよ」を高橋隊長が令したのは、七時四十六分だった。エンジンは全速にされる。

その一〇秒後に、三番機へ敵戦闘機が一機、かかってきた。三番機は左へ横すべりして回避したので、必然的に高度が下がった。高橋隊はエンジンを絞って彼を待ってやる。

そして、高橋機が遂に被弾してしまったのは、第三波と第四波の攻撃によってであった。最初、機体を左にすべらして射弾を避けようとしたのだが、一弾が高橋隊長の右肩をかすめ、コックピット中央の羅針儀（コンパス）を撃ち砕き、破片が左足の膝頭を貫通した。さらに一三ミリの弾丸が右翼の付け根外鈑を破り、ガソリンが白い飛沫となって尾を引いた。二、三秒後に火がつき、火炎と黒煙が胴体の右側面を流れはじめた。

『それでわたしは、輪形陣の巡洋艦を爆撃しました。火を消すため横すべりをしたから、高度が落ちた。「ホーネット」まではまだ三〇〇〇メートルあって、とてもそこまでは行けなかったのです。

　足と肩をけがして、操縦桿がぐらぐらだったから、おそらく当たらなかったと思います。弾着を見ていません』

　ところが、恐ろしい火が消えたではないか！　そして、それから一時間以上も飛んだ。しかし、ついに燃料がなくなり、突然、エンジンが音もなく止まってしまった。高度が下がる。二〇メートルぐらいになったとき、機首を上げそうになったので、操縦桿を左へ倒した。二秒、三秒……激しい水の音とともに、機体は真っ白い水の塊りのなかに突入した。

『とたんに、左の肩にひどい痛みが走り、後頭部がスーッと軽く、冷たくなったんです。「ああ、死ぬんだなぁ」と思いました。機体が水中に深くもぐって、青黒い海水が座席に流れこんできました。ほとんど無意識にバンドをはずしているんですねぇ、そのとき「生きているな」と思ったんです』

　それから偵察員国分飛行兵曹長と、南太平洋の漂流がはじまった。生と死のはざまを、次第に死へ押しやられていった。そして二十時間。幸運にも、まことに幸運にも、日本郵船のタンカー「玄洋丸」に発見され、救い上げられたのだ。トラック島に帰っていた「瑞鶴」へ二人が戻ったのは、隊長、国分飛曹長をふくむ戦死者の葬儀がはじまる一時間前であった。

士気高揚が目的の「い」号作戦⁉

明けて昭和十八年。天下分け目と考えていたガダルカナル島からわが軍は撤退し、連合軍はソロモン諸島ぞいに、また、ニューギニア東部に反攻してくる事態となった。

そういう苦境にたたされて発案されたのが「い」号作戦である。押し上げてくる連合軍の船団や艦艇、航空兵力に痛撃を加えて破砕し、増援を遮断するとともに、わが軍の補給を安全容易にしようというのが目的だった。

海軍の全航空兵力を結集するというので、空母部隊「第三艦隊」も参加する。といっても、陸上基地ラバウルから作戦するので、母艦はトラック島に残し、飛行機隊だけが進出した。第一航空戦隊では、「翔鶴」は損傷して内地へ帰っていたので、高橋隊長たちの「瑞鶴」隊だけがラバウルへ飛んだ。作戦開始は四月七日からだった。

が、たとえ、そんな目的があるにしてもである。

――われわれシロウトの目から見ますと、ああいうかけがえのない母艦機を陸上に揚げて、あそこで戦いをさせる意味があったのでしょうか、と言いたくなりますが。

『その通りなんです。極論しますとね、宇垣連合艦隊参謀長も、消耗をいとわず、何とかはやくあの方面のケリをつけた方がいい、と思われたんじゃないでしょうかなぁ。それでないと、あんなところに連合艦隊の母艦部隊があがって戦う意味がないんです。戦略目的がわからんわけです。ラバウルには中攻部隊もおる、戦闘機部隊もおる。艦爆だって五八二空が一八機いたんですから。

それはそれとして、この作戦でわたしのところでは、四月七日の日、ガダルカナル対岸のツラギへ攻撃に行って、輸送船を一隻撃沈しました。それから十一日、ニューギニアの海岸にラエ、サラモアというところがありまして、そこへの攻撃で、輸送船二隻を中破ていどでしょうなあ、叩きました。撃沈はしておりません』

「い」号作戦決定にいたるまでには、連合艦隊と第三艦隊の司令部間で、母艦兵力を南東方面に使用すべきか否か、かなり意見の相違があったようだ。三艦隊側は、虎の子の精兵を、基地航空戦で消耗することに大反対だったのである。

『作戦がきまる前は、海軍ではどんな意見でも出せました。フリーなディスカッションですから、そんな作戦はやっても意味はないと言えました。ですが、一旦きまって命令になったら、それに従わなければなりません。

しかし、ソロモンへ行ったって敵の母艦がいるわけではないし、大輸送船団がラバウル方面に近づいているという情報もありません。母艦部隊がわざわざ出て行く意味がない。わたしらは、どういう経緯があったかは知りませんが、目的が士気高揚のためと聞きました。

だから、命令ですから誰も口にはしませんが、腹のなかではあの作戦は何だったのかということになります。〝士気の高揚〟なんていう作戦目的があるでしょうかねぇ』

「い」号作戦に関する連合艦隊命令には、さきほどの目的のほかに「……諸般ノ状況之ヲ許セバ長官（筆者注・山本五十六連合艦隊司令長官）ノ出馬ヲ仰ギ前線士気ヲ鼓舞激励スルノ要アルヲ思ハシメ……現地海（陸）軍部隊ノ作戦指導ヲ一層強化振起セシムルコト……」とも、うたわれていたのだ。

ともかく、一応の成果をおさめたとしてこの作戦は終結した。そして終了直後の四月十八日、山本司令長官はブーゲンビル島の最前線視察に赴き、途中、乗機がP38に邀撃されて戦死するという重大事件が惹起された。

対談は作戦のはなしから、高橋隊長の山本五十六観におよんでいった。

『山本長官という方はですね、決断ははやいし、余計なことはおっしゃらない。そして、飛行機のことをよくご存知です。

しかしね、あの方は、主として中攻隊を育ててこられたんです。単純に言いますと、中攻部隊を陸上基地に配備して、アウトレンジで敵艦隊に雷撃を加えれば、敵は容易にはこちらへ接近してこれない。

そのために中攻を整備しようとおっしゃった。この考え方は、海軍の航空に関係した者はみんな支持しましたし、犠牲は大きくなるんですが中攻隊の連中も、それでやると言ったんです。

物の考え方が積極的で斬新だし、それに、非常に部下思いです。あの方を、海軍の航空関係者で悪くいう人はありませんでした。まあ、少しカリスマ的になっておりましたけどね。でも、やっぱり会ってお話すると、よく出来た方です。たんに外見を見ただけでも、堂々としてますしね。話せばとっても面白い。ユーモラスで、それに逆立ちの名人なんですよ。

トラックに入港ったときに、戦艦、巡洋艦の艦長がぜんぶ集まりましてね、会議と称する懇親会みたいなものがもたれました。そのとき、「瑞鶴」艦爆隊長もちょっと来い、ということでわたしも野元艦長に連れられて行きました。

いきなり演壇に立たされて、二〇分ばかり話したんですが、「戦艦、巡洋艦の爆撃回避法について話せ」と、長官から言われたんですよ。それも、急降下爆撃隊の立場からみて、どういうふうに戦艦に逃げられたら爆撃がやりにくいか、そういった見地で話をしろとおっしゃったんです。

そこでわたしは言下に言いました。「それは戦艦がいくら逃げても、たらいがグルグル回るのと同じです。それよりも真っすぐ走って、持っている全砲火を撃ち上げて下さい。雷撃ならともかく、急降下爆撃に回避は無意味です」と申し上げました。そしたら、とたんに列席の艦長さんに大笑いされたんです。

で、どうしてかと思いましたら、わたしがそこへ入る前に、ある巡洋艦の艦長が「急降下爆撃の回避には、自信がある」と、こう話していたらしいんですよ。それでみなさん笑い出され、長官が「隊長、もうよい、止めろ」とおっしゃられて……』

横空隊長で反跳爆撃法を指導

昭和十八年の七月、高橋定「瑞鶴」飛行隊長は一年半ぶりに内地勤務にかわった。そこは海軍航空の元締め、総本山といわれた横須賀海軍航空隊であった。

着任数ヵ月後の十一月、兵学校六一期生である氏は海軍少佐に進級するのだが、横空での高橋少佐は、

『飛行隊長兼教官です。けれど、若い者が戦死していなくなりましたので、分隊長も兼務しました。それでわたしは、艦爆、水上爆撃機、艦攻、中攻、四つの隊を一人でまとめる飛行隊長になったわけです。ほかに戦闘機の隊長、偵察機の隊長、あわせて三人しか飛行隊長は

おりませんでした。

横須賀航空隊の教官というのは、全海軍航空部隊の教官みたいなもんなんです。新しい戦術をつくったらそれを全部隊に知らせる、新しい兵器が開発されたらそれを流す、新しい機種が生まれたらそれの講習をする。そういうのが任務でして、戦争中のことですから、部隊の人間を呼び集めるわけにはいかんので、隊長みずから戦線をかけ回って指導したのです。けれど、まともな戦争の作戦指導をしたのは、着任後、半年くらいのものでした。

昭和十九年の九月には、フィリピンへも行きました。戦闘機隊への反跳爆撃の指導に行ったんです。

夜間、まっ暗ななかを一機ずつ出かけていって、高速飛行で敵艦の舷側に向かって爆弾を海面に落とす、落としたら、敏捷な戦闘機の得意なところでサーッと帰ってこい、こういうやり方の講習です。

セブへ行きましてね、昼間、マクタン島の見える海岸で、戦闘機の搭乗員たちの訓練を指導しました。お前の降下角度は浅いとか深いとか、上手下手の点数をつけては、いろいろ教えたんです。敵の爆撃をくらいながら、壕のなかで彼らに話もしました。そういうことをやるのが、横空教官の役目だったんです。

反跳爆撃は、かつてアメリカが始めた戦法ですがね。この実験を、横須賀でわたしの隊が主宰してやったんです。そして戦術をきめ、戦法の本を書いて海軍省へ持って行きました。省や軍令部の首脳のまえで説明して、それでよろしいと確認されて、講習開始となったわけです』

反跳爆撃法は、海上一〇メートル付近を高速で飛行し、二五〇キロの特殊爆弾（八号）を撃角一二、三度、撃速毎秒一〇〇メートル以上になる態勢で、波浪五以下の海面に投下する。爆弾はいったん水中弾道をとって深さ五～一〇メートル、距離約一〇〇メートルを走り、その後、海面上に跳び出して一五メートル前後の高度で、空中を一五〇メートルほど飛ぶ。そして、敵艦船の舷側に命中させようという手段であった。主として上陸船団を対象にし、爆弾投下位置は目標から、二〇〇～三〇〇メートルが望ましいとされた。

この戦法は、東京湾の追浜沖と別府湾で三ヵ月間実験し、完成後、数週間をかけて、フィリピン、九州に展開した戦爆部隊に巡回講習したのだ。

『そのために、戦闘機を六〇機ほど改修しました。もともと戦闘機は爆撃するように出来てませんから、胴体に抱いている爆弾をそのままはなすと、爆弾は落下直後、機体と一緒に空中を走ってプロペラが爆弾を叩いてしまうんです。

それで、艦爆みたいに爆弾リード装置をつけて、投下した爆弾はプロペラ圏外に出てから落下するように改修したわけです。空技廠から行った技術者と工員の手で、講習中に併行してすすめられました。

けれど、その改修工事がスパイによって察知されて、大爆撃をくらったんです。全部やられたんです。それで反跳爆撃ができなくなりまして、特攻に入ったわけです』

陸軍でも、こういう爆撃法に手をつけており、〝跳飛弾攻撃〟と呼んでいたようだ。米軍は昭和十八年三月三日に、ビスマルク海で実戦使用している。

駆逐艦八隻に護衛されたわが輸送船八隻が、ニューギニアのラエへ向かう途中、このスキップ・ボミングで攻撃され、輸送船全部と駆逐艦四隻が撃沈されてしまった。

『特攻、特攻って言いましてもね、特攻というのはなかなか当たりにくいんですよ。艦爆は高速で急降下するように出来ていますが、戦闘機の場合、急降下に入ってある程度以上の高速になると、機体が浮き上がって機体の軸線の方向に飛びません。九三中練なんかになると、この現象はもっとひどい。

急降下体当たりといっても、口でいうほどやさしいことではないのです。だから、わたしは特攻反対で、反跳爆撃のほうがよいと主張したんです。

落とした爆弾は、水中弾道と空中弾道をくりかえして飛びます。それで反跳爆撃なわけです。もっとも、体当たりよりは命中率が下がりますがね』

奇計、射出機による攻撃

高橋隊長の二年にわたる横空勤務は終わった。昭和二十年七月、それは敗戦の一と月まえである。こんどの配置は第五航空艦隊に所属する、第三二航空戦隊の航空参謀だった。

三二航戦という部隊は新設航空戦隊で、司令官は、軍令部第一部第一課長から転任してきた田口太郎少将。司令部を大分に置き、基地は宇佐、鹿屋、国分などの既設飛行場のほか、関西以西の半島の山腹や岬、牧場などが予定された。

山の中腹や岬の突端に、航空基地を？　と、変に思われるだろう。それは、そこに射出機を据えつけ、彗星艦爆を射ち出して敵上陸船団を攻撃しようという発想から生まれたものだった。もしこれを、日本中の海岸いたるところに装置すれば、隠密性も高いので、敵船団も容易には接近できないだろう、との思考だ。

射出機は普通の艦船に装備していたカタパルトを大型化したもので、全長四四メートル、九七艦攻やロケット機なども射出でき、昭和二十年の初めに、高橋隊長が鹿屋基地で彗星艦爆の第一回射出実験をやっていた。

しかし、射出機や飛行機を岬や山腹へ運ぶには、解体して牛車や人力に頼り、飛行機はカタパルトの上で、組み立てなければならない難点があった。工事が遅々として進まないうちに七月が過ぎ、ついに八月の終戦を迎えることになってしまった。


昭和八年十一月に海軍兵学校を卒業した高橋定氏が、飛行機乗りの社会に足を踏み入れたのは十年十一月、第二七期飛行学生としてであった。それから一〇年、長い海軍航空歴のうちには、平時でもずいぶん危険な目にあっている。

霞ヶ浦での飛行学生生活も終わりに近い十一年九月に、こんなことがあったそうだ。複葉の八九式艦攻の実用練習機に乗って、慣熟飛行を行なっていた。ところが燃料タンクのコックを切りまちがえ、エンジンがストップしてしまった。

ついに、土浦市桜川北方の池の中に不時着水というか、不時着陸の仕儀におちいった。機体は大破。だが、高橋学生は泥水のなかにもぐって脱出する。けがをしたが、幸い、軽かった。一方、後席に乗っていた偵察員は、バンドがなかったため着陸時の衝撃で空中に放り出されてしまった。だが、こちらも幸運なことに、五〇メートル近く飛ばされたが、落ちたところが池の中だったので、けがはなかったのだという。

まして戦闘中、大小の危険に遭遇したのはいうまでもない。爆撃に行って、敵の猛烈な弾幕に包まれたとき『しょっちゅう危ない思いをしましたなぁ。だがそこで、搭乗員として、指揮官としてどういう態度、処置をとるかが問題です。

こういう立派な例があります。入佐俊家ってご存知ですか？

あの人に、わたしは二年仕えているんですよ、練習航空隊にいるとき。それから一緒に、昭和十四年から十五年にかけて一年二ヵ月、海南島へ行ってきました。わたしはこの人を非常に尊敬してましてね。あるとき、入佐さんが攻撃する地点の近くをわたしが爆撃することになったので、「ついては、あなたが攻撃される場所を見学させて下さい」と申し込んで、入佐さんの中攻に同乗して行ったんです。

そしたらね、敵はいきなり高角砲を撃ってきて、全隊、弾幕につつまれました。けれど入佐氏、知ら〜ん顔をしていて、まるで鼻歌まじりみたい。微動もしない。列機もチャーンとついてきますよ。そのとき、一機墜とされるのを見ましたけど。それなのに、あの人は弾丸が来ようが何が起ころうが、ビクともしない。そして、最後に、爆撃針路に入って、ちょっと高度を下げて爆弾を落としました。そのやり方は直截簡明、じつに見事なもんでした。

それもね、新しい弾幕につつまれるな、と思う直前にちょっと高度をあげるんですよ。まことにカンがいい、処置がいい。だから被害が少ないんです。戦争の神様といわれた人でした。

もう一人、艦爆の江草隆繁さんも天下一の人でしょう。艦爆隊の南京攻撃で、部隊の命がすくわれたのも、江草さんのうまいリードがあったからなんです。高角砲初弾の弾幕で坂本以文(もちふみ)さん（筆者注・海兵五七期、艦爆）がやられ、その三番機もやられたんですが、そのとき、江草さんはすぐ、みんなを連れて低空へ降りました。そして、蔣介石のビルを爆撃したんです。急降下爆撃なんかじゃないですよ。肉薄必中攻撃でした。爆弾を蔣介石ビルへ置いてきたのです。

しかし、急降下爆撃をやるべき時には、あの方は、きちんとやる人でした。戦機を見て、機敏に戦法を転換できる人だったのです』

〈軍歴〉大正元年十二月十九日、愛媛県に生まれる。昭和八年十一月、海軍兵学校卒業、六一期。「磐手」乗組。昭和九年七月、「加古」乗組。昭和十年四月、任海軍少尉。昭和十年十一月、海軍練習航空隊第二七期飛行学生。昭和十一年十二月、任海軍中尉。昭和十二年十一月、霞ヶ浦海軍航空隊付兼教官。昭和十三年十一月、任海軍大尉。同十二月、「龍驤」分隊長。昭和十四年十月、第一四航空隊分隊長。昭和十五年十一月、筑波海軍航空隊分隊長兼教官。昭和十六年四月、谷田部海軍航空隊分隊長兼教官。昭和十七年二月、第三一航空隊分隊長。昭和十七年六月、「瑞鶴」飛行隊長。昭和十八年七月、鹿屋海軍航空隊飛行隊長。昭和十八年八月、横須賀海軍航空隊飛行隊長。同十一月、任海軍少佐。昭和十九年七月、兼「雲鷹」飛行隊長。同九月、海軍航空衣糧研究調査委員会常任委員。昭和二十年八月、第三二航空戦隊参謀。昭和二十八年十月、海上警備隊に入隊。昭和四十五年一月、海上自衛隊退職。

稀少の人

──空母「蒼龍」艦攻分隊長・阿部平次郎少佐の証言

五発投弾で二発命中

あの当時、世紀の大空襲！と喧伝された真珠湾攻撃から、もう五〇年以上、半世紀の年月がたってしまった。そのあと四年ちかい激甚な戦闘がつづき、当然のことながら、現在となっては、飛行機上から空襲に参加した生き残り戦士の数は少ない。阿部平次郎・元飛行隊長はそんな少数の一人だ。

第一航空戦隊の空母「赤城」「加賀」、第二航空戦隊の「蒼龍」「飛龍」、それから第五航空戦隊の「翔鶴」「瑞鶴」と、現有精鋭航空母艦を総ざらえして機動部隊を編成し、米海軍のハワイ軍港を襲ったのは、昭和十六年十二月八日だった。そのなかの「蒼龍」艦攻分隊長として、阿部平次郎大尉は出陣する。

冬の北太平洋は荒天が多い。それを隠れ蓑(みの)とするかのように、艦隊は進撃した。

『(昭和)十六年の八月、中国戦線から航空部隊総引き揚げのとき、何かあるなぁ、と感じたのはこれだったんだな、と思った。一航戦、二航戦が一艦隊、二艦隊に分属していた頃とは、部隊規模も戦いのやり方も大ちがい。こういう方法でいけば、これは相当の戦果があげられるんじゃないか、と考えました』

氏の語り口はザックバランで、キビキビしている。

航空母艦を結集して航空艦隊を編成し、その航空艦隊を基幹にタスクフォースをつくって戦略単位とする方式は、日本海軍だけでなく、世界でも初めての試みであった。

十二月八日午前一時半（東京時間）、黒装束で足音を殺すようにパールハーバーへ接近した機動部隊から、第一波の攻撃隊が発進を開始した。阿部大尉は「蒼龍」水平爆撃隊、二コ中隊一〇機の指揮官である。

『一八三機の大編隊の威容、これはなんともいえん力強さだった。進撃している途中、水平線に顔を出した朝日の、軍艦旗を想わせるような光芒、方位測定器に入ってきたホノルル放送のジャズ音楽、いまだに鮮やかに思い出されますよ。そしてね、前方に白い波がしらを連ねたカフク岬を見たとき、フーッと安心しました』

カフク岬とはオアフ島の北端だ。

〇三一〇（午前三時十分）、淵田総指揮官機から信号拳銃一発。これは「奇襲攻撃」の指示なのだ。強襲ではない。奇襲と強襲では攻撃要領が変わってくる。さらに〇三一九、「ト連送」が発信され、各隊ごとに攻撃運動に移った。水平爆撃隊は総指揮官の直率編隊に続行し、オアフ島の西側を迂回して南西方向から北北東へ針路をとり、真珠湾へ向かった。

『爆撃針路へ入るとすぐ、二番機の位置にいた嚮導機を前進させ、わたしの機は三番機の位置にさがったんだ。それからボイコー（爆撃照準器）をのぞいてみると、艦型ははっきりしないが、フォード島の東側浮標（ブイ）に戦艦が並んで係留されていて、もう、その舷側に雷撃による水柱がさかんにあがってるんです』

敵戦艦群への魚雷攻撃は、水平爆撃がはじめられる八分前、〇三二五に開始されていた。

『こんどはこっちの番だ、と爆撃照準器を発動しようとしたら、魚雷の命中で黒煙があたりを蔽（おお）って、照準ができなくなってしまった。

これはまずい。やり直しをしようと腹をきめ、嚮導機に指示しようと頭を上げたら、向こうもそのつもりで合図してきた。それから右旋回して工廠の上を通り、ヒッカム飛行場の上空をまわってぐるっと爆撃進入点へ引き返したわけだ。

いやぁ、だけど、感心したのは敵サンの対応の早さですよ。朝っぱら、それも日曜の朝だというのに。アメリカ人ていうのは、ピストルとか鉄砲とか、ああいうものを日常的に扱うのになれとるのかねぇ。

一回目、爆撃針路へ進入したときは、高角砲の炸裂点は高度もバラバラで、それほど心配はなかったけど、二回目には射撃がだんだん正確になった。ドスンドスンとショックが感じられた。きなくさい炸薬の臭いがツーン、ツーンと鼻をつくんです。ということは、こちらと同じくらいの高さで弾丸が破裂しているということだなぁ。

ああ、とにかく爆弾（たま）を落としたらどうでもいいけど、それまでは当たらないでくれよ、頼む、という気持でしたなぁ』

〝飛行機〟対〝戦艦〟の対決である。戦艦が海戦の主役の座を守りつづけるか、あるいは飛行機がそれを奪うか。そのためにこそ、十年一剣を磨いてきた爆撃隊指揮官のそのときの祈るような気持が、聞いているこちらの胸によく伝わってきた。

阿部中隊の攻撃目標は、出撃まえ、ヒトカップ湾での打ち合わせで、敵戦艦列の先頭から三番目ときめられていた。それは「ウエストバージニア」と「テネシー」の互いに横にならんだ二隻だった。

嚮導機はそんな烈しい砲火にもかかわらず、いつもと変わらぬ落ちついた照準運動をしている。阿部中隊長はますます命中の確信を深めた。嚮導機の操縦は佐藤治尾飛行兵曹長、爆撃手は偵察員の金井昇一等飛行兵曹、二航戦、いや「赤城」の渡部・阿曽コンビと並んで、一航艦随一の水平爆撃の腕をもった名人コンビだ。

『目標付近の黒けむりもだいぶ薄くなり、敵艦の輪郭もはっきりしてきたので、僕は爆弾投下索を握って待っとった。

真珠湾、ミッドウェー海空戦を体験した晩年の阿部平次郎氏。

あのころの水平爆撃はね、こういう工合にやったんですよ。△型に組んだ編隊の先頭に、基準にする嚮導機というのをおいて、その嚮導機が照準器で目標をねらって爆弾を投下する。その投下された爆弾を見て、二番機、三番機がすぐさま投下索を引いて放つ。さらにそれを見た四番機、五番機もすかさず爆弾を投下する。だから列機は、各機ごとに投下がごくわずかずつ遅れ、弾着するときは▽型になるんです。敵をねらうのは先頭の嚮導機だけ。当たるか当たらないかは、この飛行機の技量しだいというわけだ』

爆撃時の隊形は、前続する飛行機の主翼と尾翼のあいだへ、自機の主翼をくいこませるくらいに緊密な編隊を組む。したがって、後続する機の偵察員が間の抜けた投下索の引き方をしないかぎり、五発の爆弾は有効密度の高い散布パターンで目標を包みこむ。

『投下高度は三〇〇〇メートルでした。弾着写真をとるため写真機を準備しましてね、電信員の合図で「ウエストバージニア」と「テネシー」に一弾ずつ命中して、閃光を発したのを認めると同時にシャッターを切った。「ウエストバージニア」は外側にいたんだ。一瞬、身ぶるいするように震動したかと思うと、あっちこっちの開口部から火を噴いてね、ゆっくりと傾いていった。たぶん、弾薬庫に命中したんではないかなぁ。内側の「テネシー」は命中直後に、煙にかくれてしまって効果はわからない』

五発投弾して二弾命中。これは、幅の広い図体の大きな戦艦が二隻ならんで係留していたという幸運もあったが、じつに高い命中率だった。

真珠湾第二次攻撃について

——もともと、水平爆撃というのは、なかなか当たらないものと、思われていたようですね。

『そう、それだから〝嚮導機〟というやり方を考えたんですよ。

むかしは、中隊長機とか小隊長機とか、編隊の先頭にいる指揮官機にならって爆撃しておった。しかしね、爆撃っていうのは、照準するのが指揮官だから、階級が大尉、少佐で上だからといって当たるもんじゃない。それには、熟練した偵察員のなかからスジのいいのを選んで、特別に水平爆撃の訓練をさせるのがよい、と思いおよんだんだなぁ。「特修科飛行術練習生・爆撃専修」――いわゆる〝特練教育〟というのを施して、名人養成をはかった。

いよいよ爆撃針路に入ると、照準器をのぞきこんだその名人偵察員が「チョイ右、ヨーソロ！」「すこーし左、ヨーソロ、ヨーソロッ」っていうような針路修正をする。そうなると、そんな細かい修正に応じられるような腕のよい操縦員が必要になる。それで、こういう二人を常にコンビにして、命中精度をあげるようにしたんです。

そしてね、敵艦隊なり敵地の上空までは指揮官機が先頭に立って編隊を引っぱって行くけど、爆撃針路へ入る段になったら、そのまえに名人の乗った嚮導機と入れかわる。指揮官機は一時列機になり、さっき言ったように、嚮導機にならってみな爆弾を投下したんです。ハワイであれだけ命中率をあげ得たのには、こんな理由もありました』

あの日、艦船攻撃に投弾した八〇〇キロ爆弾は四九発、うち確実命中は一三発で、命中率は二六・五パーセントというかつてない驚異的なものだった。戦前、昭和十四年度の連合艦隊前期訓練では、命中率一一・四パーセント、十六年十月の一航艦教練爆撃の成績は、平均で一〇パーセント、最高でも一七パーセントだったのだ。

『その教練爆撃のときに、うちの中隊は優勝してね、嚮導機の佐藤・金井・小野の三人は山本五十六司令長官から短刀を、僕をはじめほかの中隊員は万年筆をもらったんですよ。

僕もね、戦前、霞空の教官時代に爆撃の教科書を書いている。爆撃照準器の構造とか爆撃理論は頭に入っていたし、「蒼龍」に来てから急速に練度をあげたので、相当の自信はもっていた。だから、もし嚮導機に何かあったときは、すぐ僕がかわって爆撃をやろうと思っとった。

ハワイの帰りに、ウェーキ島を爆撃しました。二十一日（十二月）に行ったときは、敵の戦闘機はぜんぜん出てこなかったんだが、二十二日に僕なんかが行ったとき、雲かげから突然二機出てきた。こちらも護衛戦闘機が三機おったんだが、昨日いなかったからというので気がゆるんどったんだろうなぁ、それでうちの二番機、三番機がくわれてしまった。まさか、雲のかげで待っていたとは思わんかった。敵機は、すぐこちらの戦闘機が叩き落としたけどね』

その二機のうちの一機が、佐藤・金井のコンビ機だった。金井一飛曹は第一期特練を首席で卒業した、人物もすぐれた下士官であり、一航艦にとってはじつに手痛い打撃だった。

『それでね、まわりを見ると、ほかの列機には被害がなさそうだったので、いったん引き返した。そして、こんどはわたしの投弾で目標にしておった砲台を爆撃した。うまーく砲台をはさんで弾着しましたよ』

——そんな、八〇〇キロなんて重い爆弾をかかえて、母艦の甲板から飛び立つのはたいへんな仕事でしょうね。

『そう、あのとき（ハワイ攻撃）は天候が悪くてだいぶ波があったから。

前方に戦闘機隊がおって、その次にわたしの隊、水平爆撃隊だったので、艦攻のいちばん先頭は僕なんだ。だから僕は、飛行甲板のわりあい前方の方から出たんです。滑走距離が短いんだ。

発着艦係の士官がおって、その合図で発進するんだけど、そのときはX中尉という若い搭乗員だった。その男が、経験が浅いもんだから、フネがこうなったとき（艦首が上がってきたとき）、出ろーっ、と合図したんだ。僕の操縦員、仕方がないからブーッとふかして出発した。けれど、重たいからスピードがつきやしない』

ハワイ攻撃には艦攻の水平爆撃隊中隊長として参加、見事な戦果を挙げた。写真は攻撃を終えて母艦に戻る九七艦攻の編隊。

――のぼり坂になってしまうわけですね。

『速力が出ないもんだから、甲板の先端を切ってから、ぐーっと高度が下がっちゃってね。こりゃ着水するかなっ、と思ったが、海面スレスレになって、やっとスピードがついてはい上がった。まったくあの時は冷や汗が出ましたよ。アハハ……』

阿部隊長の声は、屈託もなく明るい。このX中尉とは、戦後になって、某有力航空会社に入り、名パイロットとして鳴らした人である。

真珠湾攻撃は予想以上の戦果をおさめ、しかも被害は小さく、大成功のうちに終了した。しかし、さらに第二撃を実施し、戦術的な戦果だけでなく戦略的な効果をあげるべきだったとの論が多い。それは戦後になっても、クロート、シロートの間で論争のたね、話題になっている。

戦後まもなく（昭和二十四年）、当の淵田美津雄・元隊長が著わした『真珠湾作戦の真相』によれば、源田実参謀と淵田氏は、積極的にではないが、第二撃をかけることに十分な意欲をほのめかした、と記されている。しかし、南雲忠一司令長官と草鹿龍之介参謀長は一撃のみで引き揚げと決定した。

――帰還されてから、第二回の攻撃をやるべきだったとお考えになりましたか？

『いや、あのときは、敵の航空母艦がどこにいるのか全然わからなかったでしょう。二次攻撃だ何だともたもたやっている間に、もし横っ腹を突かれたら大変なことになる。向こうの母艦だって、こっちがやったのと同じような威力を持っているんですからね。だからわたしは、すぐ引き揚げたのは当然だと思いますよ』

岡目ではない、じっさいにそこの修羅場をくぐり抜けてきた当事者、幹部飛行士官の発言だけに重みがある。

――でも、一応は、第二撃を実施しようというような話は持ち上がったんですか？

『「蒼龍」には、山口多聞さんの司令部がおったんだが、司令部の意向として、ぜひとも次の攻撃をかけるんだ、というようなことは、わたしどものところには言ってこなかったように記憶してますがねぇ』

事実、山口二航戦司令官が、南雲長官へ送ったのは、「第二撃準備完了」という信号であって、それ以上のものではなかったようだ。

――戦後になって、工廠とか燃料タンクとか爆撃すべきだった、と言われてますね。

『それはね、それまでの海軍の戦術思想というものが、敵の正面兵力、軍艦とか飛行機を叩くことだけに向けられていて、ロジスティクスにはほとんど意識が向いていなかった。だから、ロジへの認識があれば、あれだけの戦果があがったのだから、五航戦の艦攻隊(第二波)の攻撃は、燃料タンクなんかをやろうという考えが、攻撃隊指揮官の頭に浮かぶはずだったんだ。だが、そういう教育をわれわれは受けていなかった』

ということは、第二撃を実施しなかったのは南雲部隊の過失ではなく、日本海軍自体が、そうした戦略思想をもっていなかったことに根本的原因があるようだ。さらにつきつめていえば、とかく表面的現象にのみとらわれて、物事の本質に迫ろうとしない日本人の国民性にまで、探求の道をさかのぼる必要があろう。

『しかし、戦闘終了後、カフク岬の北で本隊からはぐれた戦闘機や艦爆を待って、連れて帰ったんですが、途中、「われ真珠湾攻撃す。効果甚大」と電報を発信したときの感激は、一生忘れられませんなぁ。そして、着艦したときは、ああ、よく生きて帰れた、としみじみ思いました』

予感したミッドウェーの敗北

さきほど、ハワイ空襲の生き残り戦士はもう数少ないと書いたが、それが、ハワイとミッドウェーの両方の航空戦に参加して、現存している人となると、なおのこと少ない。阿部隊長はそんな稀少の一人なのである。

ミッドウェー海戦でわが方の攻撃は、昭和十七年六月五日、ミッドウェー環礁内にあるサンド島とイースタン島への爆撃から開始された。攻撃隊指揮官は「飛龍」飛行隊長の友永丈市大尉であった。

阿部大尉のひきいる「蒼龍」艦攻隊一八機も、八〇〇キロの爆弾を携行し、友永大尉の統一指揮のもとに進撃していった。

攻撃隊がミッドウェー島を見つけたのは、午前三時十五分（東京時間）ごろだった。敵グラマンF4F約三〇機が襲ってきたのは、その直後である。

『「友さーん、編隊をくずすなーっ、頑張れっ、編隊をくずすなーっ」と隊内電話にどなりこんだ。けれど雑音がひどくてね、ガーガーいって。返事はなかった』

兵学校五九期の友永大尉は、阿部大尉の二年先輩ではあったが、ごく親しい間柄だったので、あらたまったとき以外はいつもこう呼ばせてもらっていたという。

『敵の戦闘機がかかってきて、僕の目の前で友さんの中隊の二機がやられてしまった。艦攻隊の射撃は、まず編隊をガッチリ組む。敵機が後ろへまわりこもうとしても、まだ遠いから絶対に撃つな。そして、後についた敵機の機軸がこっちを向いたな、とわかった瞬間に、指揮官機がパッと撃つ。そうしたら、一斉に射撃をしろ、とわたしは部下に強く言って徹底しておいた。

そうすれば、敵機は、とくに戦争なれしていない若い搭乗員なんかビックリして機首を上げたり、射線をズラしたりするもんです。九機から、たとえ七・七ミリ（機銃）でも、赤い曳痕弾が同時に飛んでいくから、心理的に影響が大きいんですよ。友さんにも、よく言っといたんだけど。

だから、わたしのところは被害なし。さっき話したウェーキ島での二機だけですよ』

爆撃指揮といい、防御射撃指揮といい、氏はじつに戦さ巧者である。

既定の方針で陸上爆撃を終えると、飛行機隊は帰路についた。が、阿部隊長は、ミッドウェー海戦の悲劇への道しるべは、はしなくもこの帰投時に立てられたとみる。

『友さんが「第二次攻撃の要あり」と電報を打った。あれが混乱を引き起こす原因の一つだったなぁ』

敵機は出動中で、地上でこれを撃滅することができなかった。滑走路の破壊も不十分と判断した友永指揮官は、再攻撃の必要を具申したのだ。

『島は逃げるわけじゃないんだから。わたしだったら、ああいう電報は打たない。シナ事変のときは「加賀」で一緒に戦った。友さんは艦攻、僕は艦爆。それで彼は、事変の経験はあったのだが、大東亜戦争は初めて、このミッドウェーが初陣だったんだ。

上で（空中で）聞いておって、ああ、これはいかんなぁ、と思った』

ともあれ、その後の海戦が、空前の悲惨な結末にいたったことはあまりにもよく知られている。

それにも増して、氏の、わが艦隊に弥漫（びまん）していた〝驕慢ぶり〟への批判はきびしい。

『インド洋から帰って、横須賀の「魚勝」（海軍御用の料亭）で一杯やったとき、仲居（メイド）が

「こんどはM作戦ね、また頑張って下さいね」と言っておった。これには驚きましたなぁ。ソ連を通じて、アメリカへツツ抜けになっていると思った。源田さんに会ったとき、「この作戦は袋だたきにあいますよ。止めたらどうですか」と言った。けれど、一大尉がそんなことを申し上げても、とり上げられるわけもない。

動物的六感、とでもいうのでしょうかな。こんどこそ年貢の納め時だと思った。それで、搭乗員を故郷へ帰したり、わたし自身も休暇をもらって帰郷しました』

阿部隊長は、出撃直前、訓練のため九州の笠ノ原基地にうつっていた。たまたまそこで、扁桃腺をはらして寝込み、ふらふらの状態で「蒼龍」へ帰艦してみると、びっくりした。私室のなかに、ドカンと酒が山積みされているのだ。さっそく副長にねじこむと、ミッドウェー占領後、そこへ進出する部隊員のための食糧や酒保物品を積みこんだのだが、場所が不足し、私室の一部を借りたとのことであった。

『そんなくらいだから、通路にもいっぱい米や麦の袋が積まれておった。六空（第六航空隊）という、占領したら陸揚げしてミッドウェー防衛にあたらせる部隊の戦闘機も、六機ほど飛行甲板に露天係止してある。発着艦がいそがしくなったときのことをかんがえたら、そんな余計なものを積む余裕はないわけなんだなぁ。やりくりするだけで大変なんだ。これで、戦争に行くつもりなのか、と思いましたよ。

そのまえのサンゴ海海戦で戦った「翔鶴」「瑞鶴」の戦訓が出てるわけですけれどね、格納庫をカラにしておけとか。それが全然だめなんだ』

ハワイから帰り、ミッドウェーへ出撃するまでの数ヵ月間、南雲艦隊はラバウル、ポートダーウィン、それからインド洋へと足をのばして荒しまわった。

『……機動部隊という、世界で初めてつくられた部隊の作戦が功を奏している、という感じでした。あたるべからざる勢いというか、向こうの戦闘機も多少は上がってくるけれど、まったく鎧袖一触という有様でね。

「ドーセットシャー」とか「コーンウォール」とかイギリスの一万トン巡洋艦二隻を沈めたり、空母の「ハーミス」を撃沈して、まさに向かうところ敵なし。機動部隊とは物すごいもんだ、という……』

——そういうところに、艦隊にもパイロットのなかにも慢心が芽生える素地があった、といえますか？

『うん、そう。それにね、搭乗員も交代で四月に新しいのが入ってきた。その新人たちが何の戦歴もないのに、「俺は艦隊の搭乗員だ」というふうにエリート意識ばかりが先行してしまった』

——すると、俺たちが出て行けば何とかなる、という雰囲気がやはりできたんでしょうね？

『そういうことですよ。これになった（テングに）ということですかな』

ところで、山口多聞少将の二航戦司令部は、開戦まえから「蒼龍」を旗艦に定めていた。だが、司令部が日夜そばにいるということは、艦の乗員にとって何となくケムたいものだそうだ。インド洋からの帰途、阿部隊長は山口司令官たちと雑談の機会をもった。遠慮のない隊長は少将に、

『司令官、司令部のおかげで「蒼龍」の士気は大いに上がっています。つぎの作戦では「飛龍」に移られて、あちらの士気を鼓舞されてはいかがですか』

と冗談まじりに話した。まさかヒョータンから駒が出たわけでもなかったろうが、二航戦司令部はミッドウェー出撃の一週間まえに、「飛龍」へ移動していった。

――山口多聞さんという方は飛行機屋ではなかったけれど、航空作戦は手慣れていたのでしょうか?

『シナ事変で中攻隊指揮官もやられたし、航空作戦とはこうやるものだ、ということは頭に入れておられたと思いますよ。

ミッドウェーの時も、すぐ敵艦隊へ攻撃を向けることを一航艦司令部に建言しておるし。二航戦の指導もじつに適切だった。とにかく積極的な方でした。

ほんらいの飛行機屋には、桑原虎雄さん（中将）という方がおられてね。この方はシナ事変で、やはり司令官（第二連合航空隊、第一連合航空隊）をやられた。けれど、中攻隊に大きな被害が出たとき、いろいろ考え、悩んでおられたようだったんですなぁ。

教育部隊にも長くおられて、いままで育ててあげてきた優秀な連中が、こんなところで、こんなつまらぬ作戦で墜とされてしまう。航空生え抜きの桑原さんとしては、じつにやりきれぬ気持だったんでしょう。

わたし自身、陸偵で飛んだのだけれど、成都のちょっと奥へ行くとコンロン山脈。八月というのに峨々たる山々に白い雪をいただいて、行けども行けども果てしない。いったいこの戦争どうする気なのか、という感じがしました。陸（軍）さんどこまで進むつもりですか？

中国はこんなに広いんですよ、と軍司令官を乗せて飛んでやりたい気持がしたものです。われわれ海軍は、海の上の戦いに備えているんであって、海上で死ぬのなら、それはわたしどもの任務です。

だから、桑原さんは攻撃隊を出すときも非常に慎重でした。そんな点が、上の方には優柔不断と受けとられたんじゃないですか』

桑原虎雄少将が、山口多聞少将と交代して内地の横須賀航空隊司令に転勤になったのは、昭和十五年一月だった。

『山口さんは、進め進めの戦闘機屋的な方だったが、桑原さんは、どちらかというと艦攻乗り的な人柄でしたな』

機種別の搭乗員気質

——その、戦闘機屋的とか艦攻乗り的というのは、どんな……？

『それはね、戦闘機乗りは、うかうかしてたら自分が墜とされるんだから、見敵必戦、見敵必墜だよ。敵を見たら嚙みついていく。そのためには、ケンカの腕を磨かんといかん。だから、おそろしく鼻っぱしらが強い。そのぐらいでないと、戦闘機はやっていけん。

ところが、中攻とか艦攻っていうのは、水平爆撃で本当に針路が〇・五度ちがったら、もう爆弾は当たらない。雷撃だって、ちょっと針路がそれたら命中はしない。だから、攻撃機は下からどんなに撃たれても、あるいは上から戦闘機にどんなにたかられても、ぐーっと辛抱して針路や編隊をくずさないようにせんといかん。自分の爆弾（たま）なり魚雷を落としてから、はじめてスベらしたり何なりして避退するわけだ。したがって、非常に我慢づよい。一般的におとなしくって、豪語なんかしない。

艦爆はというと、いったんダイブに入ったら、もう少々下から撃たれたって、突っこんで行かなければならん。攻撃機と同じだ。ズラしたら当たらんのだから、じっと苦しさをこらえて、それから爆弾を落とす。

けれど、艦爆は空戦もできるんですよ。僕も事変のとき、九四艦爆で空戦をやって敵機を叩き落としたり、ここ(肩)をうち抜かれたことがある。だから、格闘もできるこの連中は、戦闘機屋的性格と艦攻的性格の中間を行くようになるんだ。といってもね、完全に中間というのではなく、戦闘機的な性格の強いのもおったし、攻撃機的性格に富んでいるのもおりましたな。

それから、水上機は特殊でね。戦艦や巡洋艦にのってフネの仕事を助ける。まぁ、望遠鏡と測距儀の延長です。自分で敵艦や敵機をやっつけるということはないわけだ。したがって、われわれ攻撃専門部隊の人間から見ると、これが飛行機乗りかと思うようなおとなしいのが多かった』

海軍機搭乗員気質の種々相、これはなかなか面白いお話だった。

ならば、阿部隊長はどんな部類に属する搭乗員だったのか? すでに読者は気づかれたろうが、氏は操縦士官ではない。

大正十二年から昭和五年までの一時期、海軍では、飛行将校の養成を飛行学生(操縦)と偵察学生の二本立てで実施していたことがあった。軍用機は飛ぶだけでなく、戦闘という任務をもつ。海軍航空成長期に入って、爆撃、雷撃、偵察、通信、射撃、そんな機上作業の分野への認識が急に強まった。そこで操・偵分離教育がはかられたものらしい。

しかし、さきほどの爆撃嚮導機の場合もそうであったように、機上作業の責任を分担する操縦者（パイロット）の比重は大きいのだ。〝車引き〟などとけなした操縦部門への理解が、あらためて深められた。操縦桿が握れないような士官搭乗員は一人前ではないと考えられ、教育は飛行学生一本になった。

そして、一年間の操縦教育を終えてから、適性を見て操縦士官と偵察士官に分けることにしたのだ。第二〇期飛行学生からである。

だが、海軍ではロジスティクスを軽視したように、飛行機でも派手さがなく、後方座席に〝乗せられ〟ているかのように見える偵察員への志望者は少なかった。しかも、どちらかというと操縦適性に欠ける者がまわされる傾向があったようだ。

阿部隊長が偵察に進んだのは、第二七期飛行学生を卒業した昭和十一年の暮れからであった。が、だからといって、氏の場合、操縦が下手だったからではない。操縦技量には十分の自信をもち、上の部に入ると自負し、操縦士官を熱望していた。

『昭和十六年の霞ヶ浦の教官のとき、入佐（俊家・中攻の名隊長）さんが隊長で、ある夜、野中五郎と二人して中攻の夜間着陸を教わったことがあった。ぼくは、三回、定着をピシャッ、ピシャッときめて、「阿部君、キミは偵察だけど、いつ中攻の操縦へ来ても大丈夫だ。どうだ、来んか?」と、お墨つきをもらったんだ。

五郎は操縦のくせに、前へ出過ぎてみたり、後のほうへ着けてみたり、あいつは下手くそだった……』

と、軽く自慢話をされた。野中五郎とは、昭和二十年に神雷部隊の隊長として特攻戦死し、大佐に二階級進級したあの野中さんだ。阿部隊長とは江田島も飛行学生も同期、ともに空で戦った仲間である。「五郎はヘタだった」と語る悪口まがいの氏の言葉には、亡くなった友をしのぶ限りない友情がこめられていた。

少々、脱線したが、天下りで偵察配置と決定されたとき、阿部隊長は非常に憤慨したそうだ。飛行学生卒業直前だったので、司令の所へ猛烈にネジこんでいったという。しかし、逆に偵察士官の海軍における重要性を諄々とさとされ、翻然、操縦熱望の考えを一擲し、偵察に打ちこむ決意を固めたのだった。終戦まで偵察配置を貫いた。

操縦者になると、戦闘機、艦爆など搭乗機種を定められたあとは、ふつうそれに固定されることが多い。

阿部隊長は偵察士官になったゆえに、艦爆、艦攻、偵察、水偵と、いくつもの機種を経験し、機種の枠にしばられることがなかった。

氏が、偵察機に乗ったのは昭和十六年四月、第一二航空隊の勤務になったときだ。

海軍では、従来、陸上用の偵察機にはほとんど関心がなく、必要があれば、艦攻とか艦爆とかの他機種を流用すればよいという考え方であった。ここにも偵察軽視の思想が表われている。

ところが日華事変の中期以降、高性能偵察機の必要性が高まった。当時の措置として、陸軍の〝神風型新司令部偵察機〟を海軍流に艤装して使用することにしたのである。九八式陸上偵察機だ。一二空は戦闘機が主体の部隊だったが、陸偵も配置された。

『中攻隊が出撃するという時には、われわれ陸偵が前路に出て天候偵察をする。それから、地上に敵の戦闘機がいるかどうかも調べておく。攻撃部隊の要望を受けては、それに応ずる手当をしたわけなんだ。

戦闘機隊が成都攻撃に行くときには、その隊を連れて行って、戦闘中はそれを横で見ておる。終わるとまた連れて帰る、というようなこともしました。それから、どこそこに秘密飛行場を造っているらしい、というような情報が入ると、そこへ飛んで行って写真をとってくるとかね。以前から中攻隊には二、三機の陸偵がおかれていたんだが、われわれが十六年の四月に行ったとき、初めて偵察隊としてまとまった要務を遂行するような体制ができたんです』

太平洋戦争の緒戦を艦攻で戦った阿部隊長の最終配置は、偵察航空隊だった。「第一七一海軍航空隊」と呼ぶ、偵察・索敵を専門とする部隊で、使用機は例の〝われに追いつくグラマンなし〟と、日本海軍機中、最高速を誇った新鋭「彩雲」である。元来は艦上偵察機だったが、着艦フックをはずして陸上偵察機として使った。

陸偵を主用機とする専門航空隊は、昭和十八年四月にラバウルで開隊された「第一五一海軍航空隊」が最初である。ようやく、海軍の偵察への認識レベルが上昇したのだ。しかし、それまでの偵察軽視思想の禍根は最後まで消えなかった。

一七一空・飛行長（最終時配置）で終戦を迎えた阿部氏は、

『海軍は陸上偵察機、艦上偵察機の運用法を遂に理解しなかった。もっと積極的に、多角的に、そして巧妙に使用すべきだった。そうすれば、攻撃機の成果もさらに上がったはずだ』

と説くのである。


〈軍歴〉大正元年十一月六日、香川県に生まれる。昭和八年十一月十八日、海軍兵学校卒業、六一期。昭和十年四月、任海軍少尉。「赤城」「妙高」乗組をへて昭和十年十一月、海軍練習航空隊第二七期飛行学生。昭和十一年十一月、横須賀海軍航空隊付、任海軍中尉。昭和十二年四月、「加賀」乗組。昭和十三年八月、大村海軍航空隊付。同十一月、大村海軍航空隊分隊長、任海軍大尉。同十二月、「蒼龍」分隊長。昭和十四年十二月、鹿島海軍航空隊分隊長兼教官。昭和十五年十一月、霞ヶ浦海軍航空隊付兼教官。昭和十六年四月、鹿屋海軍航空隊分隊長。第一二海軍航空隊分隊長。同九月、「蒼龍」分隊長。昭和十七年七月、宇佐海軍航空隊付兼教官。ついで同分隊長。同十一月、同飛行隊長。昭和十八年八月、鹿屋海軍航空隊飛行隊長兼分隊長。同十一月、任海軍少佐。昭和十九年一月、築城海軍航空隊飛行隊長。同二月、第五五三海軍航空隊飛行隊長。同八月、横須賀海軍航空隊飛行隊長兼教官。昭和二十年五月、第一七一海軍航空隊飛行長。同十月、予備役。平成七年三月没。

損失ゼロの奇跡
――二〇二空飛行隊長・鈴木實中佐の証言

大分空から二〇二空へ

鈴木實海軍大尉は当時三一歳の働きざかりだったが、妙なところで太平洋戦争の開戦を迎えた。

『ええ、別府の海軍病院に入院しとったんです。昭和十六年八月、大陸の漢口（現在の武漢）で飛行場に着陸しようとしたときに、脚を出して接地したとたん、車輪が回らずトンボ返りを打ってしまったんです。

それで、気がついたときは、白い服を着た連中がまわりにたくさん居（お）ったというわけでした。頸椎骨折、人事不省……』

第一二航空隊分隊長時代の思いがけない出来事である。飛行機はもちろん零戦だった。長い療養が始まった。

『開戦を聞きまして、これは病院になど入ってはいられない、とにかく退院させてくれと頼んだんです。人事局では、それなら呉の鎮守府か兵学校の教官ではどうか、と言ってくれたんですが、私は航空隊で働きたいので大分へ行かしてもらいました。まだ首がよく回りませんでしたが、自分で飛ばなくても、地上で教えられることがたくさんありましたから。

大分の航空隊というのは、戦闘機教育の航空隊でした。下士官兵もオフィサーも、霞ヶ浦航空隊の練習生や学生を卒業した連中が、戦闘機乗りの手ほどきをここで受けたんです。それで、昭和十七年の初めから、大分空の飛行隊長兼教官をつとめまして、十八年の三月になって、ようやく待ちに待った戦地転勤の命令が出ました』

行き先は、セレベス島ケンダリーに主基地を置く第二〇二海軍航空隊だった。南西方面艦隊の第二三航空戦隊麾下の部隊だ。二三航戦の司令官は石川信吾少将、二〇二空司令は戦闘機生え抜きの岡村基春大佐である。

二〇二空の前身は太平洋戦争緒戦時、台湾から長駆フィリピン空襲を敢行して暴れまわった、第三航空隊という戦闘機部隊だ。さらにさかのぼれば、かつて鈴木隊長が中国大陸で活躍していたとき、所属していた一二空に淵源がもとめられる。特設航空隊とはいえ、名門歴戦部隊であった。

『だから、搭乗員の大部分は顔なじみでした。歴戦の士も多く、隊員個々の練度は高かったのです』

この頃の、わが海軍の南西方面態勢は、航空兵力の再建が一応おわり、北部オーストラリアへの航空攻撃をふたたび実施しようともくろんでいる状況だった。

鈴木隊長が着任して石川司令官と話をしたとき、

『こんどは、大空中戦が展開される可能性が高い。豪州は相当に戦力を強化しているから、戦闘機隊を十分に錬成してくれ、ということでした』

それからおよそ一ヵ月、空襲をかけてくるB24爆撃機の邀撃戦の合い間をぬって、ネジを締めなおすように、しかも斬新な訓練が猛烈にはじめられた。

『そこで、大編隊訓練を実施したんです。二〇機ぐらいずつ、二つの群にわかれてやるんだけれど、編隊戦闘といっても、双方ぶつかり合ってまんじ巴の空中戦の訓練をするわけではありません。多数機が入り乱れて、そんなことをしたら危険ですからね。両軍が遭遇して、戦闘を開始するまでの運用を演練したんです。

戦闘機の戦いでいちばん大事なのは、敵を一秒でも早く発見すること。とにかく先に見つけて、少しでも高い位置につくと非常に有利なんです。降下するときはグーッと速力が出ますが、下から上がってくる敵はスピードが出ません。

昭和15年11月ごろ、大尉で大分海軍航空隊教官時の鈴木中佐。

そして、その発見には太陽の位置が非常に影響します。太陽に向かって飛ぶと、敵の飛行機は見えないんです。ところが、太陽を背にして相手を見るとよく見える。

だから、敵との関係位置が、なるべく太陽側になるように味方編隊を誘導していくわけです。敵を太陽から遠ざける。

結局、この訓練は、私じしんだとかそのほか編隊指揮官になる大尉、中尉連中の誘導法訓練だったともいえます。

そういう演練を、だいたい三〇〇キロぐらい離れているマカッサルとケンダリーの両方の基地から、同時刻にお互いが飛び上がって、どちらが先に発見し、どちらが先に有利な態度を占めるかの競争をずいぶんと激しくやりました。

こういうときも、酸素吸入器をもって、機銃には実弾をこめ、実際に戦闘するのと同じ装備で訓練したんです。でないと、空襲がありますから、訓練最中に敵機と遭遇したときに困ってしまうわけです。

ところが、隊をあげてのこんな多数機訓練を、実戦装備で頻繁にやるものだから、整備員は音をあげたらしいですよ。酸素もタマも燃料もフルにつめなければなりませんから。

また、隊内の連絡は無線電話でするんです。けれど、よほど近いところでないと、よく聞こえませんでした。まあ、何とか話は通じましたが』

こうして訓練の仕上がった昭和十八年五月二日、豪州北部攻撃が実施された。

鈴木少佐指揮の零戦隊は、前日の一日にチモール島クーパンへ前進していた。当日午前七時三十分、クーパンを離陸すると、ケンダリーを発進してきた平田種正少佐指揮の七五三空・陸攻隊二五機と空中で合同、戦爆連合編隊でポートダーウィンを襲う。

『中攻隊が四〇〇〇ぐらいの高度で進撃していくと、零戦隊は、その上方一〇〇〇から二〇〇〇メートルほどを、少し後ろの方から警戒しながらついていくんです。

敵地に進入するときはさらに高度をあげるんですが、爆撃がそのまま無事にすめばよし、そのまえに敵戦闘機が上がってきたら、こちらの制空隊が戦闘に入っていきます。

敵機が下方にいるときは、それほどこわくはありません。けれど、上で待たれたときは、爆撃機にたかられてはたいへんですから、すぐ空中戦闘に巻きこまなくてはなりません』

陸地に入った中攻隊は高度を約五〇〇〇に上げ、零戦隊はその後上方、七〇〇〇メートルの高さに位置し、快晴のダーウィンへ進入していった。

やがて花火のように炸裂する激しい対空砲火に迎えられた。それを振りきるように、陸攻隊は東飛行場にたいし高度四五〇〇くらいで爆撃を開始した。午前九時四十分だった。

爆弾はおおかた軍事施設をうまく包み、五ヵ所から大火災が発生、もう一ヵ所飛行場のちかくにも大火災が起きた。爆撃成功である。

『爆撃が終わったあとだったと思います。敵機が下から上がってきました。「あぁ、来よるな」と見ておりました。こちらが有利な態勢で、空中戦闘に持ちこめるわけです』

三群から成るスピットファイア約三〇機、ただちに増槽が捨てられる。

『私は、ぐんぐん太陽側にまわりこんで行きました。ずいぶん高度差があったので私の合図で、みな一斉に、降るように敵機に襲いかかっていきました』

――このころは、一撃離脱の戦闘だったのですか？

『いや、格闘戦です。スピットファイアも、最初のうちはドッグ・ファイティングに入ってきよったんですよ。そうすると、零戦ていうのは旋回性能がホントにいいですからね、ピタッと、敵機の後方につくことができるんです。

ところが、敵もしだいに「これはまずいなぁ」と、気がついたんでしょう。一撃離脱で、サッと離れてしまう。もうそうなると、追っかけたって追いつきません。

たしかに、スピットファイアはいい飛行機でしたねぇ。スピードは、零戦なんかぜんぜん問題にならない』

零戦は二一型が九五〇馬力、時速五三三キロ、一方、スピットファイア2は、一一七五馬力、五八七キロの優速だったのだ。

この日、彼我入り乱れての空戦が戦われ、鈴木隊は一四機の敵機を撃墜した。しかも、味方には被弾機七機を出しただけで、損失はゼロという見事な快勝であった。陸攻隊は損失機なしだ。

午後四時二十五分までには、全機クーパンに帰着、石川司令官は「戦闘機隊の掩護と空戦戦果は見事である」との賞詞をおくった。

三回に及ぶ圧倒的連勝記録

六月になって、二十八日、またも鈴木飛行隊長指揮の大規模掩護戦闘機隊をつけた、ダーウィン爆撃が行なわれた。陸攻隊は九機、零戦隊は二七機だった。この日も、スピットファイア一〇機の迎撃をうけたが、陸攻にも零戦にも損失を生じていない。爆弾はほぼ半数が目標をおおい、撃墜戦果は四機をかぞえた。

さらに翌々三十日、ダーウィンより南へ一九〇キロ下った、ブロックスクリークへの強襲が企図される。

ボーイングB24爆撃機多数がこの基地へ進出し、近々、わが方へ来襲するらしいとの情報が入ったからだ。一週間まえの二十三日には、B24一六機がマカッサルを空襲していた。このような状況下で、石川司令官は断固ブロックスクリークの攻撃を決意した。

『作戦会議では議論が沸騰しましてね。幕僚からは「無謀にちかい。これでは陸攻隊が全滅する」とまでの意見が出たんです。

というのは、ダーウィンからさらに一九〇キロも飛んでいく間には、十数ヵ所もある敵基地の上空を通らなければなりません。敵戦闘機の連続攻撃にさらされることになり、こちらはといえば、航続力の関係から、零戦の戦える時間が、いままでよりさらに減ってしまうわけです。

したがって、この攻撃は目的完遂が困難、という考えになってきました』

しかし、石川司令官は決行の意志を変えない。ついには、みずから航空図をひらいて研究し、つぎのような作戦を提案した。

『つまり豪州への入り口、バザース島を中心に半径一〇〇マイルの円を描きます。この内側が敵の電探(レーダー)警戒圏と考えられるわけです。そこで、この円にクーパンから接線を引き、また、ブロックスクリークからも接線を引くんです。

そして、この接線上を飛んで行けば、一応、敵の警戒圏外側ギリギリのところから、進入できる計算になるわけです。じつに妙案であり、陸攻隊にとっては工合がいいんです。

だけど、まっすぐに飛んでも四八〇マイル(約八九〇キロ)以上あるのに、このように迂回するとなると、五〇〇マイルも飛ばなければなりません。しかも、敵地上空で空中戦をやるのでは、零戦隊にとってはまことに困難な作戦行動になってしまうんです。

司令官が、「隊長、どうだ。確信がもてるか」とお尋ねになりました』

河本広中先任参謀は海兵五三期を四番で卒業した秀才飛行機屋、板谷茂参謀も五七期をトップで出た俊才戦闘機パイロットだ。航空作戦を実施するさいの難易がどこにあるかは、知りすぎるほど知っていた。だからこそ、実行する部隊の苦難を推察してためらったのだ。

『私は、やるのなら、戦闘を極端にきりつめないとダメだ、と思いながらも、どこか、チモール島に、オーストラリアへ最短距離の飛行場はないか、と航空図で探してみたんです。ふと目についたのが、東端ラウテンにある陸軍の秘密飛行場でした。ここを発進基地に使えば、往復で一〇〇マイルちかく短くなり、それだけ空戦時間にも余裕ができます。そこで私は、ラウテン基地を使用できるなら攻撃は可能、と司令官に進言しました』

六月二十九日夕方、零戦隊はラウテンへ移動した。ついで翌三十日早朝、ケンダリーを発進した平田少佐の陸攻隊二四機は、午前八時三十分、ラウテン基地上空へ飛来する。鈴木隊長を先頭に、つぎつぎに離陸した零戦隊二七機はただちに爆撃隊と合同して、進撃針路についた。

『こんどの戦闘は、今までのように、一方的に勝つとはとても考えられません。敵だって、兵力を増強して褌をしめ直してきましょうからね。

それで、出発前に、隊員たちによく言い聞かせたんです。

敵地奥ふかく侵入するので、何回も空戦が起きる可能性がある。だから、逃げる敵は相手にせず向かってくる奴だけを攻撃し、それも深追いしてはいかん。

また、陸攻隊が爆撃を終わるまでは、決してこちらからは攻撃をかけないで、多少われわれに不利な態勢におちいっても、隠忍自重、ひたすら爆撃隊掩護の目的を第一と考えよ、とですね』

バザースト島のレーダーをはずすように南下した飛行機隊は、めざすブロックスクリークの西方約一〇〇マイル付近で左へ九〇度変針、いよいよ全機が上昇を開始した。

零戦隊は高度を八〇〇〇メートルに上げ、陸攻隊にかぶさるようにして掩護しながら陸地へ入って行く。いる、いる。眼下に見えてきた飛行場には、大型重爆撃機が二十数機、ドス黒い機体をならべていた。

『敵機の来襲にそなえて、私は「各隊、警戒せよ」の命令を下しました。たしか、午前十一時四十分だったと思います。

そのとき、はるか左の方に点々と、高度を上げながらこちらに向かってくる敵戦闘機を見つけました。敵サン、やってきたな、というので私が増槽を捨てると、全機がこれにならってタンクを落としました』

通常なら、ここで〝突撃せよ〟を下令するのだが、今日は、爆撃目的を何としても達成させるのが、戦闘機隊の至上任務である。鈴木隊長はグッとがまんした。敵の態勢は刻々有利に変化していく。早く陸攻隊が爆撃してくれないかと、ジリジリする思いで待った。

『もうこれ以上待ったらダメだ、と判断したので、三コ中隊ぜんぶ集合させ、敵機と陸攻隊の中間へ割りこむように誘導していったんです。

爆撃隊にチョッとでも手にかけてきたら、ただではおかないぞ、という構えです。両者にらみ合いのかたちで動いていったんですが、ずいぶん時間が長く感じられました。敵は例のスピットファイアです』

そのとき、飛行場の敵爆撃機列線に弾着の閃光がほとばしった。時刻は十二時ちょうどであった。

防衛研究所戦史叢書によると、平田陸攻隊の投下した二五〇キロ爆弾二四発、六〇キロ陸用爆弾一七〇発、七〇キロ焼夷弾二二発が敵機群を捕捉、重爆約一五機が炎上して一面火の海となり、燃料集積所にも大火災が発生したとされている。爆撃は大成功、零戦隊も目的の第一段を完全に成しとげた。

『私たちは、これでよしっ、とばかりに敵戦闘機のなかへ斬りこんでいったんです。そして、得意とする格闘戦に巻きこんでいきました。ところが、その日のスピットファイアは前の二回とちがって、闘志をむき出しに、猛烈に食いさがってくるんですよ。

空戦ていうのは、いったん開始すると、どんどん高度が下がるものなんです。八〇〇〇メートルではじめたのがみるみるうちに低下して、地上スレスレになってもまだ勝負がつかない。これまでにない苦戦になってしまいました。

なんとか、部下をまとめたいと思ったのですが、バラバラになっていって、とっさの指揮では無理です。帰りの燃料も心配になってきました。それで、列機二機を連れて西へ機首を向けたんですが、敵の追撃もないので、また高度をとって戦場へ引き返してみました。ほんの僅かな時間だったのですが、もう、敵も味方も見当たりません』

鈴木隊長は、この様子では味方にもかなりの被害が出たであろうと、心を痛めながら帰途についた。午後二時三十分、ラウテン基地へすべりこんだときには燃料はゼロに近かった。

隊長はただちに帰還機を調査した。機数は一二機である。ほかの一五機はどうしたのか。

燃料から考えても、あと三〇分しか飛べない。無事の帰還を神に祈るしかなかった。『そのとき、はるか遠くに零戦を見つけたんです。帰ってきた、帰ってきた！　と大喜びでかぞえると、一三機もいるんです。けれど、あとの二機はどうしたか、とうとう二機を失くしたか、と思いました。

ところが、また、かすかに爆音が聞こえてきたんです。同時に、海岸の見張所から電話が入りましてね、それが残りの二機だったんです。嬉しかった、ホントに嬉しかった。涙がボロボロでました』

陸攻隊に戦死傷者は出たが損失機はなく、全機帰還。零戦隊も、苦戦を切り抜け、これで掩護目的を完全にはたしたわけだ。しかも全機無事帰還し、一〇機撃墜の戦果をあげていた。

鈴木隊長は、これを奇跡、天佑とよろこぶ。

だが、真の意味の奇跡とか天佑は、努力のうえに努力を積みかさねる者にのみ訪れる。戦果大にして被害なしの圧倒的勝利、それも、五月二日いらい三回におよぶ記録的な連勝は、鈴木零戦隊のたゆまぬ猛訓練によって築かれた高い練度にたいし、神が与えた奇跡、天佑という名の賞誉であった。

中国戦線で二度の感状授与

――この六月三十日の作戦を、石川司令官は、自分が機上で直接指揮するとまで、強硬に主張されたそうですが、航空戦隊司令官としての石川少将はどうだったのでしょうか？　戦いのやり方とか。

『あの方は、元来は鉄砲屋（砲術士官）なんです。しかし、航空作戦は、河本広中さんとか板谷茂さんとか、専門家の立派な人物がついていました。そういう人たちが飛行機の方は主としてやりましたから、まずい戦さをやるということはありませんでした』

石川信吾少将の名は、実戦部隊の指揮官としてではなく、軍政家としてよく知られている。戦前、軍務局第二課長だったころ、「第一委員会」のメンバーとして委員会を牛耳り、強硬な主戦派として活躍した経歴がある。鈴木さんに話を少々脱線していただいた。

『石川さんは、たしかに戦略家ではありました。ですが、軍人ばなれした人でしたね。軍人でありながら、ずいぶん、いろいろな人物と交際があって、政治家の藤山愛一郎さんとも非常に仲がよかった。「愛ちゃん、愛ちゃん」といっていました。

私も石川さんにはかなり可愛がられまして、戦地から内地へ飛行機を取りに帰る時など、「これを、藤山のところへ届けてくれ」なんて、頼まれたりしたものでした。

戦後も、ずっと藤山さんと交際をつづけてましたし、まあ、石川さんは政治家ですよ』

こえて九月七日、二〇二空の零戦隊はおよそ二ヵ月ぶりにダーウィンを空襲した。こんどは、いままでにない三六機編制という大部隊での進撃だった。それも、奥地偵察の任務をもった陸軍一〇〇式司令部偵察機二機を護衛して敵地に向かうという、珍しい組み合わせであった。

午前七時十分、ラウテン基地を出発し、ダーウィンに進入したが敵機はいない。最大速力が六〇〇キロを超える司偵は全速で南下、偵察に向かった。そこで、零戦隊は反転して帰途につき、バザースト島沖にさしかかった頃だった。

『さあ帰ろうというので、このときは、みな編隊を組んで飛んでいました。

そうしたら、ポートダーウィンをだいぶ離れたと思ったじぶん、スーッと下から来とったんですね、敵機が。僕ら、全然わからなかった。いきなり、うちの二番機が射ち上げられたんです。おかしいなっと思ったとき、三番機も気がついてパッと反転して追いかけ、僕も反転したら、もう下へ逃げて行くところでした。これでついに、無傷だった私のところで、一機墜とされてしまいました』

零戦隊はすぐさま敵戦闘機と空戦に入った。記録によると、この戦闘で、わが方は一八機（うち不確実三機）の敵を撃墜したと報告しており、豪軍側は三機の被害だったとしている。鈴木隊長もこう語る。

『墜とした、墜としたといっても、実際には落ちていないことがあり、戦果はややもすると大

日華事変では２回も感状を授与され、功四級に輝いた。写真はその中国戦線の零戦。前方の胴体に２本バンドの機が鈴木機。

きくなりがちです』

九月七日の空戦を最後に、零戦隊の北部オーストラリア方面への攻撃作戦は中止となった。零戦対スピットファイアの〝空の決闘〟は見られなくなったのである。

鈴木少佐たちは、こんどは米軍と戦うため、ニューギニア西部にちかいケイ諸島のトアールへ転進していった。

ところで、鈴木飛行隊長は海兵第六〇期の卒業だ。太平洋戦争緒戦時、すでにクラスのなかで、とくに飛行機乗りには金鵄勲章を頂戴している人が多かった。だが、その大部分は功五級であり、隊長のように功四級に輝いている士官は少なかった。これは、飛行学生第二六期三四名のうちで、ただ三人にのみあたえられた栄誉だ。武功が群を抜いていた証しといえる。

むろん、このようなことを、ソフトでじつに謙抑な紳士の氏が、みずから得意気に話されるはずがない。訪問まえに、当方であらかじめ調べておいたのだ。

鈴木隊長の初陣は、日華事変が始まったばかりの昭和十二年八月だ。当時、中尉で、空母「龍驤」の戦闘機分隊・分隊士だった。

二十三日の午前、部下三機をひきいて上海の北方、宝山上空を哨戒していた。するとそのとき、三番機が突如、敵発見の合図をして急上昇をはじめた。

見ると、敵機はカーチスホーク三型とボーイングP26の合計二七機がたむろしており、上下二段にわかれていた。

鈴木機は三〇〇メートルに迫って火蓋を切った。ぼんやりしていた敵は初めて気がついたようだ。さらに、三〇メートルまで突っこんで猛射を浴びせる。たちまち敵機は機首を左にし、矢のように墜落していった。

敵味方入り乱れての格闘戦が展開された。鈴木機はつづいて二機を墜とし、計三機を撃墜する。

他の列機も、それぞれに相手を撃墜し、あわせて九機をほふった。鈴木隊に損害なし。この功で、第一回目の感状が長谷川清第三艦隊長官から授与されたのだ。初陣にしてこの大戦果。それにしても、はじめて敵と銃火を交えるさいの心境は、どんなものなのだろう。

『自分では、十分接近したと思って射っているんです。曳光弾の光を見ているとぜんぶ敵機に吸い込まれ、命中しているように感じられます。だけど、当たっていないんですねぇ。後落しているんですよ。バリバリ射っても落ちない。おかしいなぁ、と考えてみると、やっぱり遠くから射っているんです。

射撃訓練のときなんか、吹き流しスレスレまで近寄って射ち、退避するのですけどね。実戦になると、自分では敵機がすぐ目の前になり、ぶつかりそうだと思っても、まだかなり距離があるんです』

これが戦場心理というものらしい。

――一二空におられたとき、天水（西安と蘭州のほぼ中間）攻撃に行かれたのは、昭和十六年の五月でしたね？

『あの時は、天水の飛行場に敵飛行機が集結しているという情報が入りまして、すぐ行け、というので朝はやく一機で飛び出しました。しようがないなぁ、と思って帰ろうとしましたけれど、行ってみたら地上にはいないんです。そうしたら、僕の後ろにいた列機がパッと引き返しました。敵サンが後方からついてきよるんですよ。

すぐに戦闘に巻き込みまして、五機墜としました。みなバラバラになったので、それをまとめて、さあ帰ろうかなと思ったんです。

けれど、いやもう一度飛行場へ行ってみようと考えました。そうしたら、なんと空中に避退していた敵の連中が、全機着陸してガソリンの補給をしとるんです。こりゃしめた、と思ってすぐ銃撃に入り、二三機ぜんぶ焼きはらってしまいました。じつに好運でしたねぇ』

この日の攻撃が賞され、二回目の感状を嶋田繁太郎支那方面艦隊司令長官から頂戴した。

飛行隊長の役割

昭和十九年九月、鈴木隊長は神ノ池海軍航空隊飛行長兼教官の辞令を拝し、内地勤務に転じた。この航空隊は、艦上戦闘機乗りを養成する練習航空隊だ。戦塵をおとす、しばらくぶりの骨休みといったところであったろう。しかし、年が明け二十年一月に入ると、また実戦部隊にかわる。二〇一空の飛行長になった。が、それはほんの名目だけで、半月もたたないうちに第二〇五海軍航空隊飛行長へ転任した。

昭和九年から始まった、氏の長い航空生活はこの二〇五空でピリオドを打たれるのだが、練習機時代を除いて、その始終を、戦闘機パイロットとして過ごした。複葉の九〇戦、九五機、それから単葉の九六戦、零戦へと乗機もかわっていった。『紫電改へも乗りましたが、この飛行機で戦闘したことはありません』とのお話だった。

『とにかく、零戦は軽くて、操縦のしやすい、いい飛行機でしたね。とくに、初期のころの型はよかった。それが、二〇五空で台湾へ行って戦ったじぶんには、飛行機が重くなって空中戦性能がわるくなっていました。

もっとも、われわれが注文をいろいろつけたせいもあったのですが』

昭和十八年秋以降に出現した零戦五二型甲は、全備重量が二七四三キロと、二一型より三三〇キロも増えていた。ベルト式給弾装置に改めて弾量を一二五発に増加し、主翼外板を厚くするなど各種の改造を加えたからだ。馬力は一五〇馬力ほど増強されてはいたが、動きが鈍ってしまった。

『私は、そのために墜とされそうになったことがあるんです。空中戦闘じゃないんですけれど、石垣島から台湾の司令部へ要務で行ったときのことです。

二番機に先任下士官を連れて、二機だけで行きました。用事がすんで帰ろうとすると、参謀が酒だとかチェリーの缶入りをお土産にくれましてね、それを後部へ積んで、夕方暗くなるころ石垣島へ戻ってきたんです。

着陸しようとして脚を出していました。そしたら、グラマン四機が、いきなり上から降ってきたわけですよ。こりゃいかん、とすぐ横すべりで避け、脚を入れようとしたけど、スピードが出ているから入らない。

このままでは墜とされると思ったので、味方の根拠地隊陣地の方へ飛んだんです。どんどん高角砲の掩護射撃をしてくれました。お陰で敵は近づいてこられませんでした。五二型でしたが、操縦していて飛行機そのものがだいぶ重いな、と感じました。土産物を積んでいたり、脚を出していたにしてもです。

それで、石垣島のまわりをぐるぐる飛んで、暗くなってから夜間着陸で帰ったわけです』

さて、鈴木隊長の戦歴を振り返ってみると、とにかく損害が少なくて戦果が大きいのに気づく。「龍驤」時代、一二空時代、二〇二空時代、ずっとそうだ。

『まあ、運がよかったんでしょう』と氏は謙遜される。だが、先ほども記したように、一度ならともかく、度かさなる好運というのは、努力する者の上にしか恵まれない。

三コ中隊、四コ中隊の大きな戦闘機隊を指揮して、〝戦果大、被害僅少〟の好成績を収めるには、飛行隊長として、なみなみならぬ苦心と研究があったにちがいない。それをうかがってみた。

『先頭を飛んで行く指揮官として、まず、航法を間違えないようにしないといけません。すこしでも余計な回り道をすると、長距離進撃のときは燃料ぎりぎりで飛びますから、ガソリンが足りなくなってしまう。

風に対する研究、注意をいつもしていなければなりません。向かい風のときには、うっかりすると戦場へ着かないうちに増槽の燃料が切れてしまう、なんていうこともあり得ます。漢口から成都へ飛んだときも、いっぱいいっぱいだったし、ポートダーウィンも相当に遠かったですから。

そして速力。自分がまず経済速力で飛びます。指揮官が少しでもムダに多く使えば、列機はさらに多く燃料を使わなければなりません。というのは、列機は、僕と編隊を組んで飛ぶために、始終エンジンをふかしたり減速したりの連続ですから、それだけたくさんガソリンを食うわけです。

だから、指揮官はつねに燃料のことを頭において、速力を調節するのです。

それから、敵機に見つからないように飛ぶこと。雲があったらそれを利用して、敵から見えにくいような所を通るとか。といって、雲のなかへ入ってしまっては、編隊をこわしかねません。

しばらくは、隊長機について飛行していますが、長い間はいっていると、カンが狂ってきて真っ逆さまに墜落してしまう場合もあります。隊長機みずからも、そういう状態になりますし、戦闘機で雲中飛行するのは非常に難しいので、避けなければいけません。

とくに、入道雲のなかへ飛びこむとヒドイ目にあいます。気流は悪いし、避雷針も一応ついているけど、それでも雷にやられることがあるんです。こいつだけはよけなければいけない。

それと、空中戦闘で敵が逃げたら「深追いはするなよ」と、いつも部下に注意していました。こんどの戦場は距離がいくら、だから気をつけないと燃料が不足するぞ、とよーく注意したんです。

空中戦をやるとバラバラになります。二機、三機とまとまって帰れることもありますが、ときには、単機で帰らなければならないこともあります。

だから、ダーウィンを攻撃してクーパンへ帰ってくる時なども、「チモール島のまん中をめがけて帰ってこい」と教えておくわけです。クーパンは島の西端、陸軍飛行場のラウテンにしても東端にありますから、基地を直接めざすと、左か右へそれた場合、帰りつけない。そして、くり返すようですが、とにかく一秒でも先に敵を見つけた方が勝ちですよ。見つけたらすぐ、私は全機をひき連れて上昇しちゃうんです。下にいる敵が、気がついて這い上がろうとしても、速力が出ませんから逃げまわるより仕方がない。こっちは何回でも攻撃をかけることができるんです。

しかし、ときどき失敗して、逆に上から降ってこられることがあります。これが指揮官として一番まずい。指揮官がぼんやりしていると、その戦闘機隊の戦いはじつに不利になります。だから、指揮官の後ろには目のいい部下を置いて、見つけたらすぐ知らせろと、訓練のときからそのようにしつけていました』

――すると、部下から見ましても、うまくリードしてくれる隊長が最高、ということになりましょうか？　隊長個人の格闘技術が上手か下手かということよりも。

『そういうことなんです。部下はよく知っていますから、あの指揮官と一緒に行けば、被害もあまり受けず、上手に戦さをやってくれるぞ、という気持、期待は口には出さなくても、みな暗々裡にもっていただろうと思います。

それを、隊長が夢中になって格闘してしまうと、わけがわからなくなってしまうんです。戦闘中の指揮官は上から全体を見ていて、不利な態勢に追いこまれた部下がいたら、そこへ飛んで行って、助けてやるぐらいの余裕ある気持でないと。

ともかく、隊を上手に誘導していってやる。これが何より肝心なことでしょうね。そういう有利な態勢にもっていってやれば、あとは非常に楽なんです。

それから、味方の爆撃隊に極力被害を出さないように戦うこと、これは、戦闘機隊が忘れてはならない重要なことです』

〈軍歴〉明治四十二年四月二十日、東京に生まれる。昭和七年十一月、海軍兵学校卒業、六〇期。昭和九年四月、任海軍少尉。昭和十年十一月、館山海軍航空隊戦闘機隊分隊士。昭和十一年十一月、任海軍中尉。「龍驤」乗組。昭和十二年八月、上海上空にて最初の空中戦。同十二月、霞ヶ浦海軍航空隊教官。昭和十三年六月、任海軍大尉。同十月、佐伯海軍航空隊戦闘機分隊長兼教官。昭和十四年六月、大分海軍航空隊戦闘機分隊長兼教官。昭和十六年四月、第一二航空隊分隊長。同十二月、大分海軍航空隊分隊長。昭和十七年六月、任海軍少佐。昭和十八年三月、第二〇二海軍航空隊飛行隊長(セレベス島ケンダリー基地にて南西太平洋方面作戦行動)。昭和十九年十月、神ノ池海軍航空隊飛行長。昭和二十年三月、第二〇五海軍航空隊飛行長(台中基地にて神風特攻隊任務に従事)。同八月、任海軍中佐。石垣島基地にて終戦を迎える。同十二月、内地帰還。

集中と分散
――空技廠飛行実験部部員・高岡迪中佐の証言

三種類の〝恐さ〟

高岡迪・元海軍中佐は、まったく異色の飛行隊長だ。いや、本当をいうと〝飛行隊長〟という言葉は当てはまらない。なぜならば、氏はただのパイロットや飛行隊指揮官ではないからだ。

日本海軍には航空を推進し、牽引していく機関や部隊がいくつかあった。その中の一つ、航空技術廠で〝テストパイロット〟をつとめていたのが高岡中佐なのだ。正式職名は「海軍航空技術廠飛行実験部部員」。新機種ならびに装備品の開発、改善に体を張って携わる、このいわゆる〝テスパイ〟がいかに重要で危険にみちた職務であるかは、われわれ素人にもよく推察がつく。

しかも、太平洋戦争が始まる前から終戦まで、満四年もこの配置にすわりっぱなしだったのだから、高岡氏、尋常ではない。八〇歳の高齢にもかかわらず、太く黒い眉毛の下の両眼は炯々と輝き、隼か鷲を思わせる。それは、矢だまの下をかいくぐる実戦とは異なった、飛行しているあいだは一瞬も気のぬけない、つねに死と同居しているきわめてデインジュラスな日常の連続がもたらした所産なのではあるまいか。

うかがえば、戦後も航空自衛隊でT1の実験飛行に従事し、さらに退官後も三菱重工で、MU2などのテストフライトをされたのだという。眼光が鋭くなるのもむべなるかなだ。

――テスト飛行にもいろいろあるでしょうが、今日は家へ帰れないんじゃなかろうか、というような危険感をもたれたことがありますか？

『いやぁ、それほどのことはなかったですね。コワイっていう感じはわきますけど……』

案に相違した返事だった。

氏は昭和九年の十一月に飛行学生に採用されている。以後、空母「加賀」「蒼龍」の二艦に合計四年間も乗り、日華事変にも従事して十六年八月、航空技術廠へ転じたときには、すでに七年の航空勤務をもっていた。そんな、油ののりきった自信にあふれた飛行士官であったから、テストフライトだからといって、ことさらな恐怖感にはとらわれなかったのだろうか？

『テストで飛ぶときコワイと思うのは、三種類ほどあるんです。なにしろ飛べるか飛べんかわからんもので飛ぶのだから、まず初飛行はこわい。それもね、機体もエンジンも新しいという場合は、いちばん緊張します。飛んでおる間も、髪の毛の先までピーンと張りつめる、という感じです。そうでなく、機体は新しい試作機だが発動機は従来使ってきたなじみのあるエンジン、こういうときはずっと気分的に楽なものです。

つぎは艦爆では急降下試験。垂直に降下していて、フラッターに入ってしまうと、ものすごい重力加速度がかかりますからね、飛行機はもちろん人間が参ってしまう。テストパイロットを長くやってますと、その、フラッターに入る寸前の、おかしいな？という段階が経験でわかるんです。振動が一定でリズミカルなうちは安心。ところが、〝フラッター領域〟に入ると、異なった方向の振動が重なりあって複合振動が出てきます。いやな感じになるが、そのときは実験を打ちきり、慎重に引き起こしをやらにゃいかんのです』

フラッターとは飛行機が、空気力や機体の弾性力、それから慣性力の相互作用で、翼などからはじまってついには機体全体に激烈な振動を生ずる現象だ。飛行中に起きる現象ではもっとも恐ろしいものの一つとされている。

高岡中佐は本来、艦上攻撃機乗りとして出発したが、「加賀」での一年間の勤務がおわり横須賀航空隊に転勤すると、創設されてまもなくの艦上爆撃機に乗りかわった。すなわち、急降下爆撃を専門とすることになったのだ。以後〝艦爆マーク〟がつき、〝空技廠でも主として艦爆系統のテストをする主務部員だった。

『急降下をすると、引き起こしのとき頭から足の方向にGがかかります。+G（プラス）。これは10Gから11Gくらいまでなら、瞬間的には人間は耐えられるんです。年齢によって異なるが、ふつうは5から6Gが限度です。引き起こすとブラック・アウトといって、4G以上のGになると目の前が真っ暗になってなにも見えなくなる。それをこらえて、ときによっては、なお重くなっている操縦桿をひっ張るわけですよ。

そして、またたとえば逆宙がえりなどをすると、Gが足から頭の方向へかかります。こんどは目が真っ赤になってしまう。こいつには人間はそうとうに弱い。マイナス3・5Gくらいが限度です』

――急降下のテストでは、どのくらいまで角度を深めるんですか？

『垂直降下といっても、完全に九〇度にするのは困難です。テストでは、八〇度から八五度ていどまで突っこみます。この場合、地上の三ヵ所に観測所を置いて精確にその経路を調べる。観測所は三角形の各頂点に置くように設定して、そこからカメラで撮影するわけです。

その三角形の中心へ、エンジンを一杯かけて、真っしぐらに降下するんです。このために、角度をだんだん深くし、何回も何回も繰りかえして安全を確認しながらテストしました。

これがコワイやつの二つ目ですが、もう一つはキリもみ。スピン』

通常の飛行中でも、飛行機は、操縦のミスで片翼から失速に入り、機首を下方にして機軸と鉛直軸の方向にクルクルと、キリをもむように旋転して落下することがあるという。そして、同じキリもみでも、水平キリもみなどに陥った場合は恢復できないこともあるのだそうだ。そんな危険がどんな状況で発生し、またどうしたら脱出できるかのテストだ。

『失速させてスピンのテストをするときは、その状態へ半分入れては起こし、また半分入れては起こす。こういう方法も何べんも繰りかえして次第に本物のキリもみに近づけていき、最後にぐるぐるっと旋転させてみて、正常飛行にも

開戦前から終戦まで〝テスパイ〟一代をまっとうした高岡迪氏。

どすわけです。というのは、いくら設計者がこの飛行機は大丈夫といっても、試作機ではどうなるかわからんのですから』

現在では、たとえ軍用機でも試作機は十分なシミュレーションを経て、かならず安全に飛びうるという確信に近いものをとらえてから、試験飛行に移っているようだ。

液冷エンジンの彗星と誉の銀河

『テストフライトなんていう教育は、わたしは受けてませんでしたから、空技廠へ行って半年は苦労しましたよ。自分で本を読んで勉強して。技術者をぜんぜん知らんわけですから、発動機屋さん、機体屋さん、それから風洞屋さんのこともいろいろ勉強しました』

――ずいぶんたくさんの飛行機の開発試験に従事されたことと思いますが、彗星には？

『あれは、空技廠の山名さん（正夫技師、のち技術中佐）が設計した飛行機です。エンジンはドイツの〝ダイムラーベンツ〟（DB601A）を国産化したアツタ一一型。けれど、初飛行は前任者の小牧一郎少佐（のち連合艦隊航空参謀になり、古賀司令長官とともに戦死）が飛んだので、わたしは三回目ぐらいから引き継ぎました。

当時としては、流線型ですごくスマートにできていました。水冷エンジンだったからですな。けれど、はじめは水冷却器に問題があったのか、離陸してすぐ水温が過度に上昇するため、急いで着陸しなければならないことがたびたびありました。

この彗星の試験では急降下がいちばんコワかったですな。

衝撃波というのが分かりかけてきた頃でした。急降下速度が大きいばあい、ダイブ・ブレーキを出すと機首下げモーメントが増加します。それを防ぐため、昇降舵を頭上げにとるよう、トリム・タブを偏向させてある。だが、降下中、このタブの上面に衝撃波が起きて揚力が落ちるので、速力が大きいと引き起こしをしても機首が起きないかもしれない、なんておどかされたもんです。

そこで、浅い角度からだんだんに降下角度を増して、まだ大丈夫、まだ大丈夫と安全を確かめながらテストしていきましたが、さいわい心配した現象は起きませんでした』

しかし、液冷のエンジンには手こずったようである。空冷エンジンを積むより一五ないし二〇ノットは速力が出ると考えて、山名技師は装備したのだが、不調がつづいた。ダイムラーベンツは技術的に精巧にすぎ、そのころの日本の製作技術力では手にあまったらしい。

それに現場の各航空隊でも、初めての水冷エンジンということもあって、整備しきれないという理由もあった。

『まだテストのさいちゅう、性能がよいので、戦地でくれくれというので渡したことがあったんです。たしか四号機だったかな。そしたら、向こうへ持っていっても整備に手を焼いたんでしょう。椰子の木につないであるというんですよ（笑い）。

それで、一式陸攻をわざわざ仕立てて、取りに行ったことがありました。セレベス島のケンダリーまで』

一二型は最高速力三一三ノット（時速五八〇キロ）の高性能を秘めていた。だが、エンジンのトラブルは最後まで稼働率の足を引っぱった。

――銀河の〝誉〟っていう発動機ですか、あれも扱いにくいというか、あちこちでだいぶ問題があったように聞いてますが。

『ええ、そうでした。採用にならなかったですが、中島の一一試艦爆にエンジンベッドとして積み空中試験を実施し、わたしも二、三回発動機の試験飛行をやったことがあります。はじめは〝ル号〟と呼ばれていたんだけれど、一八〇〇馬力の高出力と、巡航時の低い燃費をねらった優秀な発動機でした。しかし、あまりにもぜい肉を削りすぎたんじゃないでしょうかなあ、軽く、しかも効率を高めるために。それで内部が多少弱かったんじゃないかと思いますよ。

エンジンの選択というのは非常に難しいですね。設計当初、それさえ誤らなければ、飛行機はうまーく、スーッと伸びていきます』

〝誉〟エンジンは〝アツタ〟と同じように、製作上も整備取り扱い上も、かなり手数のかかる発動機であったようだ。

——そんな問題のある発動機を使いながら、銀河が乗りやすかったというのは機体がよかったからでしょうか？

『乗りよかったのは事実ですね。その点ではテストは問題なく順調にいきました。設計したのは、空技廠の三木さん（忠直技術少佐）という人でしたが。

それに、銀河は双発だから乗ってて安心感があります。双発機に乗りはじめたころ、これは楽だなあと思ったことがありましたよ。なのに、航空加俸は艦隊の単発・母艦機でも、基地の双発でも同じなんです（笑い）』

ともあれ、高岡中佐は海軍はじめての陸上爆撃機・銀河に好印象をいだいたようだ。テスト結果からは最高速力二九五ノット（時速五四六キロ）、航続距離二九〇〇カイリが、また急降下の制限速度は、両舷のプロペラを全力回転させて恐ろしいほどの速さで突っこめる三五〇ノットが得られた。ただし、この雷撃も急降下爆撃もできる秀才高性能機は、それゆえにそれ相当の熟練パイロットでないと、完全に乗りこなせなかったのである。

珍しい性能実験

『九九艦爆では、ちょっと変わった実験をやったことがあります。翼のはじっこを空中で吹きとばして、加速させようという実験なんです。

急降下爆撃は高いところから急角度の降下をして、低空で二五〇キロなり何なりの爆弾を投下するので、命中率はかなりたかい。だから、敵の空母のような大きいけれど脆弱なフネは、こちらの艦爆が襲ってきたとなるとそうとう前方に戦闘機による防御線を張って、撃墜しようとするはずですね。

ところが、艦爆は戦闘機より速度も上昇力でも劣っている。そこで、艦爆側は撃墜される率を少しでも減少しようと、いろいろな案が考えられました。ロケットを噴射して急加速するとか、この翼端吹きとばしの方法とかです。主翼の端末を吹きとばして翼面加重をふやしてやれば、速度が増加するから。

しかし、その翼端がタテびれか水平安定板にぶつかれば、方向または縦のコントロールを失って、スピードによってフラッターを引きおこす恐れもあったわけです。

それで、念入りに風洞実験を行なってから、じっさいの空中実験に移しました。翼端の離ります。

脱機構さえ確実にできていれば、飛行中に吹きとばすのは簡単なんです。だけど、なんらかの理由で片方の離脱機構しかはたらかなかった場合には、操縦上や安全に多少の問題がのこ

こういう点については、それぞれ納得のゆくまで地上実験を繰りかえしました。そうしてからはじめて、洋上で離脱実験をやったんです。両方ともきれいにとびましてね、つづいて実施した速力試験では、たしか最高で、二〇ノット前後の増速が得られたはずです』

このテストが行なわれたのは、昭和十九年の夏から秋にかけてであった。翼端が吹きとぶときに、とくにショックが起きるとか、操縦に異常が生ずるなどのことはなかったらしい。また、その後の安定性や着陸性能にも別段変化はなかった。だが、この実験成果が九九艦爆の機構に取り入れられて、戦闘に使われたということはなかったようだ。

『試作機の性能テストだけでなく、ほかにも珍しい実験をやってますよ。たとえば、彗星のカタパルト射出試験。

昭和十八年でしたか、戦艦の「日向」と「伊勢」の後部を改造して飛行甲板をつくりましたな。あそこから、カタパルトで彗星を射出して敵を攻撃し、そのあと彗星は陸上基地へ帰還させる案がまとまったんです。

それで、わたしはカタパルトからの射出に慣れることもふくめて、鹿屋の飛行場に特設された大型のカタパルトから射出実験を行ないました。その次に、たしか呉軍港にいた「伊勢」へ行って、こんどは常装備にした彗星に乗って、「伊勢」のカタパルトから射ち出してもらいました。

人間の体は、さっきも言いましたように、足から頭の方向へかかるG、−Gには弱いんですけど、背から腹へのGにはいちばん強いんですよ。だから、宇宙船の打ち上げの時でも、乗員は寝かした状態で発射するわけですね。カタパルト射出でも同じこと、強い衝撃に耐えられるわけです。

水上機の連中は何度もカタパルト射出の経験を持っているんでしょうが、陸上機の操縦者で陸上機でのそういう試験は、わたしが初めてではないでしょうかなぁ』

戦争が押しつまってきてからは、ほかにもアルコールによる飛行実験とか、空中で急加速して敵から逃げるためのロケット噴射試験とかの、慌しいテストも高岡中佐たちに課せられていったのだった。

——流星の開発にもタッチされたわけですね。

『流星は愛知航空機に試作命令が出されて造りました。主務設計者は尾崎紀男という人で、艦爆と艦攻を兼ねた飛行機です。こうすると、母艦から作戦するとき運用が楽ですからね。かりに、魚雷だけを戦闘に必要とするとき、機数を倍に使えるわけです。そういう意図で製造したとわたしは思っています。

実験部に副部員でいた難破正三郎君（二期航空予備学生出身・大尉）が愛知へ入社してテストをやってましたので、領収まえの流星にはあまりタッチしておりません。ただし、実験部へ持ってきたやつには僕も乗りました。

あるとき、副部員が乗って飛んでおるときでしたが、プロペラのハネが一本飛んでしまったんです（流星は四枚翅）。こうなると物凄い振動が出て、もう前なんか見えないはずですよ。どうなってるのかわからん状態で降りてきたんじゃないでしょうかなあ。しかし、操縦員がベテランだったので、木更津の港をまわって海へ着水しましてね、運よく無事でした』

——流星はよい飛行機だったという話ですが。

『うーん、あまりそういう感じは受けなかったですな、重いからね。エンジンは例の一八〇〇馬力の〝ル号〟。それに尾崎さんの設計には、エルロン（補助翼）にクセがありましてね、固いっていうのかなあ……』

どうも、厳しい審査眼をもつ高岡氏の、流星への印象は芳しくないようだった。

しかし、逆ガル型・中翼単葉・四枚ペラ、そして一八〇〇馬力で引っぱる機体は雷撃も、八〇〇キロ爆弾の水平爆撃も、また急降下爆撃もできる。若い搭乗員たちには、スタントも容易でダイブも安定していると映り、しかも二〇ミリ機銃を装備していることから人気があったようである。

空技廠と横空の役割のちがい

——横須賀航空隊でも、新しく造られた飛行機の試験をやっていたようですが、空技廠飛行実験部とのテスト区分といいますか、そのへんは？

『簡単に言ってしまいますとね、空技廠でまず試作機の性能試験をし、横空では実用試験をする、こういう区分けになっていました。

だから、うちの飛行実験部では性能試験が主体です。たとえば、上昇力試験で六〇〇〇メートルまで何分で上がれるか、何千メーターの高度でトップスピードはいくらか、航続距離はどのくらいか。そういったことのテストが主です。そして横空の方では、この飛行機の機銃の弾丸が当たるかどうか、爆弾の命中率はよいかわるいか、というような試験をして改修すべきところを改めさせていきました』

——すると、空技廠で飛行機としての性能にオーケーを出してから、横空へ渡すのですか？

『原則としてはそうです。しかし、急ぐときには、たとえば一二機試作機をつくると、性能試験なかばで半分の六機くらいを、これで試験やってくれと横空に渡しちゃうんです。一二機といっても一ペンに出来てくるわけではなく、一機、二機と出来あがってきますからね。半分くらい性能試験をやれば、物になるかどうかは見当がつきますから。その時点で、横空での実用試験も並行してはじめるわけです。銀河の場合なんかそうでした。銀河は、生産は中島でやりましたが、試作は空技廠でやっとるわけです』

——そういう試験が全部パスして、はじめて生産命令が出されるわけですね？

『ええ、オーケーが出るとそれが航空本部に上がって、航本から生産命令が出ます。しかし、これも急ぐときは、試験が半分くらい進行すれば、およその可否はわかりますからね。途中で生産命令が出されます。

だいたい、性能試験には一年くらいかかる。そして、実用試験も一年は見ないといけません。それを短縮するためには、どうしてもこういった手段をとらざるを得ないんです。

最初、軍令部から新しい飛行機の要求案が示されて、試作が出来るかできんかの計算と設計検討にかかります。それから試作命令が出て、試作機が造りあげられるまでに、いちばん早くて一年はかかるんです。遅いときには二年、三年とかかることもある。そのあと、われわれなんかの試験に一年から二年かかるでしょう。だから、最初の出発点から数えると、生産に移るまでに五年くらいかかってしまうんです』

年月ですすむのではなく、日進月歩するのが軍用航空界である。五年先を見透して計画を立てるほうも、またそれに応ずる方も、これは容易なわざではあるまい。

『まず、われわれ試作機に乗ってみて、技術者にここを直してくれ、あそこを直せと注文をつけます。舵の効きぐあい、重さ、それから三つの舵のバランスとか飛行機全体のバランスの問題……こういうことを解決して、平均的なふつうのパイロットが操縦しやすいような飛行機にしていくわけです。性能テストはそれからなんです。

わたしは主務者として何機種も受け持っていましたから、全部一人でやるわけにはいきません。副部員という特務士官なんかの中尉、少尉級のベテランが居って、こういう人たちが手分けして各種の試験をするんです。わたしのところには三人ばかり居りました。

たとえば、パーシャル・クライムといって、一〇〇〇メートル上がるのに何分かかるか計測するんです。スピードをいろいろ変えていってね。二〇〇〇から三〇〇〇、三〇〇〇から四〇〇〇、こんどは四〇〇〇から五〇〇〇と、それを何回も何回も繰り返し試験させます。「今日は、こういう結果が出ました」といって持ってきた生のデータをカーブにとってみる。試験がうまくいったかどうかは、カーブを見ればすぐわかる。カーブというものは連続的で、スムーズでなければいけません。よくなければ、また再試験を命ずるわけです。

けれども、トップスピード、最高速力を測るときなんかは、僕は自分で飛びました。これは非常に重要なテスト項目ですかね。それから、きわめて危険の感じられるテスト飛行も、自分でやりました』

艦爆系統試作機の基礎試験をわずか四人ほどでこなしたのだから、空技廠飛行実験部というお役所はずいぶん忙しい配置だったと思う。

『いや、本当に忙しかったですよ。わたしは古参の少佐になってまだ飛んでました。クラスのほかの連中なんか、みんな飛行隊長や飛行長になって、腕組みして威張っとったんだけど……』

——それにしても、四年の同一配置は長いですね。途中で、戦地へ出たいというような具申はなさったんでしょう？

『ええ、何度も出してくれといったんです。だけど、転勤させてくれなかった。替わりの人がいないんです。たまたま、わたしが、後任にはこの人がいいといって指名すると、その男が戦死したりしてね。それで、大尉のとき空技廠に入って、とうとうここで少佐から中佐になっていました』

ジェット機「橘花」のテスト

高岡中佐が、太平洋戦争の最後のさいごになって出会った開発機が橘花である。いうまでもなく、日本海軍最初のジェット機だ。

『エンジン自体の研究は、飛行の三年ぐらい前から空技廠の発動機部で種子島さん（時休（ときやす）大佐）がやっていました。運転実験でははげしい爆音というより轟音をたててね。けれど、このエンジンを載せた飛行機の試験をわたしがすることになるなんて、ぜんぜん思いもしませんでした』

昭和十九年、巌谷英一技術中佐がドイツから潜水艦で持ち帰ったジェットエンジンの原理は、種子島大佐が研究していたものと全く同じだった。しかし、軸流送風機が使われ、回転数も低くタービンも楽に設計してある。燃焼室も直流型でのびのびしていた。

種子島大佐はブロード・マインドであった。一見してそのすぐれていることを察知し、自己のこれまでの研究を御破算にして、このドイツ発動機を参考にして出直すことを主張したのだ。こうして新設計されたジェットエンジンが〝ネ20〟であり、搭載飛行機が橘花であった。ただしそれは、戦闘機でもなければ、爆撃機でもない。

『いや、あれは〝試作特殊攻撃機〟いわば〝特攻機〟なんですわ。どの部員の受け持ちにも入ってない。だから、最初にテストを持ちこまれた部員が「俺、いそがしい」、つぎの人も「いま、忙しい」。で、こういう仕事はいつも、最後はわたしがやらされるんですよ、ことわりきれなくて、アハハ……』

笑うと、あの鋭い目つきがじつに好人物らしく柔らかく和む。橘花は〝ネ20〟を二基搭載して推力一〇〇〇キロを発生させ、五〇〇キロもしくは八〇〇キロ爆弾一個を積み、本土近海に接近してきた敵艦船を低空から高速で攻撃しようというのであった。

『結局、木更津の飛行場でテストをやりました。木更津のいちばん長い滑走路は八〇〇メートルでした。エンジンの馬力はF86F戦闘機のアイドルぐらいの推力しかない。だから、離陸のときはロケットをふかすんですがね。

昭和20年8月7日、木更津において高岡中佐により日本初のジェット機・特殊攻撃機「橘花」の飛行テストが実施されたが、写真はその出発直前の光景。

しかし、第一回目の八月七日のテストのときは軽荷重で、ロケット噴射はなしで試験しました。燃料は松根油。一六分ぶんぐらいしか積んでいませんから、高度六〇〇ばかりを八分ほど飛行して、この日は無事降りてきたわけです」

天候は晴れており、離陸、着陸ともにとくに悪いクセはなく、一二〇ノットならびに一六〇ノットの速力での安定性、操縦性にも異常は認められなかった。

『二回目は、そのロケット噴射での離陸テストをするわけです。二六分飛べるていどの燃料を積んでいるので、重いんです。

ところが、ロケットの推力軸の方向がわたしには気にいらなかった。というのは、二本の軸線が重心の相当下方をつらぬいていて、かなり前方で左右交叉しているんです。直してくれと申し入れたのですが、すぐには直らないというので、仕方なくそのままテストに入りました。

けれど、離陸してからもロケット推力がのこっていると、機軸と向きがちがうので、必要以上に機首を押し上げることになって危険です。だから、離陸寸前にロケットが止まるようにせんといかんと思って、ブレーキを離すと同時にワンサウザンド、ツーサウザンド、スリーサウザンドと勘定して、そして、ポンとロケット点火のスイッチを入れました。

ところが、ロケットの推力方向が重心の下方を指向しているものだから、ロケット点火と同時に機首を一杯上げて、尾部をこすりながら走ってるんですな、機首(あたま)をうんと上げているから前が見えない。

離陸まえに予定どおりロケットが切れたので、機首がストンと下がった。それは、離陸滑走ちゅうは機首が極端に上がっているので、自然に操縦桿を一杯まえに押さえこんでいるから、当然なんです。

そのとき、僕は減速を感じたんですよ。しかし、エンジン計器を見ても別に異常はない。これはドスンと落としたので前輪がパンクしたな、と思った。そこで、エンジンをパッと切ったわけです。けれど、滑走路が少し下り坂になっているし、またブレーキがまるできかない。おまけに、前輪型の特性と飛行場内の障害物とで、どっちにも回りこめないんです。しようがない、そのまま走って場周の溝に脚をとられ、海岸の砂地にすわりこみました。

しかし、じっさいは、減速を感じたときにはもう離陸してたらしいんですね。エンジンを切らなければ、そのまま上昇していたかもしれん。だが僕は、前輪パンクによる減速とのみ考えたので、パッとエンジンを切っちゃったんです。

まあ、周りで見ていた人たちも、「危ないっ、止めろっ」という感じだったらしいですが』

こうして、八月十一日の第二回目、橘花試験飛行は失敗に終わった。とはいえ、高岡迪海軍少佐による昭和二十年八月七日の第一回目成功は、日本海軍だけの出来事にとどまらず、日本でのジェット機初飛行成功として、永遠に記録されるはずである。

支那事変では金鵄勲章受章

太平洋戦争中、全期間を内地でテストパイロットとして働いた高岡氏ではあったが、日華事変には大陸戦線へ出て戦った。

『あれは、昭和十三年の頃だったですな。僕は「蒼龍」の艦爆分隊士をやっておって、派遣隊であがりました。南京から揚子江をさかのぼった安慶の飛行場から作戦に従事したんです。ある日、揚子江沿岸の爆撃に行ったとき、面白い経験をしました。複葉の九六艦爆六機の編隊長で行きましてね。敵の陣地を爆撃して帰ってくるときでした。いきなり頬っぺたを、ガンとなぐられるような感じがしたんです。

やられたなっ、と思ってひょいと下を見ると、山の上から射ってきとる。燃料も少し洩れていました。そうこうしているうちに、頭がズキズキ痛み出した。飛行帽をとってみたら血がべっとりついとるんです。ああ、頭をやられたんだな、と思いました。

けれど、なかなか参らない。そのまま安慶へ帰りついて調べてみたら、額のところに外していた飛行眼鏡の右側「わく」のところを機銃の弾丸が二発通っとるんです。そしてその弾丸が上翼にあたって壊し、その壊れた金属部分の破片が頭に突きささったんですな。一週間ほどでそれは取れました。叩かれたと感じたのは、眼鏡のわくをブチ抜かれたときの衝撃だったんですね』

　氏の戦地での話はこれだけだった。何か手柄話でも、と期待したがついぞ聞かせてもらえなかった。ぜんぜん武勇談のないことはあるまい。じつは高岡中佐は、事変への従軍で〝武功抜群ノ者〟に与えられる「金鵄勲章」功五級を頂戴しているほどなのだから。しかし、氏はそういった類の話題は好まない謙虚な人柄なのであろう。

　高岡氏が二度目の「蒼龍」勤務から空技廠へ移ったのは、真珠湾攻撃の四ヵ月ほどまえ、源田実航空参謀が「もう転勤はない」と言っていたやさきだった。なので、氏はこの異動に内心大いに不満だったらしい。

——海軍士官の考課表には自己申告欄という箇所があるそうですが、そこへ、自分の希望としてテストパイロットをやりたいというようにお書きになったことはございますか？

『いや、ありません。でも、上司からの意見として書かれておったかもしれません。理屈っぽいとかね……。その前にも横空へ行かされておりますし。空技廠行きは、そんな適性があると認められていたんでしょう』

　それにしても、高岡中佐を四年も飛行実験部部員に在職させたのは、海軍も、余人を以てかえ難いと判断したからに相違あるまい。いかに戦争が厳しくなり、後任の人選が困難になったとはいえ、まったく人がいなかったということはなかろう。

『まあ、わたしにテストをやらせれば安心してまかしておける、という考えはあったかもしれません。〝賭け〟が少なくなるんです。

たとえば、試作機を初飛行させるにしても、八〇パーセントもう大丈夫と確認するまで、わたしはテーク・オフしないですよ。地上を離陸寸前まで走ってみる、納得のゆくまで十分に走ってみる。そうすると、昇降舵、方向舵がきくかきかんかが多少わかります。ただ、補助翼だけは飛んでみないとわからんですな。地上ではすこしわかる程度でね。

こういうテストを終えて、これで飛び上がって失敗しても、自分の足を折るぐらいですむという所までいって、はじめてふみきったわけです。命は大丈夫だという確信をもって、空中に上がったわけです』

高岡部員の長い、あの危険なテストパイロット勤務中、大事故になりそうな経験も、落下傘で脱出したことも不時着したこともなかったという。それには、テストフライトへのこのような心構えと慎重な準備があったからであろう。ただ一度、開戦後まもなく、九九艦爆で宇佐へ要務飛行に行った帰途、気化器が凍結し、岡山付近で冬の海へ不時着水したことがあるだけだそうだ。

数多くの、未知の性能をもった試作機のテストは、パイロットが向こう傷だらけになるような危険をかいくぐって行なうもの、と勝手に想像していた当方には、意外のはなしであった。『運がよかったんです』と氏はいわれるが、けっしてそれだけではないはずだ。飛行隊長ならぬ高岡〝異色飛行隊長〟は、テストパイロットにとりわけ必要な心構えをつぎのように説く。

『同じ大尉、少佐でも、実験部の部員というのは技術的な問題を、納得のゆくまで突っこむわけですね。ところが、飛行隊長のほうは指揮・統率が第一番です。

そういう根元の相違から出発して、わたしは、後輩のテストパイロットに「集中と分散」とが同時にできる操縦者でないといかん、といつも言っていました。精神を一点に集中できる人間はたくさんいます。けれど、並行して、面的にまた立体的に注意力を八方にのばし、ひろがりをもった全体をとらえ、理解していないといかん、と言ったわけです。空中で、危険のなかに身をさらして未知を探求するんですから。

それと、位相はちがうが同様な発想から、「大胆と臆病」の共存する性格も必要になります。大胆な操縦にふみきるまでの臆病さ、細心さということです。しかし、こういう人間はなかなか少ないんです。テストパイロットというのは難しいものですな』

〈軍歴〉明治四十五年二月二十四日、香川県に生まれる。昭和七年十一月、海軍兵学校卒業、六〇期。「磐手」乗組。昭和八年六月、「加古」乗組。昭和九年三月、任海軍少尉。同十一月、霞ヶ浦海軍航空隊第二六期飛行学生。昭和十年九月、大村海軍航空隊付。同十一月、任海軍中尉。「加賀」乗組。昭和十一年十一月、横須賀海軍航空隊付。艦上攻撃機の研究を命ぜられる。昭和十二年三月、霞ヶ浦海軍航空隊付教官。昭和十三年四月、「蒼龍」艦爆隊分隊士。同六月、任海軍大尉。同九月、バイアス湾上陸作戦および広東方面作戦従事。同十一月、横須賀海軍航空隊分隊長兼教官。昭和十四年十一月、「蒼龍」分隊長（艦爆）。昭和十六年四月、仏印進駐支援のため海南島進出。同八月、横須賀鎮守府付で海軍航空技術廠飛行実験部部員を命ぜられ、本格的なテストパイロットになる（昭和二十年九月に退職するまで同職にとどまる）。昭和十七年十一月、任海軍少佐。昭和二十年九月、任海軍中佐。戦後、航空自衛隊に勤務。

秘めたる闘志

——重巡「熊野」飛行長・高木清次郎少佐の証言

スラバヤ沖海戦の〝痛快〟

大戦中の四年間、日本海軍の飛行機は、西太平洋上を所せましと駆けめぐった。「零戦」「九七艦攻」「九九艦爆」「一式陸攻」……。高名なのは、どうも、艦上機、陸上機に多いようだ。

しかし、〝車輪付き機〟の華々しい活躍の陰に、目立たぬ地味な貢献をした水上機のあったことも忘れてはなるまい。そんな〝フロート付き機〟の指揮官として、多年、大空を飛びまわったのが高木清次郎・元海軍少佐である。

昭和十四年の十一月、中尉になって間もない氏は重巡「加古」乗組に補された。飛行機乗りになって初めての艦隊勤務だ。ここで『一年間、ミッチリ鍛えられた』のだという。

第二水雷戦隊旗艦「神通」の飛行科分隊長に補任されたのは開戦の八ヵ月まえ、昭和十六年四月一日だった。二水戦は数ある水雷戦隊中の名門である。「神通」は大正十四年竣工いらい、その旗艦をたびたびつとめてきた五五〇〇トン型軽巡洋艦だ。

『戦争が始まるまで、わたしたちの訓練はもっぱら夜間触接でした。艦隊決戦で水雷戦隊が夜襲をかけるとき、敵上空にとりついて状況報告をし、襲撃に役立てるという仕事です。だから、昼間は休んで遊んだり寝たり。夕飯を食べてから、訓練に出かけるわけです』

敵主力艦隊を包囲した味方夜戦隊の触接機は、刻々敵の動静を通報する。いよいよ「全軍突撃」が下令されると、連続、敵上空に吊光弾を投下し、あるいは着水照明炬を針路前程に投下するなど、全力をあげて水雷部隊の戦闘に協力するのが任務だった。

——開戦時、触接機の練度は、これで十分夜戦を成功させうるというレベルに到達していたのですか？

『ええ、達しておりました。じっさいにスラバヤ沖海戦でも、五時間ばかり、わたしは敵艦隊に触接して飛んだんです』

昭和十七年二月二十七日、ジャワ攻略をめぐって、オランダ海軍ドールマン提督の率いる蘭・英・米連合艦隊と、高木武雄少将指揮のわが艦隊とのあいだで大きな海戦が戦われた。「那珂」機の偵察で敵艦隊の勢力はすでに把握され、重巡二隻、軽巡三隻、駆逐艦一〇隻であることがわかっていた。対する味方は重巡一隻、「神通」を含む軽巡二隻、駆逐艦一四隻で、数量的にはほぼ等しい。

『一七三二（午後五時三十二分）に、カタパルト射出で飛び上がったら、高度をさほど上げないうちに敵はみつかりました。日没まで一時間ほどありましてね、傾く西陽をうけて艦影がはっきりみえるんです。そこで、敵に見つからないよう、東方へいったん避けて飛びながら上昇に移りました。

発見の電報をすぐ打って、敵情報告をやりながら、高度二〇〇〇メートルまで上昇しました。そして、一時間ほどたち、そろそろ日が暮れると思われたころ、敵味方ほとんど同時に砲撃を開始しました』

——打ち合いがはじまって、弾着観測は？

『それは、九五水偵など二座機の仕事です。われわれ三座機は敵情偵察が主任務。海岸線ちかくにわが輸送船団も見えるし、敵味方一望でした。

射ち出す弾丸（たま）がたがいに水柱をあげて、挾叉するんですよ。「ああ、うちの〝神通（フネ）〟に当たって沈んだら、帰れなくなっちゃうなぁ」なんて、フッと思いましたが、そのくらい余裕があったということでしょうね。

もう突っこまんと、敵が先に味方船団にかかってくるぞ、と不安がかすめたとたん、わが方、一斉に突入していったんです。敵も慌てたのか、船団から離れるように変針して隊形も乱れたようでした。上空からでは被害などはわかりませんが、味方が追撃戦に転じたらしいことは見てとれました。

まるで、兵学校時代に教わった兵棋演習の実演版という感じで、とにかく大変な観戦をさせていただいたわけです。満月にちかい薄あかるい夜で、二六〇〇メートルの高度から触接をつ

昭和18年４月、巡洋艦「熊野」飛行長兼分隊長の頃の高木少佐。

づけました。ときどき曳跟弾が飛んできましたが、危険は感じませんでしたね。二二〇〇(午後十時)すぎまで五発の吊光弾を投下し、七〇数通の電報を艦あてに送信しました。こういう仕事が、三座水偵の任務だったのです』

このスラバヤ沖海戦は遠距離戦に終始し、当日では決着がつかず、翌二十八日の再戦でようやく日本側の勝利に帰した。

『じつは、この触接飛行にはおまけがついたんですよ。

約五時間後、バンジェルマシンへ帰投せよと電命をうけました。ボルネオ島の南岸です。それから二時間ほど夜間飛行をして、バンジェルマシン河の河口に着きました。着水照明炬で風向をたしかめ、微風のジャワ海へ無事着水した。さっきまで見えていた山かげは闇に消え、絶海のなかにあるのは唯一つ、わが機影だけ。なにか、物語か夢の世界に入りこんだような気持でしたなぁ。

燃料はほとんどゼロになっていたので、朝まで漂流することにしました。さっそく腹ごしらえをして、三人とも座席の中でくつろいだんですが、疲労と緊張がとけたせいで、みなすぐ眠りこんでしまいました。

どのくらいたったか、ハッと目がさめると、眼前に真っ白い大きな物が見えるんです。あわてて二人を起こしました。大型のジャンクでした。銃撃でもされては、と心配になったが何事もなく離れていきました。それからまた眠ってしまったんです。が、朝、目がさめたら島はおろか何も見えない。

とにかく、河口に水雷艇の「友鶴」がいるはずだから捜せということで、空中に飛び上がりました。まもなく前方に、桟橋へ横付けしている「友鶴」が見つかったんです。やれやれでしたねぇ。着水してもやいをとり、燃料の手配をしてもらいました。

飛行機の中にいたまま、温かい朝食をご馳走になり、ガソリンも満タンにしてふたたび飛び立ちました。「神通」に連絡をとってみると、〝追撃戦続行中、収容不能、「千歳」に行け〟というんです。水上機母艦です。それで、西方へ一時間ばかり飛行したら「千歳」を発見しました。

翌日の朝まで艦内でゆっくり休ませてもらい、〇九四五に離水し、三日ぶりに「神通」へ戻ることができた、とこういうおまけだったんです。

開戦後はじめて、本格的な戦闘に参加したわけですが、味方制空権下での戦いだったので、〝実戦は訓練より楽だ〟みたいな感じをいだきましたねぇ。それから引きつづいての南海漂流。ちょうど冒険小説の登場人物になったようで、現在（いま）、こんなことを言うと不謹慎だと叱られましょうが、〝戦争とは面白いものだ〟という感想をもったのも事実でした』

ミッドウェー海戦余話

スラバヤ沖海戦後の「神通」は昭和十七年三月二十二日、呉軍港へ帰投するのだが、高木大尉は三月十四日付で「最上」飛行長兼分隊長に発令されていた。

『「神通」は中型の二等巡洋艦なので、飛行長はいないんです。分隊長のわたしと掌飛行長、掌整備長ほか、ぜんぶで二〇名たらずの小さなグループでした。飛行機も九四水偵、たった一機だけだったたから』

ふつう〝車輪付き機〟では、数機で一コ分隊をつくり、分隊をいくつかまとめて飛行隊をつくり、さらに飛行隊二ないし三コで飛行科が編成される。だが、水上機母艦や陸上の水上機航空隊は別として、戦艦、重巡など一般軍艦での艦載水上機の数は数機どまりだ。したがって、そこには〝飛行隊長〟と名のつく士官はいない。

中佐、少佐の砲術長と肩をならべて、若い大尉が飛行長に補職された。分隊長を兼務し、小ぢんまりした世帯を形づくっていたので、温かい独特な家族的な雰囲気をかもし出していた。こういうところにも、水上機隊の特殊性があったろう。二五歳の高木大尉も、そんな飛行長になったのである。

着任後、あわただしく参加するのがミッドウェー海戦だ。「最上」は第七戦隊四番艦としてグアム島を出撃、機動部隊とは別動する支援隊の任務を与えられていた。このときの戦闘については、氏がかつて記述された〝「最上」奇跡の生還〟（丸別冊『運命の海戦』）に詳しいので、多くはそちらに譲ることにしよう。しかし、伺いたいことはまだたくさんある。

――あの海戦は、思いもよらぬ敗北に終わってしまったわけですね。最初の索敵について、戦後いろいろ批判がありますが？

『「利根」四号機の発進の遅れ。ああいうことは、ふだんから整備に念を入れておっても、間々あり得ることなんです。

それから七戦隊でも水偵を出して、南の方から索敵をやっていたら、あんなヘマはしないですんだはずだ。当時も、何で使わないんだろう、せっかく飛行機を積んでわざわざ出動してきておるのに、と思いましたよ。

たしかに、水上機なんていうのは、敵に会えばまず撃ち墜とされます。しかし、そういうことはわれわれ十分覚悟しているんです。だから、ここぞというときに思いきって使ってもらわんとね、出撃してきた甲斐がない』
ゆらい、水上機乗りにはおとなしい人が多いといわれる。その言伝にたがわず高木氏も、話しぶりや態度は温厚そのものだ。だが、穏やかな外貌のその内側に、激しい闘志が秘められているのを見る思いがした。「最上」には、全金属製、単葉、最大速力二〇三ノットの新しい零式水偵を搭載していた。なのに、ミッドウェー海戦では、高木飛行長たちの出番はまったくなかったのだ。
『話はとびますが、「三隈」と衝突して避退に移っていた六月六日の早朝、わたしが索敵に行きましょうか、と艦長に申し出たんです。ところが、「いかん。たとえ発見したとしても、味方に攻撃兵力がないんだから」と退けられました。
艦載水上機を作戦上使用するのは戦隊司令官なんです。制度的にそうなっておった。七戦隊では通信参謀が航空を兼務で担当しており、司令部の指示がないと使えない。けれど、そういう制約があったにしても、一般的に、艦長さんがた、水上機の使い方を知っておられなかったですな』
――ミッドウェー海戦で、「最上」飛行科は本来の働きはしなかったかわりに、艦内で大活躍をされたようですね？
『別に内規にあるわけではなかったけれど、わたしは艦長の補佐役をずいぶんやりました。六月五日に「三隈」との衝突があって、六日、敵機の攻撃をうけはじめたんですが、第二波からは急降下爆撃ばかりでした。艦橋から一機一機よく観察していると、そこは飛行機屋、およその弾着点が判定できます。そこで「こんどは右舷へよれ」「こんどは左舷」、わたしが叫ぶと艦橋のなかの人波がゆれ動いてね、これでだいぶ被害を少なくしました。直撃弾はぜんぶで四発でした。

そのほか、被害の状況を見まわっては、報告し、応急修理に奮闘中の運用長と連絡して艦長に報告するなど、なかなか忙しかったんですよ。

飛行科員も大部分が運用長の指揮下に入って応急作業をし、あるいは弾薬庫から機銃弾を運び出すとか、みんな一生懸命働きました。

そしてね、わたしは、艦内でほかの兵科分隊長と同様、当直将校にも立ったんです。たしか六月三日の昼間、艦橋で三五ノット全速航行の操艦をやりました。ふだんやっている速力のおそいときの操縦とは全然ちがいます。舵をとるのも難しくなりますから、操舵長みずからが舵輪をにぎる。艦はガタガタ武者ぶるいするように激しい震動を起こす。

こういう、まさに壮絶な操艦をやって、海軍士官になってよかったなと思いました。同じ飛行士官でも、空母乗り組みでは、当直将校には立たないんです』

ところで、「最上」「三隈」の衝突事件が発生したあと、栗田健男第七戦隊司令官はこの両艦を残し、自分の乗艦「熊野」と二番艦「鈴谷」を連れ、戦場を立ち去るのである。

『最初は裸の「三隈」と「最上」だけで動き出しました。翌日になって駆逐艦の「荒潮」と「朝潮」を回してはくれましたが』

傷ついた「三隈」と「最上」は互いに助け合うようにして、西進した。そんな両艦に敵機は容赦なく襲いかかってくる。深傷を負っていた「最上」ではなく、傷の浅かった「三隈」が、七日の空襲で航行不能の重傷をうけてしまった。停止した「三隈」はさらに命中弾をこうむり、火災発生、搭載魚雷誘爆、ついに総員を退去させなければならなくなった。

『敵機の猛烈な攻撃でうごけなくなった「三隈」は、大砲も上を向いたままになっていました。艦橋が煙と炎に包まれているのを見て、何とも言えない悲痛の感に打たれましたねえ。そのうち、軍艦旗が降ろされ、甲板から人がどんどん海へ飛びこむのが望見されました。

わたしも破損した飛行甲板で、救助作業に当たったんです。早い者から救助されていましたが、まだ、たくさんの人が泳いで近寄ってきました。日暮れも迫っていたけれど、突然、本艦は動きだしたんです。みんな、手を振って泳いでくるんですよ。なのに、それを置きっ放して行っちまうんですからねえ。いくら戦闘中とはいえ、機械をかけるのは、もう少し待ってやれないのかと残念でした。

共倒れを避け、このうえは少しでも戦場離脱をと、艦長は大局的判断を下されたんでしょう。艦長を責めることはできませんが、泣くに泣けない気持でした。今でも、人々が泳ぐ海と燃えさかる「三隈」の悲壮な最後の姿が目に焼きついています』

わずか四ヵ月前、高木大尉はスラバヤ沖海戦で〝戦争は楽しいもの〟と観じた。しかし、多くのわが海軍将兵にそのような楽観気分をいだかせた〝上げ潮〟は、五月初旬のサンゴ海海戦でストップする。

そして、ミッドウェー島沖の大敗北により、潮の流れは完全に逆転した。この戦さで、高木大尉は戦闘が、とくに敗戦が内蔵する悲惨と残酷の実相を眼のあたりにする。

とはいえ、日本海軍がこの海戦を転機に下げ潮に流され出したのを、彼ら戦士たちが気づくのはもう少し月日がたってからであった。

水偵の射出と揚収

大破した「最上」は奇跡といってよい生還をした。内地帰着後、後部の二砲塔が撤去され、水偵一一機搭載可能のいわゆる〝航空巡洋艦〟への改造工事がはじまる。それに先だって昭和十七年六月二十五日、高木大尉は同じ七戦隊の「熊野」飛行長へ転勤になった。

『「最上」での勤務はわずか三ヵ月でした。ミッドウェー出撃では七戦隊飛行機の出番はなく、一隻沈没、一隻大破、そのうえ海戦そのものが大敗北。わたしは、水上偵察機は今後、どう使用されるべきなのか、また水偵搭乗員はどうあるべきなのか深刻に悩みました。

「熊野」へうつって最初（七月）、B作戦のためビルマのメルギーへ進出したのですが、当時、イギリスの空母部隊がコロンボとかあの近辺におりました。

それで、索敵に出て、敵を発見したのはいいけれど、ただ〝敵見ゆ〟の電報を打っただけで撃墜されたのでは、いかにも無念でしょうがない。何か方法はないものかと、夜も眠れんほど考えたんです。

警戒に戦闘機を上げていたら、水上機ではどんなに頑張ったって太刀打ちできません。しかし、雲でもあったらそれをうまく利用して、敵艦にちかづくことができるだろう。そしたら、たとえ爆弾はなくても甲板にぶち当たれば、多少なりと損害をあたえられるんじゃないか。そういうことをやらなければなるまい。ほかに方法はなかろうと考えました』

明治末年、海軍航空が発足して約十年ほどは、水上機が主流だった。だが大正十一年、霞ヶ浦や大村に陸上飛行場をもつ航空隊が開隊され、空母「鳳翔」が竣工するにおよんで、がぜん、車輪付き飛行機が翼をひろげはじめた。

格闘戦、爆撃、雷撃といった攻撃的戦闘の主座はかれらが奪い、昭和に入ってからは、双発の陸上攻撃機までが登場するにいたった。必然的に〝下駄ばき機〟は、偵察、哨戒索敵、弾着観測など裏方的任務を担わざるを得なくなっていった。

しかし、そんな経緯があっても、また、そういう存在であればなおのこと、水上機あるいは水上機隊へのわれわれの関心は強まる。門外漢には、そもそも、カタパルト射出すらが、興味の対象だ。

『フネの航進によってできる風と、ほんらいの風とで合成される風向にカタパルトを向けておいて射ち出すんです。ダーンと相当大きなショックがきますからね、5Gくらいかかる。だから、しっかりと頭を座席のうしろの枕につけて、体を突っぱっているわけです。完全に浮き上がるまでは、体が魔物にでも押さえつけられたように自由がききません。

そして、射出機員や操縦員のミスがあると、そのままドボーンといっちゃいますよ。「神通」の飛行分隊長にも、まえに射ち出されて飛び上がらず殉職した人がいるんです。

飛行から帰って、収容されるときも大ごとなんです。まず、上空で一まわりして風向をたしかめる。艦も停止しなければなりません。波があるときは、フネが風上へ走ってから右か左へグッと旋回して止める。そうすると、その風下側に、多少おだやかな水面ができる。そこを目がけて着水するんだけど、実際はなかなかうまくいかないこともあります。降りたら水上滑走して艦へちかづきます。電信員が揺れる翼の上に立ちあがり、吊索(スリング)をデリックのフックに引っかけなければなりません。これが一と仕事、艦の方も揺れてますからね。揚げていく途中で、機体を舷側にぶつけることもあるんです。壊したらおしまい。だから揚収し終えるのに、前後あわせて二〇分ちかくかかったんじゃないでしょうかねぇ』

下駄ばき機には、艦の行くところいずこでも、また、平穏な水面をかかえる海岸線ならどこでも使用できる利点はあった。しかし、現実の運用では、このように幾多の難点もあったのだ。とりわけ、敵潜水艦が伏在するような海域での揚収は、あまり嬉しい作業ではない。こういうときは『まわりにいる駆逐艦が、何隻もバーッと突っ走るんですよ。警戒艦がこんなにたくさん見張っているぞ』と示威するのだそうだ。

さて、高木「熊野」飛行長は、第二次ソロモン海戦の索敵行に出陣する。「熊野」「鈴谷」二隻に減った七戦隊は西村祥治少将に指揮され、機動部隊前衛に配置されていた。戦いは、ガダルカナル島への陸軍部隊輸送支援にあたったわが機動部隊と、これを阻止しようとソロモン北方海域で警戒待機していた、敵機動部隊との間に起こったのだ。

昭和十七年八月二十四日、〇九〇〇(午前九時)、前衛部隊から水偵六機の第二次索敵隊が発進する。高木飛行長もその一機として飛んだ。だが、高木大尉の索敵線の下には敵はいなかった。〝敵大部隊発見〟を報じたのは「筑摩」二号機だった。同機は、一二〇五、電報を打ったあとその消息を絶つ。

『わたしも、その報告を飛行機の上で聞きました。で、何も見つからなかったわたしのところは、所定の索敵コースを飛んで帰着し、収容されたわけです。
そのあと、ずっと艦のなかにおったんですが、われわれ前衛部隊は母艦と一緒におらんかったから、戦闘場面は見ておりません』

水上機の揚収は約20分ほどを要し、潜水艦などに狙われやすい危険な一刻だった。写真は零式三座水偵の重巡への揚収風景。

この海戦でのわが戦果は、空母「エンタープライズ」を大破し、「サラトガ」を中破、被害は空母「龍驤」沈没であった。

つぎの作戦は、十月二十五日より二十六日にかけての南太平洋海戦だ。ガ島でのわが第三次総攻撃に呼応し、それを成功させようと支援に立ちあがった日本機動部隊と、必死に防衛する米機動部隊との戦いだった。

今回の「熊野」は「鈴谷」と別行動をとって機動部隊本隊に属し、旗艦「翔鶴」のはるか前方に占位して直衛にあたっていた。二十六日の海戦当日、黎明、空母群からの索敵機とほぼ同時刻ごろ、高木飛行長も零式水偵を駆って飛び出した。だが、この日の索敵でも、幸か不幸か敵にぶつからなかった。敵艦隊を発見したのは「翔鶴」機だった。

いた『索敵から「熊野」に帰ってきたんですが、攻撃隊を発進させたあと全軍突撃に転じていたわが部隊に敵も来襲し、まず前衛に敵の第一波がかかってきました。

「熊野」は本隊先頭のちょうど真んなかにいた。そのグループのうちでは一番大きく、目立ったんでしょう。雷撃機にも降爆にもさんざんたかられました。

わたしは艦橋横の手旗信号台から、体を乗り出して見ておったんです。そうしたら、雷撃機が突っ込んできましてね、高度三〇メートルくらい、本艦の正横至近距離で魚雷を放したんです。

「ああ、これはもう避けられない」と完全に観念しました。ところが、こいつが射点沈没してしまったんです……。

それから進撃をつづけました。「ホーネット」が燃えているのが見えるところまで、近づいていったんです。全艦、黒煙に蔽われていて、これでミッドウェーの仇をうったな、と思いました』

南太平洋海戦では、三回にわたって攻撃を加えて二隻の空母を損傷させ、うち「ホーネット」は後刻、わが水上艦艇の魚雷で撃沈した。戦術的には勝利をおさめたのだが、ガダルカナルの敵追い落とし支援の戦略目的は達成できなかった。ミッドウェー惨敗後の日本海軍にとって、ソロモン諸島に流れる〝下げ潮〟は、あらがうにあまりにも強かった。

『あの海戦の前後、ラバウルやキャビエンへの援助物資を運んだり救助に行ったりしていました。そのころ、われわれ飛行機なかまに、最近アメリカでは電探（レーダー）ってものを使っているといううわさが流れていた。

ところが電報が入って、何も見えない闇夜に大砲の弾丸が飛んできて、それが命中、軍艦が撃沈されるというんですねぇ。それを聞いて、いくら大和魂とかなんとかいっても、これではどうしようもないんじゃないか。こいつはとてもいかんわい、と本当にそう思いました』

水上機から陸上機へ

昭和十八年二月、ついにガダルカナル島から撤退、ついで四月には山本連合艦隊司令長官戦死と、日本海軍には急速に暗雲がひろがった。高木大尉の頭上にのしかかってくる空気も重い。

そんなころ、ショートランド水上基地へ派遣され、一夜、コロンバンガラ島敵地の夜間爆撃を命ぜられた。実施してみて、水偵は第一線では使いものにならないのではないかとの疑問は、ますます深まっていった。

戦闘報告を提出してまもなく、転勤命令が届いた。報告内容の批判的、悲観的意見に起因したのか、それとも、一年八ヵ月にわたった長い戦地勤務の疲れを癒せということなのか。転任先は宇佐航空隊分隊長兼教官だった。十八年七月二十日の発令だったが、翌八月十五日付で飛行隊長に昇任する。

宇佐のあと、霞ヶ浦航空隊へかわり練習部隊勤務が一年ばかりつづいたが、ふたたび実施部隊へもどった。『戦争が負けそうだというのに、内地で教育なんて嫌だなあ、と絶えず思っていた』ので、十九年六月二十四日、辞令をうけてホッとしたそうだ。

『最初、横空付に発令されてごく短期間、銀河の勉強をし、すぐ攻撃五〇一飛行隊分隊長になりました。

ご承知のように、銀河っていうのは降爆も雷撃もできる飛行機なんです。機体の一番まえに偵察席があるでしょう、だから深い角度の急降下のときなんか、自分の頭から地面へ突っこんでいくみたいで、恐ろしいくらいでした。

約三ヵ月、薄暮攻撃から夜間攻撃まで、夜の目もねずに猛訓練をやって練度を上げたんです。ところが、十月十日付で偵察第一二飛行隊の飛行隊長へまた転勤なんです。ちょうど、台湾沖へ来ている敵機動部隊に攻撃をかけようとしていた矢先でした。

そこで、わたしは赴任を遅らせ、出撃するつもりでいました。けれどその五日後の十五日付で、わたしは少佐に進級したんです。同じ隊に少佐が二人いてはおかしいし、隊付だった大尉がわたしの代わりに分隊長として、すでに発令になっていました。変なのが残っていては邪魔になると、無理やり追い出されてしまったんです。これも、わたしが生き残る運命の分かれみちの一つだったと思いますね』

——陸上機にかわられたのは、高木さんが操縦ではなく偵察出身なので、フロートの方であろうと車輪の方であろうと関係ないからということでしょうか？　それとも、水上機の活躍舞台が減ってきたからでしょうか？

『わたしの場合、両方の理由であったろうと思います。

当時、水偵はだんだん使い道がなくなり、操縦者でもたくさんの人が陸上機操縦にかわっていきました。どちらも基本的には同じですからね。水上機のばあい、かならず風に立って離着水しますが、陸上機では横風で離着陸しなければならないこともある。違いはそのくらいのものでしょう』

新着任の部隊「偵一二」は、〃われに追いつく敵戦闘機なし〃の報告電報で有名になった高速偵察機・彩雲を装備する飛行隊だった。彩雲一一型の最大速力は三二九ノット、巡航速力二一〇ノット。敵グラマンF6Fの最大速力三二〇ノットを若干上まわる。

こんな高性能を利して、グアム、サイパン偵察行が企てられた。

昭和十九年十一月一日いらい、マリアナ諸島から、B29超重爆による内地空襲が開始されている。それで、そのB29の進出状況を探ろうというのだ。まず第一回は、指揮官先頭、高木飛行隊長自らが実施することになり、十一月八日、木更津基地から硫黄島へ前進する。

『九日早朝、二番機として平野誠中尉（海兵七二期）機をしたがえ、硫黄島を発進しました。グアム島へ近づくにつれ高度をとり、一万メートルで進入しました。間もなく直下に敵基地だ。写真撮影を命じようと後席の電信員を振りかえると、なんと失神しているんですよ。いそいで操縦員に反転降下を命じ、七〇〇〇くらいに下がったら息を吹きかえしました。酸素パイプをつまらせてしまったんですね。けれど、もう一度、偵察を実行することは燃料の面から無理なんです。

結局、わたしの一番機は偵察に失敗したんですが、幸い平野機が撮影に成功しておりました。約三〇機のB29がいることが判明しました。

ところが、帰路に入ってもうそろそろ硫黄島のはず、と思ったのに肝心の島が見えんのです。低い雲が一面にひろがっていた。基地へ高角砲の発砲を依頼したり、「コの字捜索法」

を実施したけれど、一向に発見できない。いよいよ最後の手段。必死になって、天測を何度もくり返しました。位置の線一本を出して、ようやく帰投することができました。好運でしたなぁ』

しかし、この〝好運〟には、よってきたるところがある。それは、氏のきわめて精確な天測技術だ。これがなかったら、帰れなかったにちがいない。そして、たぶんこの帰投成功が元であったろう、思いがけない後日談が誕生する。

終戦後、日本航空が再開されたとき、天文航法の腕を買われ、旧海軍からの推薦で採用されたのだ。高木氏は入社後、昭和天皇の渡米や、現天皇皇太子時代の外国旅行に数回、搭乗機の航空士（ナビゲーター）として乗務した。

『わたしは戦前、戦中、あれだけ飛んで、戦後も日航へ入って六〇歳まで飛行したけれど、一回も水に漬かったことがないんです。

ただ、昭和十五年の艦隊で「加古」に乗っていたとき、佐伯湾に夜間着水したことがありました。駆逐艦が探照灯で風向を示してくれます。それに導かれて高度を下げていきます。いつ着水してもいいように機首（あたま）を多少上げてね。スピードを殺し、しかもエンジンをすこしフカしながら海面につけたんです。

滑走をはじめると、その駆逐艦が探照灯をポーンと上げて、わたしの機の前へサッと下ろしてくれました。そうしたら、光芒のなかに漁船が浮かびあがったんですよ。あーッという間もあればこそ、右旋回を命じたのですが、バリバリンとぶつかっちゃったんです。幸い、左翼をこわしただけで人命に異常なしだった。事故らしい事故はこれくらいです。

ところでね、わたしは、日本海軍は水上機の艦隊決戦使用に重きを置きすぎていたと思います。

弾着観測とか夜間触接とか、艦隊決戦の補助に水上機を直接使用することばかりを長いあいだ考えておった。そうではなく、飛行機を艦隊決戦の主軸にするんだ、という線で山本五十六さんあたりが推進しておられたんだが、それが徹底しきらんうちに戦争が始まってしまった。

だいたい「最上」なんかの例でいっても、あの位置に飛行機を搭載しておいて、主砲を射ったらみんな壊れてしまうんです。だから、あえて言えば、艦載機なんて最初の索敵に使ったら、決戦で大砲の射ち合いがはじまった後は使い道がなかったといえるんです。

第二次ソロモン海戦のあと、ガダルカナルの攻防戦、航空消耗戦がくりひろげられると、一部の巡洋艦に索敵用に三座水偵を一機ないし三機を残して、ほかは九月上旬、ショートランドに置かれた水上機隊に配属されました。

わたしは、零式水偵一機といっしょに「熊野」に残された方なんですが、第一線からやや後方、キャビエンの海岸に基地を設営して対潜哨戒を連日やっていました。その前後から昭和十八年四月ごろまでが、水偵活躍の最盛期でしたね。

多田篤次さん（海兵六〇期）が〝丸別冊『ガダルカナル戦記』〟に書いておられるように、「熊野」観測機がB17編隊の先頭機を体当たり撃墜し、三座水偵で魚雷艇を攻撃する、ガ島飛行場への夜間爆撃をする。それから、戦闘機の航続距離が不足して活躍できない空間を、二座水偵、二式水戦の働きで穴埋めしたりと。

ですから、水上機も相当大きな活躍はしました。けれど、予想した艦載水上機ほんらいの使用目的に関しては、貢献度は小さかったといわざるを得ません。いま、わたしは水上機否定論のようなことを言いましたが、こういう意味での否定なんです』

水上機には、水上機なりの特長、特色があった。しかし、偵察機としては速力、運動性の面からいって、陸上機、艦上機のほうがベターであったようだ。

『「熊野」を降りてから彩雲へ行ったわけですが、ここでもわたしは、偵察飛行隊長としてあれこれ悩みました。

指揮官先頭の精神からいって、わたしを含め、指揮官の戦死は当然のことと平常からそう考えておりました。けれど偵察機は攻撃機とちがい、敵艦隊を発見しあるいは敵基地を偵察して無事帰着し、写真を見せるまでは任務が終わらない。だから、卑怯といわれても難関を切りぬけて帰ってこい、と部下には言いきかせていました。

鹿屋に飛んだとき、特攻隊を出撃させる基地指揮官が、「必ず、あとから私も行く」と訓示しているのを聞いていて、偵察隊指揮官だったことに、いくぶん楽な気持になったものです。

しかし、軍人の生死というものは、人事配置で大いに左右されるんですね。五航艦長官の宇垣纒中将が特攻出撃されたことについては種々批判がありますが、当時、第一線にいたわれわれの考えを集約されたものではなかったでしょうか。

それはそれとして、長年乗った水上機の思い出は忘れられません。飛行機あっての空母とちがって、フロートの方は艦あっての飛行機です。帰ってきて揚収されるときなんかもデリック作業の指揮官は、水雷長とか通信長がやってくれるんです。

だから、われわれは艦のなかでの融和を第一と心掛けていました。当直将校にも立つし、フネの操艦もします。したがって、水上機の士官は、同じ飛行機乗りのなかでも、よりいっそう海軍士官らしい飛行士官であった、といえると思います』

〈軍歴〉大正五年十月三十一日、長崎県に生まれる。昭和十二年三月、海軍兵学校卒業、六四期。「八雲」乗組、霞ヶ浦海軍航空隊、「五十鈴」乗組、「阿武隈」乗組をへて、昭和十三年三月、任海軍少尉。同六月、「足柄」乗組。同七月、海軍練習航空隊第三一期飛行学生。昭和十四年三月、横須賀海軍航空隊付。同六月、任海軍中尉。同八月、鎮海海軍航空隊付、同十一月、「加古」乗組。昭和十五年十一月、鈴鹿海軍航空隊付兼教官。昭和十六年一月、鈴鹿航空隊分隊長。同四月、「神通」分隊長。同五月、任海軍大尉。昭和十七年三月、「最上」飛行長兼分隊長。同六月、「熊野」飛行長兼分隊長。昭和十八年七月、宇佐海軍航空隊分隊長。同八月、宇佐海軍航空隊飛行隊長。十九年三月、霞ヶ浦海軍航空隊飛行隊長。同七月、攻撃第五〇一飛行隊分隊長。同十月、偵察第一二飛行隊長。同三月、第七五二海軍航空隊。同三月、偵察第一〇二飛行隊長。同八月、第三航空艦隊参謀。任海軍少佐。

見敵必墜
――空母「翔鶴」戦闘機分隊長・山本重久少佐の証言

トリンコマリー攻撃で初撃墜

山本さんは海軍兵学校を、昭和十三年九月に卒業した六六期生だ。そして太平洋戦争終戦のすこし前、二十年五月に海軍少佐に進級している。少佐なんていうとずいぶんジジくさく聞こえるが、山本重久少佐はそのとき二六歳。若々しい青年士官であった。日華事変いらいのうち続く戦争で、平時では考えられないスピード進級のエレベーターが動いていたのだ。

『だからね、開戦時にはまだ中尉。「赤城」乗員でハワイへ行ったときも、わたしはチョロいパイロットだったから、攻撃へは連れていってもらえなかった――』

海軍でいう〝チョロい〟とは、「若い未熟な」といったほどの意味である。

氏が兵学校を卒え、練習艦隊から戦艦「金剛」、駆逐艦「荒潮」と「雪風」の乗組をへて、飛行学生を卒業したのは昭和十六年四月だった。そのあと大分航空隊で数ヵ月間、教官生活を送り、「赤城」臨時乗組から正式乗組に発令されたのは開戦直前の十一月十日。すでに二年目パイロットの後半に入り、ヒナ鷲から若鷲へ成長していた。だが、

『そのころの「赤城」にはね、ベテランのパイロットばかり。古つわものですよ。急速収容ができ、夜間着艦ができ、編隊空戦もやれる腕達者たちだ。けれど、わしらは編隊空戦でも、一機対二機くらいの訓練しかまだやっていなかった。飛行時間にしても、やっと三〇〇時間ていどだったでしょう』

おなじ海軍の飛行機屋でも、戦闘機乗りは航続距離の短いことに由来して、飛行時間は他機種より少なくなる傾向がある。が、反面、離着陸回数は多くなり、ことに神経をつかう着陸回数がふえることは、操縦技術の向上によい刺激を与えるもののようだ。そんな戦闘機乗りが一人前といわれるまでには、

『やはり、四、五〇〇時間やね。終戦ごろには三〇〇時間も乗っとれば、ベテランの部類だったけど。

シナ事変末期から緒戦のころには、一〇〇〇時間くらいのパイロットがざらに居(お)った。そういう連中がハワイ攻撃に行ったわけよ。「赤城」には戦闘機分隊が二コあって、うち一コ分隊が第一次攻撃隊で出て行った。飛行隊長の板谷さん（茂・少佐）が引っぱっていった。お前は上空直衛に残れ、といわれたんだ。母艦を守らにゃいけませんからね。

で、攻撃隊の発艦指揮をわたしがやった。フネの動揺周期を見て、旗で操縦員に合図し、タイミングよく発進させるんです。つぎに二次攻撃隊も発艦させてから、戦闘機三機で、わたしは直衛に上がった。「加賀」からも三機上がったと思うな。五航戦の「翔鶴」「瑞鶴」からは多かった（五航戦各艦では、最大六機の当直警戒機を上空に配していた）。

攻撃が強襲になったら、こっちの艦隊にも敵の飛行機がワーッとかかってくるからね。し

かし、うまく奇襲が成功したので、われわれ直衛としてはツマラナイことになってしまったんだ』

――最初、攻撃隊で出撃できないとわかったときは、さぞ残念だったでしょうね。

『うん、がっかりしたなぁ。だけど、三次攻撃をやるかもしれん。そのときは連れて行ってやるぞ、と言われていた。それを楽しみに待っとったんだが、二次攻撃で終わってしまった』

開戦劈頭の真珠湾空襲は大成功裡に終了し、機動部隊は内地へ引き揚げてきた。南雲部隊が三次攻撃を加えなかったことについて種々批判がある。しかし、出撃まえに機動部隊が受けた命令は、敵太平洋艦隊をおよそ半年間動けなくすること、それも極力味方空母を傷つけないようにして、であった。

だったとすれば、当初の目的を完全に達成したのだから、非難するのは不当であろう。奇襲はあくまでも奇襲、パーンと打ったらサッと引き返すのが原則のはずだ。

昭和十七年の正月を歓喜のうちに日本で迎えた機動部隊は、一月五日、ふたたび南方へ出撃した。こんどの作戦も、戦後、〝鶏を裂くに牛刀を用いた〟としてとかくの批判があるのだが、

『ビスマルク群島のラバウル方面へ出かけた。つづいてオーストラリアのポートダーウィン攻撃、それから西へまわってジャワのチラチャップ空襲をやった。さっきも言ったように戦闘機は二コ分隊あるから、たてまえとして、一コ分隊が雷撃隊、爆撃隊の護衛についていくと、他の一コ分隊が母艦の警戒に残る。これを戦闘ごとに、交代にやっておった。

四月上旬からインド洋作戦をはじめたんだが、インド洋ではセイロン島（現在のスリランカ）のコロンボとトリンコマリー空襲を実施した。

コロンボでは私が上空直衛にのこり、トリンコマリーへは攻撃隊の護衛でついていったんです。板谷さん（飛行隊長兼分隊長）がこの直掩戦闘機の指揮官で、わたしが分隊士。このとき、ハリケーンが三機、迎撃に上がってきよった。

直掩隊は敵戦闘機を追っぱらって、爆撃を無事成功させるのが任務なんだ。けど、わたしは初めて敵をつかまえたんで、すっかり嬉しくなっちゃった。〝見敵必墜〟とばかりに、とことんまで追いかけてってね、墜としたんだよ。一機初撃墜』

――そのときの快感はいかがでした？

『じつに、何ともいえんかったよ、アハハ……』

横須賀航空隊飛行審査部当時の山本少佐。迎撃にも出撃した。

〝敵機撃墜〟は戦闘機乗りの本能である。さもありなん。
『そのかわり、帰ってきてから爆撃隊の連中に文句を言われちまった。直掩の方は手薄になるわけだから、そのあいだに敵機の攻撃をうけたら困るわけだ。
好運にも、このとき上がってきた敵戦闘機が少なかったからよかったけど』
山本さんの口からポンポンと飛び出す言葉は

小気味よく、丸っこい、さして大きくない体を機敏に動かしてあたりを歩かれる姿には、元戦闘機乗りの空気がただよう。さすがだ。そして、しかも『僕は、喧嘩ッぱやい方だからねぇ』なのだそうだ。

こういうのも戦闘機屋の特性か。これは、もうすこし後の話で証明される。

『同じついて行くのでも（爆撃隊に）、制空隊は敵戦闘機を墜とすのが任務だから、この連中は徹底的に空戦をやらにゃいかん。けれど、直掩隊はスタンドプレイをやったらダメだ。追っぱらったら、すぐ定位置にもどって爆撃隊を護らにゃいかんのです。若いと、ついそれを忘れてしまう』

帰艦してからの山本中尉は、反省しきりだったようである。後日、分隊長に昇任してからは、直掩任務の重要さを肝にめいじ、責任をもって忍耐づよく護衛に従事するよう部下にも強調したのであった。

さて、真珠湾、外南洋、豪州、インド洋。斬人斬馬、わが機動部隊の征くところ可ならざるはなしの概があった。そのハワイ空襲をはじめとする一連の機動部隊作戦計画、作戦命令の起案などの主要部は、第一航空艦隊参謀・源田実中佐（のち大佐）の手になったといわれている。

――一航艦の飛行機乗りのあいだでは、源田さんは絶対の信頼を得ていたんですか？

『うん、信頼しとったね。わたしら「赤城」の飛行甲板や艦橋で話をうかがったり、雑談もした。意志疎通があったし、とにかく、あの人の言うことをきいておればという――』

戦闘機パイロットとして〝源田サーカス〟の異名をとったかねてよりの名声に加えて、真珠湾空襲成功の実績は、源田参謀の信望をゆるぎないものに高めていたようだ。

激戦のサンゴ海海戦

『インド洋作戦を終わって、機動部隊は四月二十二日に内地へ帰り、「赤城」も横須賀へ入港したんです。そしたら、わたしのところへ命令がきた。〝「翔鶴」分隊長を命ず〟それで「翔鶴」へ赴任するため、すぐ改造空母の「祥鳳」に乗ってトラック島へ向かった。五航戦はインド洋のあと、別動してトラックへ行ったんです。横須賀へ入ったというのに上陸もしなかった』

せっかく無事、前線から故国へ帰着した戦士に、海軍もずいぶん無慈悲な発令をするものだ。

山本中尉は昭和十七年五月一日付で海軍大尉に進級していたが、さっそく、山本新分隊長を待っていた計画が「MO作戦」だった。ニューギニアのポートモレスビー、それからナウル、オーシャン両島を攻略しようとする作戦である。この戦略行動で、五月七日、八日に生起した海戦がサンゴ海海戦であり、主役が空母「翔鶴」と「瑞鶴」だった。日米空母部隊どうしの初めての激突であった。

『八日の日の攻撃には、わたしも制空隊の第二小隊長として飛んだ。

この日は、本来ならわたしが長になって行くはずだった。ところが、前の日に行った先任分隊長の帆足さん（工・大尉）が、「昨日は戦闘らしい戦闘がなかったから、今日も俺に行かせろ」というんですよ。

冗談じゃない。それではこっちが行かれなくなっちゃう。そこで、話し合いの結果、准士官のパイロットを母艦直衛の長に残して、二人で行くことにしたんだ。おかげで、二小隊長にされちゃった。なにしろ帆足さんは六三期、わたしの一号（海兵へ入校したとき指導してくれる最上級生）だから、絶対権力をもっているんだよ。どうしようもない』（笑い）

誰しも攻撃となるとむやみに張りきり、人を押しのけても行きたがるものらしい。行き脚じゅうぶん、いかにも戦闘機屋だ。

『……すると、前方に敵戦闘機らしいものを発見した。われわれ制空隊はいっせいに増槽を捨てて、エンジン全開、優位な高度を占めて突入していった。相手はグラマンF4Fだったけれど、凄いファイテング・スピリットを持っててね、バーンとぶつかってくる。

猛烈な射ち合いになったが、わたしのねらった敵機は一撃で火を吹いた。

二、三回旋転すると、もうお互いにバラバラになって食うか食われるかの格闘戦。ともえ戦ですよ。わたしもつぎからつぎと敵機に組みつき、射って射って射ちまくった。

グラマンが落ちる。零戦にも墜ちていくのがある。そのとき、わたしもやられちゃった。帰ってから調べてわかったんだけど、一三ミリを一一発もくらっておった。機体点検をした整備員が「よく、これで帰ってきたなぁ」と感心していたよ。飛んでいるとき、胴体の穴から下の海が見えるくらいだった。しかし、幸いなことにぜんぶ致命部をはずれていた。

え？　ショック？　それほどのものはなかった。ただ「やられたっ！」という感じはしたけどね』

雷撃隊や降下爆撃隊の攻撃に目をうつすヒマもないほどの修羅場だった。空戦は一〇分もつづいたろうか、グラマンの姿はいつしか消えていた。戦いは終わった。

『さあ帰ろうと思って、予定された集合点に行ってみると、いたのは戦闘機が一機だけ。雷撃機か艦爆をと、しばらく待ったが来ない。

わたしの機には分隊長マーク（垂直尾翼に太い線が一本入っている）がついているので、また一機零戦が寄ってきて、三機で編隊を組んだ。

となると、わたしが列機を連れて帰らにゃならん。ご承知のように戦闘機は航法能力がよわい。連中は分隊長機に合同したので安心したんでしょう、弁当や熱糧食を出してうまそうに食っている。けれど、わたしは航法に必死ですよ。

集合地点を図板にプロットし、風の修正を行なって味方艦隊への概略帰投針路をきめ、その方向に機首を向ける。それから頭を下につっこんで、クルシー帰投装置を動かして電波を調整してみた。

そうしたら、「ス◉(マル)」っていうモールス符号が、かすかに入ってくるじゃないですか。〝ス〟は「瑞鶴」のス、「瑞鶴」が帰投電波を出してくれていたんです。さらに細かく調整して、パッと方向指示器の方に切りかえたら、針が前方をさしてくれた。「アー、これで帰れるわい」と思ったなぁ。あのときの嬉しさは一生忘れることができない』

もともとが米国製のクルシー帰投装置は、単座用に一式三号無線帰投方位測定装置として国産化された。だが、量が少なく、当時は分隊長機、分隊士機のみに装備されたようである。

『数十分も飛行していたら、味方の攻撃隊と一緒になれた。零戦は速いからね。それで、すぐ護衛隊形をとった。

ところが、これがよかった。しばらく飛んでいたら、味方の艦隊を攻撃して帰る敵の編隊とスレ違ったんです。グラマンが数機。

こいつがかかってきようとした。わたしは弾丸を射ちつくしていたので一発もなかったが、列機とともに向首反撃に出た。撃ち墜とすぞ、という姿勢を示したわけだ。そしたら、敵はパーッと避退してしまった。攻撃機の連中よろこんでくれてね』

味方攻撃隊約七〇機が敵機動部隊に突撃すると同時に、敵もわが艦隊を発見し、午前九時すこし前から約六〇機が数波に分かれて来襲していた。双方の叩き合いになった。

わが攻撃隊は激しい防御砲火をかいくぐって雷爆撃を加え、空母「レキシントン」を撃沈し「ヨークタウン」を中破させた。が、味方艦隊も「翔鶴」が爆弾三発を受けて傷つく。

『母艦直衛にのこった九機の「翔鶴」零戦も、やってきた敵の雷撃隊、爆撃隊を相手に猛烈な空戦を演じて、面白い戦さをくりひろげたと後できかされた』

しかし、「瑞鶴」は無事に戦いつづけ、攻撃から帰った飛行機は、「翔鶴」機も「瑞鶴」に収容される。被弾機が多かった。それを理由に機動部隊は第二次攻撃を止めてしまう。そして、第四艦隊司令長官はポートモレスビー攻略作戦の延期を発令した。

この戦闘指導については、当時はむろん戦後の現在も、消極的であった、追撃不徹底であったとして数多くの否定論評のあるところだ。

『戦いそのものは五分五分以上にこっちが有利だったからね、戦術的には勝った。だけど、戦略的には失敗ということになるでしょう。

あそこでもう一回攻撃をかければよかった。健在なのは「瑞鶴」だけになっていたが、出撃させて「ヨークタウン」に止めをさせればよかったんだ。被弾機が多かったというけどね、後のミッドウェー海戦のときには、二航戦の「飛龍」では燃料タンクを射ち抜かれた機まで飛んでいっている。だから、やろうという意志さえあればできた。

われわれ士官搭乗員のあいだでは、「もう一ちょう、やらにゃなっ」と話していたんだ。だけど駄目になった。命令には従わにゃいかんからね。しかし、惜しいことをしたと思いますな』

高木武雄機動部隊指揮官、井上成美南洋部隊指揮官の判断はともあれ、攻撃実行者たる飛行隊の面々は敵壊滅に熾烈な闘志を燃やしていたのだ。

菅野直も教えた大分空教官時代

山本大尉が大分航空隊分隊長兼教官に発令されたのは、昭和十八年三月二十七日だった。サンゴ海海戦のあと内地へ転勤になり、それからふたたび戦地へ出、ラバウル方面で戦っていたが負傷し、横須賀鎮守府付としてもどっていた時期であった。

『目にけがをしてね。当分、第一線勤務ができなくなってしまった。

ちょうど二五一空（旧称・台南航空隊）という戦闘機部隊が、豊橋基地で前線へ行く準備、再建をやっておった。そこで、若いパイロットに実戦経験にもとづいて空戦を教えろ、ということになったわけです。

隊付だけれど、じっさいには分隊長、飛行隊長みたいな職務をとらされた。まだ、あまり飛行機には乗れないんだが訓練をまかされた。いわば、訓練生主任ですよ。そやがて、部隊はラバウルへ進出することになったけれど、目は完全には直っていない。それで、山本は戦地はしばらく無理だから大分航空隊へ行け、ということになった』

大分海軍航空隊は昭和十三年十二月に開隊され、練習機教程を終えた学生、練習生に戦闘機教育を仕込む航空隊である。

山本さん自身、かつてここに学び、戦前すでに中尉教官として海兵六七期卒業の飛行学生を教えたこともある懐かしい部隊だ。

『母艦や戦地での勤務も印象にのこっているけれど、この教育部隊の分隊長時代も忘れられないな。後輩を育て上げる重要な任務にたずさわったんだから。

飛行長兼飛行隊長は相生高秀さん(海兵五九期)。戦後、海上自衛隊へ行かれた(海将・自衛艦隊司令官)。わたしが学生だったころ教官で、九五式艦上戦闘機による空戦や射撃を教えてくれた恩義ある方だ。

ほかにも、わたしは素晴らしい人にめぐまれましたね。「赤城」のときの飛行隊長板谷茂さん(海兵五七期をトップで卒業)もそうだったし、指宿正信さん(海兵六五期)もそう。この方は航空自衛隊へ行かれたが、残念なことに、F86Fに乗っておるときに人にぶつけられ、殉職されてしまった。

大分空では、教官や、教員に実戦経験をつんだベテランを集めて、戦訓を活かすような方針をとった。見敵必墜、不撓不屈の戦闘機乗り魂、空戦射撃技術の錬磨、こういうことをテーマに実戦さながらに教育した』

緒戦いらい、単機空戦では零戦に苦い水を飲まされつづけてきたアメリカ戦闘機は、そのころは必ず二機単位の連係プレイでかかってくるようになっていた。空戦は何といっても単機の格闘戦が基本だが、米軍方式に対応して三機による協同戦闘が考えられていった。

『空中戦闘の前提になる鉄則は、まず〃見張り〃です。

それには、①敵より先に発見せよ。さらに、すかさず優位態勢をとるように接敵せよ。②前方だけでなく、後方もよく見張れ。③太陽の方向、雲の方向に気をつけろ。④何かおかしいと思ったら、大きく目を見開いて確認せよ。⑤計器一分に、見張り九分。⑥敵味方ぜんたいの動きを見ろ。⑦攻撃するときは、自分も攻撃されているものと知れ。もう一度後方を見よ。これには、わたし自身、サンゴ海のとき一一発くらった苦い経験があった。

つぎは空戦操縦。

①とっさのときは向首反撃。②敵の後方にまわりこめ。③失速(ストール)、過速はケガのもと、失速するとすぐやられる。また、十分なスピードがあっても、操縦桿を引きすぎると、ハイスピード・ストールに入る。過速になるとつんのめったり、舵が重くなって旋回半径が大きくなる。④高度を下げるな。正しく操縦して一旋回、一旋転ごとに敵機より高度を獲得せよ。⑤高度はスピードにかえられる。

それからですね、⑥三機は協同連係せよ、僚機の後上方をカバーせよ。バラバラになるな。⑦深追いするな。一撃で撃墜できないときに深追いすると、後方からやられる。⑧食うか食われるかの空戦では、弱音をはいた方がやられる。歯をくいしばって最後まで頑張れ——とね。

そして最後に射撃の心得。

①二〇ミリ、七・七ミリ機銃の切りかえをチェック。②一撃必墜は肉薄射撃から。③敵パイロットの頭が見えたら射て。④一連射の時間はできるだけ短く。⑤ただし、向首反撃は遠距離からでも射て。

こう、厳しく教えこんだんです』

山本教官が、およそ一年二ヵ月の間に教えた学生は、兵学校出身者では六九期から七〇、七一期にまでおよんだ。

終戦ちかく、本土防空戦に大活躍して今に名を残す第三四三航空隊の菅野直大尉も七〇期だ。

『菅野直、あれはスジがよかった。闘志満々、やる気十分。それに気っぷがよかったな。最後は、三四三空に所属する飛行隊長で働いたが、あの頃の戦闘機の特設飛行隊長はみんな、わたしが教えた』

戦後、数十年がたっているが、現在も当時の教え子たちから手紙がくるそうである。

空技廠の戦闘機乙部員

『……教えた学生連中は、卒業するとみな喜び勇んで戦地へ出征して行くわけだ。こっちは相変わらず居残らされておったんだが、目も次第に恢復してきていた。

そんなころ、航空技術廠飛行実験部の小福田租（みつぐ）少佐（海兵五九期）が、みずから戦闘機を操縦して大分空に来られた。

乙部員（小福田少佐が戦闘機関係の甲部員）の志賀さん（淑雄・少佐、海兵六二期）が紫電や紫電改その他の飛行試験で、連日連夜、心身を酷使したためついに倒れ、入院することになった。それで、後任に私をくれないか、とモライをかけにこられたわけなんだ。

空技廠の戦闘機乙部員として試作機のテスト飛行にあたった。写真はその一機として担当した紫電改で、上々の評価を得た。

十九年五月二十日付で「海軍航空技術廠飛行部部員に補す」の辞令をもらいました。当時のパイロット仲間では、横須賀海軍航空隊の飛行隊や航空技術廠飛行実験部に配属されることは非常な名誉でもあり、誇りでもあった。だから、大分空を退隊するときは盛大な見送りを受けてね。

で、空技廠でのわたしらの主要任務は試作機のテスト飛行。そのころ戦闘機の試作機には、紫電改、月光、天雷、震電なんかがあった。

乙部員を命じられたわたしは、制式機である零戦、雷電、紫電に関係する飛行試験と、試作機紫電改の飛行審査の主務担当になった。

うん？　雷電？　操縦感覚はよかったよ、軽快で。ちょっと旋回圏は大きいけどね。

月光や天雷にも乗ったけど、これらのうちでは紫電改がいちばん優れていたようだな』

それは、マリアナ諸島の攻守をめぐる「あ号作戦」がくりひろげられた前後であった。小福田先任部員、山本部員を主導者とする実験部の戦闘機パートでは、次のようなテストを実施、あるいは企画していた。

一、紫電、紫電改による誉エンジンの信頼性、耐久性向上、高々度性能向上試験。

二、紫電改の飛行審査。

三、雷電の高々度性能向上、排気タービン過給器装備機の飛行実験。

四、零戦の固体ロケットエンジン装備機の飛行実験。

五、松根油、アルコール燃料による飛行試験。

六、〝試製紫電改艦上戦闘機〟の着艦試験。

などであった。

零戦で普通ガソリンによる飛行中、松根油にきりかえると体に感ずるくらいエンジンの出力が増加するのが確かめられた。

紫電改艦戦による着艦実験は、数ヵ月後の昭和十九年十一月中旬、東京湾内で新造巨大空母「信濃」の背中を使い、実施されている。

『テストパイロットは、まず、たくさんの飛行機を乗りこなして、それぞれの機の安全性とか飛行特性を知らなくてはいけない。そうして、理想的な戦闘機はかくあるべし、という概念を描き上げる必要があったんです。でないと、試作機の評価や審査はできません。テストでは、座席まわりや視界はよいか、離着陸操縦はやりやすいか。失速の性質、舵のき工合と重さ、方向舵、昇降舵・補助翼のバランス性。それから特殊飛行、キリもみの特性、急降下するときの機のすわり、最高速力、上昇力そのほかいろいろ調べていった。

紫電改の機体はすでに志賀少佐が、フラッターもなく高速飛行にもビクともしないことを実証しておられた』

水上戦闘機・強風を陸上機に改造した紫電には、やむをえないと思われるいくつかの欠点があった。それを、紫電改では根本的に設計を変更したので、主翼は中翼から低翼に改められて、脚が短くなっている。胴体前部の肩に相当する部分のふくらみも削られ、幅がせまくなった。

『……そのせいで、機体の外部はスマートになり、主脚もしっかりしている。操縦席に入ってみると、前方、前下方の視界も非常にいい。

地上滑走でブレーキの調子を試してみると、よくきくし悪いくせもない。離陸点についてブレーキを踏み、エンジンの回転数を上げた。ブースト（吸気管内圧力）が二〇〇ミリに達したころブレーキを離し、スロットルを一杯前に出すと回転数が急に上がる。

左へ機首（あたま）をふるクセはあるが、方向舵でかるく修正できる。六〇ノットぐらいで機体が浮き上がった。上昇力も物凄いんですよ。

高度六〇〇〇になって水平飛行に移り、巡航速力で旋回して舵のききと重さを確かめる。こんどはエンジン全開にして、水平全速を確認する。空戦フラップの〝出〟はよいが、〝入〟がどうも、という感じがした。

操縦性と操縦感覚は、紫電にくらべるとはるかに良好だった。エンジンを一速にきりかえて降下し、こんどはいよいよ着陸。前下方の視界がいいので着陸操作も容易だし、これなら若い操縦者でも苦労しないですむな、と思いましたな』

紫電改にたいする山本テストパイロットの評価は上々であった。

——震電の審査結果はいかがでしたか？

『いや、残念ながら、あれには乗る機会がとうとうこなかった——』

要求性能が四〇〇ノットをこえる、局地戦闘機・震電はきわめて特異な形の飛行機である。というのは、主翼が後方にきて、ちいさな水平安定翼が機首側にある。いわゆるエンテ型であった。そしてプロペラは操縦席のうしろに置かれ、機銃は三〇ミリが四梃、従来型式の飛行機の概念からはかなりかけ離れている。

『設計したのは鶴野正敬という技術少佐でね、この人は大分空で戦闘機の操縦を習った、技術者でもありパイロットでもある人だった。

ところで、この戦闘機には最初問題があったんです。それは、敵の大型爆撃機に攻撃をかけて被弾し火災を起こした場合、操縦員が脱出して落下傘降下をしようとすると、必ず後方のプロペラにはねられてしまう。

そこで、わたしはこの改善要求を技術会議に持ち出したんだが、空技廠推進器部のある技術大尉と大口論になっちまった。

「大型爆撃機の編隊に突っこんで行って、集中銃砲火を浴びながら戦うパイロットの身になって設計して下さいよ」

「できませんね」

「プロペラ・ボスを爆破しなくても、プロペラの翅一枚を飛ばすことができたらアンバランスになり、瞬間的に全部のブレードがフッ飛ぶでしょう。それは出来ないのか」

「技術的に不可能だ」

わたしは頭にきてね。「不可能を可能にするが科学で、それを実現するのが技術者じゃないか」

「無茶を言うなっ」

「何が無茶だっ!」カーッとなったわたしは、自分よりも古参と思われるその技術大尉を思いっきりブンなぐってしまった。いやあ、どーも、血気にはやった若気のいたりといまでも後悔してるんだけどね』（なるほど、こういうところを〝喧嘩っぱやい〟と氏は自認されるのか?）

こんないきさつがあったが、その後、推進器部は改善に異常な努力をかたむけた。緊急時にプロペラを飛ばす特殊装置の開発はメドがつき、試作が進められていった。

そして、震電の初飛行は昭和二十年八月三日、九州飛行機KKの宮石操縦士によって行なわれた。わずか数十分の飛行だったが、操縦性、安定性に難点はなく、成功だったといわれる。それは終戦直前で、山本部員の出番はまわってこなかった。

紫電改で本土防空戦

山本さんが飛行実験部に着任して間もなくであったが、そこの組織に変更があった。昭和十九年七月十日付で飛行実験部は航空技術廠から分かれ、横須賀航空隊へ編入されて飛行審査部と名称をかえた。

元来、空技廠と横空は隣接しており、飛行場も共用していたので、別地へ移転するわけではなく、その意味ではどうということはなかったが、官衙(やくしょ)の職員から部隊勤務に変わるちがいがあった。

『わたしの記憶ではね、戦局から見て、もうテスト飛行にだけ専念しておれない状況になったから、というのが組織がえの主な理由だったようだよ。オレンジ色に塗られた試作機も、そのほかの実験機もみな機銃を搭載し、弾丸をつんだ。無線電話器も入念に整備して、テスト飛行中であっても空襲警報が出されたら、空中戦闘に即応できる態勢をしいたんです』

マリアナ沖の海戦に完敗し、比島沖の海戦にも敗れると、役にたって欲しくないこのような非常態勢が活かされる日がやってきた。

二十年二月十五日ごろ、敵機動部隊が本土に接近し、艦載機の来襲が予想された。当時、横空には飛行隊長指宿正信少佐、先任分隊長塚本祐造大尉(海兵六六期)、分隊長岩下邦雄大尉(海兵六九期)、分隊士武藤金義少尉を幹部とする戦闘機隊がいた。もちろんこの戦闘機隊は待機の姿勢に入り、飛行審査部も山本大尉たちは隊内に宿泊して敵に備えた。審査部には空技廠所管の試作機と増加試作機あわせて十数機があった。

『十七日朝はやくから指揮所で待機していると、空襲警報が発令された。雲が低くて、場所によっては雪も降っている天気だったが、飛行隊側の列線から指宿少佐の紫電改、紫電、零戦合計三〇機ばかりがまず発進した。つづいて審査部の列線からは、わたしが増山上飛曹、平林一飛曹のベテランをひきいて紫電改の三機編隊で上がった』

飛行隊の編隊は厚木の上空二五〇〇メートルで哨戒していたが、そこへグラマンなどの敵機群が低空で侵入してきた。絶好の攻撃のチャンス。優位な態勢からつぎつぎに襲いかかっていった。

熱闘が展開され、北は八王子から南は藤沢上空、あるいは洋上まで敵を追いまくり、四十数機の一梯団ほとんどを撃墜した。

武藤金義少尉などは単機でF6F一二機に挑戦し、各一撃で計四機を撃墜する偉功をたてた。この人はその腕を買われ、後日、源田実大佐の懇請で三四三空に転じ、菅野直大尉の護衛役として働くのだが、ついに七月二十四日、豊後水道上空の空戦で戦死する。

『わたしのところは、御嶽（みたけ）山上空ふきんでF4Uコルセア、F6Fヘルキャット、アベンジャーTBFの編隊群を見つけた。すぐさまエンジンを全開にして、十分高度をとりながら接敵していった。敵はまだ気づいていないんですよ。

三機の戦闘隊形を緊密にしてね、ゆうゆうと後上方からの攻撃をかけた。エンジン全開のまま急降下、急上昇の連続反復。目標はいくらでもいるんだから。

はじめは三機協同で攻撃してたけど、敵機との高度差がありこっちが絶対優位だったので、こんどは各自、下方の獲物をねらっていった。

増山兵曹も平林兵曹も心ゆくまで敵機にくいついて、バタバタと墜とした。ほとんどが一撃で落ちていった。

紫電改の空戦フラップの作動は見事だったよ。急降下攻撃する時の飛行機のすわりもよくって、射撃照準がしやすかった。二〇ミリ機銃四梃の威力は絶大だったけど、わたしは五、六撃で撃ちつくしてしまったので、もう少し弾丸が欲しいくらいだった。最後に攻撃したF4Uは飛行不能状態になって、地面に激突するのをはっきり目撃している。

このときの戦闘は紫電改の実力を十分実証することができて、横空としてはこの上ない最高の実用実験になった、といえると思うな』

〈軍歴〉大正八年二月二十三日、石川県に生まれる。昭和十三年九月、海軍兵学校卒業、六六期。「磐手」乗組のあと昭和十四年三月、「金剛」乗組。北支方面作戦に従事。同六月、任海軍少尉。昭和十五年三月、「雪風」乗組。同四月、霞ヶ浦海軍航空隊第三四期飛行学生。昭和十五年十一月、任海軍中尉。この前後、大分海軍航空隊、元山海軍航空隊、春日丸勤務とつづいて、昭和十六年十一月、「赤城」乗組。ハワイ攻撃では母艦の上空直衛に当たる。昭和十七年四月、「翔鶴」分隊長。同五月、任海軍大尉。以後、元山空、二五二空をへて昭和十八年一月、第二五一海軍航空隊付、若いパイロットの教育に当たる。同三月にも、大分海軍航空隊分隊長兼教官。昭和十九年五月、海軍航空技術廠飛行実験部部員（同七月には横須賀航空隊飛行審査部と改称）、各種の飛行機のテストに当たる。昭和二十年五月、任海軍少佐。戦後は航空自衛隊に勤務し、昭和四十六年六月に退職。平成七年四月没。

忘れえぬ空戦

——八五一空飛行隊長・日辻常雄少佐の証言

初陣は九四水偵で大陸へ

わざわざ近くの駅まで出迎えてくださった日辻常雄氏は、八〇歳の高齢にはとても見えぬ矍鑠（かくしゃく）たる方であった。それにガッチリした恰幅のよい体軀。筆者はそのとき、ふと思ったものだ。

——よく、飛行艇乗りには腕力のある人間が行かされたんだ、というような話を聞きますが？

『ええ、古い人にはそんなことを言う人もいますが、格別そういうことはないでしょう。たしかに飛行艇は図体が大きいから、操縦桿も重たいことはオモイですがね。

わたしは戦闘機が希望だったんだが、水上機へ回されてしまった。ならば、せめて格闘戦もできる二座水偵をと望んだのだがそれもダメで、三座水偵に乗せられた。教官曰く、「君が三座水偵専修になったのは、将来、大艇パイロット要員として最適と認められたからだ」というんですな。だから、機種適性というのは、メンタルな面やそのほか潜在的なものに求められたんじゃないでしょうかなあ』

〝大艇〟とは、すなわち飛行艇のことだ。

日意に反した出だしであったようだが、氏の戦地勤務はそんなフロート付き機を駆って、日華事変からはじまった。霞ヶ浦航空隊飛行学生として飛行機に乗り出してから、およそ満二年が過ぎようとする頃だ。特設水上機母艦「神川丸」乗組になって、中国沿岸へむかった。行き先は台湾と向き合った福州沖であった。

『昭和十五年五月十八日、この日がわたしの初陣でした。中尉分隊士で、二座の九五式水偵二機と三座の九四水偵二機を引っぱって、福州〜興化間の橋梁爆撃に出たんです。列機はみな戦場なれしていて、その意味では先輩です。

高度一五〇〇メートル、雲の上から切れ間を利用して風向、風速をはかり、敵陣を偵察した。不気味に陣地は構えているが反撃はなさそうだと見たので、攻撃を下令しました。最初に九五水偵機がダイブに入った。けれど、惜しいことに弾着はそれてしまい、橋ゲタには当たらなかった。

わたしは、初陣ではあったが、それまでの舞空（舞鶴航空隊）や佐空（佐世保航空隊）の訓練で、降下潜爆（対潜水艦爆撃）には自信があったんです。そこで、予定していた水平爆撃を止めて突っこんで行きました。橋が大きくふくらんでくる。高度三〇〇、「テーッ」で、力いっぱい操縦桿を引き起こして目標を見ると、命中でした。爆弾は六〇キロです。橋が物凄い爆煙につつまれたかと思うと、ズシーンと機体に振動が感じられました。いい気持でしたねぇ。そして、投下するまでは緊張しとったんだけど、この調子ならどうやらいけそうだぞ、という気になりました』

「神川丸」は、元来は川崎汽船（株）所属の七〇〇〇トン級大型貨物船で、昭和十二年頃から徴用され、水上機約一五機を搭載する速力一九ノットの特設水上機母艦である。華南作戦に充当され、上海から雷州半島、海南島にいたる沿岸を封鎖し、いわゆる援蔣ルートを断ち切るのに一役買うのが主要任務だった。したがって、航空攻撃だけでなく、日辻さんたちは思いがけない任務に従事することもあった。

『ジャンク狩りに行ったことがあるんですよ。昭和十五年の六月十七日でしたがね、艦長からの命令で、臨検隊長として乗り込み積荷を調査したうえ、本艦まで引っ張ってこい、というんですわ。わたしは飛行機乗りなのに、もしこんなことで死んだらいやだなぁと思ったんだけど、覚悟をきめて出かけました。

昭和17年11月、ショートランドでの東港空分隊長・日辻少佐。

相手は二〇〇トンくらいもある大型ジャンクで、眼鏡で見ると旧式だが、二門の大砲まで持っている。二〇名の臨検隊を編成して、内火艇二隻で出発しました。本艦も、高角砲に〝左砲戦〟の準備をして、まず一発、前方海面に射ち込んで停船させました。

もう、わたしも肝がすわってます。内火艇をまるで衝突させるように横付けさせて、ドカドカッと乗りこんで行ったんです。敵船には船長らしい男が一人立っていただけで、あとは船底にもぐっていました。まったく抵抗の様子はありません。

さっそく調査を開始したところ、この方面のジャンクの親玉であることがわかりました。「神川丸」に報告すると、「積荷没収のうえ、釈放する。本艦まで曳航せよ」という命令でした。意気揚々と引き揚げたんですがね。獲物は白米二千俵、砂糖一千俵、そのほかに小銃七梃、臼砲二門という大戦果。

まあ、この臨検隊長をやったことで、海軍の搭乗員は空で戦うだけでなく、何事にもまず海軍軍人として対処しなければならないという根本を、心の底にたたきこめました』

開戦早々の飛行艇による雷爆撃

ほぼ一年の「神川丸」勤務を終えて、日辻中尉は内地へ帰った。氏は昭和十六年五月十五日、海軍大尉に進級するのだが、その直前、四月一日付で佐世保航空隊での飛行艇操縦講習員を命ぜられた。そして学生長をつとめながら、約二ヵ月の講習を終わって赴任した部隊が、台湾の東港海軍航空隊だった。

『戦前、日本海軍の飛行艇実戦航空隊はふたつありましてね、昭和十一年開隊の横浜航空隊と、わたしの行った東港航空隊。こちらは昭和十五年に出来たので、やや新しい。どちらも九七式大艇二四機、隊員は飛行機関係以外も合わせると二〇〇〇名にもなる、大きすぎるほどの部隊です。この四八機の飛行艇で、海軍の大艇航空隊は立ちあがったわけです』

――われわれシロートは、飛行艇というと索敵哨戒などだけに飛んだように考えていましたが、開戦初期のころは攻撃もやったようですね。

『何しろ四発で体がデカイから、搭載力が大きい。八〇〇キロ爆弾なら二発、雷装にすれば魚雷二本を積めます。

それに、下士官搭乗員にしても海軍生活一〇年、一五年といったベテランクルーが多く、天測の腕も確かで夜間飛行も雨中でも、全天候飛行に大艇隊は自信を持っておった。また飛行艇の特性として洋上低空飛行が可能なので、低空雷撃の特別訓練もやらされたもんです。

だから、こういう部隊を使えば、南洋群島の島々を利用して、来航してくるアメリカ艦隊に遠距離から攻撃をかけられる、と発想したんでしょうなぁ。

昭和十六年の六月だったと思うけど、艦隊演習で空母をふくむ航空部隊がいっせいに、第一艦隊の戦艦部隊を襲い、魚雷攻撃をかけたことがありました。

わたしは東港空付になったばかりで、九七大艇九機による雷撃隊の第二小隊長を命ぜられた。三機で一コ小隊です。各機とも、魚雷に演習頭部をつけて実射しました。三機編隊ずつ正面、左右の三方に分かれて襲いかかるのですが、雷撃高度は一〇〇メートルで、射距離一〇〇〇メートルまで突っこむんです。

けれどね、あの大型でしょう、そして全速を出しても一八〇ノット、いったん雷撃運動に入ったら回避できない。発射後も敵艦上空を横切るしかないんです。しかも命中率はというと、べつにいいわけではない』

こうして戦争前、すでに飛行艇による雷撃には疑問符が投げかけられていた。が、そんな魚雷攻撃を、東港航空隊の九七大艇は実施したことがあった。開戦早々の昭和十六年十二月も押しつまった、三十一日にである。

『その月、二十二日にダバオを攻略して、われわれはここへ水上基地を設営しました。で、今日は大晦日だというので、杵ふり上げて餅つきをはじめたんですよ。そしたら「敵巡洋艦見ゆ。攻撃隊出動」という命令です。

待機していた爆撃、雷撃の各三機がぜんぶ出ることになりまして、わたしは爆撃隊長になった。一三〇〇（午後一時）に発進し、一〇分後には太田寿双大尉を指揮官に雷撃隊も離水発進しました。敵まで四五〇マイル。急いでも約三時間かかりますから、途中で攻撃要領を打ち合わせながら飛んだ。爆撃隊がまず先に攻撃に入って、敵の注意をできるだけ上に引きつけておく。その間に、雷撃隊が三方向から飛びかかるということで意見が一致しました。爆撃隊は各機六〇キロを一二発、雷撃隊は魚雷二本ずつです。

一六〇〇、はるか前方に真っ白い波を発見した。よく見ると、軽巡ではなくて開戦当初からねらっていた水上機母艦の「ヘロン」なんです。まごまごしてると暗くなりますからね。二二〇〇メートルに上昇してそのまま接敵開始、雷撃隊も早目に散開しました。敵艦の速力は二五ノットはあったでしょう。

やがて射ち出してきました。弾着もだんだん接近してくる。爆撃針路に入って、目の前に弾幕を張られるくらいいやなものはありません。尻がもじもじしてくる。高角砲弾の爆風がビリビリ機体にひびきます。必中を期する爆撃手は、一心不乱に照準器をのぞきこんで、針路修正を指示してくるんだけど、パイロットは真っ黒に目のまえ一面にひろがる弾幕に、ひたすら突っこまなければならない。

やっと、「用意ッ、テーッ！」で待ち遠しかった爆弾投下が終わり、スロットル全開。気がつくと、いっぱい出しきったスロットルをなおも押しているんですよ。この時の気持は、炸裂する弾幕をじっと耐え忍んで突破した体験のあるパイロットでなければ、わかってもらえないでしょうなぁ。

三六発落として、艦尾に何発か命中しましたが、致命傷にはならなかったようでした。雷撃隊も三方から突撃に移ったんですが、太田指揮官機が敵の正横三〇〇〇メートル付近で、火を吹き出してしまった。「早く発射しろっ！」と、思わず叫びましたが、三機が矢のように突入したかと思うと、互いに交差して飛び去っていきました。魚雷は命中しませんでした。太田機は体当たりをするかなと見ておったんだが、敵艦を飛び越してしまい、六〇〇〇メートルくらい離れた海面に突っこみ、爆発してしまった。発射まえにパイロットがやられたんですね』

数すくない、貴重な大艇を一機失って、戦果らしい戦果なし。爆撃はともかく、あの鈍重な機体で、低空よりする雷撃は無理というより無茶であったろう。開戦後八ヵ月間ほどは、それでも実施されたことはあったが、のち遂に飛行艇雷撃は中止された。

B17との死闘

その後、東港空はインド洋方面に作戦していたが、昭和十七年八月九日にツラギで全滅した横浜航空隊のあとをうけて、急遽ソロモン方面へ転進し、哨戒索敵に飛びまわった。十一月一日からは実戦用航空部隊の名称変更で、第八五一海軍航空隊と名を改めた。

もっとも激烈な戦場に投入され、連日の索敵行で八五一空はつぎつぎに未帰還機を出し、その数はたちまち一六機におよんでしまった。あまりにも多い犠牲だったが、ガダルカナルの米戦闘機に食われたのであろうと推測するだけで、真相はまったくつかめなかった。『和田龍飛行隊長までが未帰還になってしまい、これは何がなんでも俺が飛んで原因をつきとめ、是が非でも未帰還機をくい止めなければと決意したわけです。

十一月二十一日、あるいは一七番目の犠牲になるかもしれないと覚悟して出撃しました。ソロモン群島南方海域の索敵です。

コースの三分の二くらい進出したところで、時間は〇七〇〇（午前七時）になっていました。突然、「敵機っ」と尾部見張りから報せをうけたので、「空戦用意」の号令をかけ、すぐ低空全速に移りました。飛行艇は構造上、腹に防御がなく、下方からの攻撃によわい。しかし超低空を飛ぶのは得意です。それで海面を這うのですが、こうすると襲撃してくる敵機は、下方にもぐれず、また深い角度で上方からもかかってこれず、攻撃が非常にやりにくいんです。

相手は〝空の要塞〟といわれたB17でした。右後上方に占位したまま襲ってこない。けれど、このままでは別の仲間を呼ばれるおそれがあるし、索敵にも差し支えると思ったので、こちらから急反転して飛びかかっていった。敵は油断していたんですな、こちらの尾部二〇ミリが射撃すると、運よく中央エンジンに命中しました。

黒煙を吹きながらガダルの方へ姿を消したんだけど、これは今日はこのままではすまんぞ、と思いましたね。それで急いで全員に朝食をさせたんですが、案の定、別のB17が一機、雲間から真っすぐに突っこんできました。

「空戦だーっ！」とわたしは大声で叫んで、弁当をかなぐり捨てると、全速でまた低空を這いながら反転して、ショートランド基地へ向かったんです。もう索敵なんか中止ですよ。敵は高速を利用してこちらの前程を押さえながら、右前方から突っこんできた。

昭和18年半ばに飛行艇隊の装備機は二式大艇となったが、写真は前主力機・九七大艇。ソロモン方面ショートランド基地で。

敵の前方銃とわが右舷の二〇ミリが同時に射ちはじめました。こちらとしては、敵の機首に右か左の側面を向けるようにした方が、多数の機銃が使えて有利なんです。両者ともに弾着はそれている。当方は全速で、前に見えるスコール雲の方へ向かいました。敵機は優速を利用して、こちらの針路に交差するようにジグザグ運動をしながら、襲いかかろうとする。鈍速のわが機は旋回圏が小さいから、それを活かして小回りで敵の襲撃をひっぱずそうとする。高度は三〇メートルくらいです。

両機猛烈に射ち合うものだから、海面が弾着で真っ白く泡立つように水柱を吹き上げているんですよ。とうとう第五撃目でしたか、一三ミリが当たりましてね、搭乗整備員が一人、腕をかかえて倒れてしまった。それからメーンの電信員も机に倒れかかり、右腕がダラッと下がって血が天井まで吹きつけているんです。しかし、そうしている間も、敵からは一刻も目は離せません。六撃目、敵の尾部一三ミリが当たって、操縦席の前部艇底に大穴があいてしまいました。穴から波がしらが見えている。タンク室も火こそ吹かないが、ガソリンが音をたてて吹き出した。もうこれで、いよいよかっ……と思った瞬間、ハッと頭にひらめいたんです。「こいつだっ！　今まで未帰還機を食った相手は戦闘機だとばかり思っていたが、じつはB17だったのか」とね。哨戒機どうしの空戦、考えもしなかったことが起きていたんです。とたんに、「クソッ、死んでたまるかっ！」という新しい闘志がムラムラッと沸きたちました。七撃目、敵は超低空でいきなり突っこんできた。副操がとっさに機首を突っこんだ。衝突！　だが、敵機はこちらの後下方三〇メートル付近をサーッと横切った。

このときとばかり、尾部二〇ミリを一弾倉ぶち込みましてね。敵はすぐ左旋回に入って覆いかぶさるように接近してきましたが、赤ら顔のパイロットと、ダラッととんでもない方向に銃口が垂れている機銃が目に映りました。思わず、「勝ったぞ！」と叫んだんですが、これを最後にB17は右へ切り返して雲間へ逃げて行きました。エンジン付近から煙を長く曳いていたけれど、あとはわかりません』

重傷者二名を生じたが、燃料は幸い二時間分はタンクの底に残っていた。日辻大尉はスコールのなかを基地へ急いだ。午前十一時、辛うじて滑り込み、そのまま砂浜へのし上げて沈没を防いだ。被弾数じつに九三発、火災を起こした二番エンジンは自然消火していた。

『いやぁ、約二時間ちかくの長い戦闘は、文字どおり死に物狂いでした。それにしても、よく還れたとわれながら感心しています。一七機目で、わたしが未帰還をくい止めることが出来たのですが、あの空戦だけは生涯忘れられません』

日辻分隊長の索敵行で、哨戒機対哨戒機の戦闘という全く予測できなかった事実が明らかになった。ただちに大艇にたいする空戦対策がとり上げられた。防弾鋼板、防弾タンク、機銃の増備などが一ヵ月たらずのうちに実行され、ソロモン方面における飛行艇の未帰還は、その後しばらく後を絶ったのである。

電探索敵成功第一号

『昭和十七年の十二月に、わたしは飛行艇を搭乗員もろとも受領するため、内地へ帰ってきました。まだ九七大艇です。四機分もらい、浜空で約一ヵ月訓練してソロモンへ帰ろうとしたわけですよ。

そしたら、軍令部から電話で、「出発を二日間延期せよ、〝電探〟を装備する。司令には別電で連絡するから」というんですな。レーダーのことを、当時はそう呼んどったのです。

戦争が始まって一年、まだ電探なんてどういうものかよく知らなかった。「そんな邪魔くさい物を積み込んだって、仕様がないじゃないか」というのが本心だったんです。「いや、兵器の取扱法は、有坂中佐（磐雄・海兵五一期、のちに電探の神様といわれた）と技師や工具も一緒に乗って行って、現地で講習をするから」ということになりました』

このレーダーは航空技術廠の試作品（三式空六号無線電信機と称した）で、一応実用できる段階に達していたが、まだ実機による実戦テストはすんでいなかった。大急ぎで可能なかぎりの取り付け工事を行ない、新兵器を搭載した九七大艇は十二月二十五日、横浜基地を出発し、二十八日に無事ショートランドへ到着した。

『試作レーダーのアンテナは、機首の両側にそれぞれ六本の細い銅パイプがヒゲを生やしたように付けられていたので、〃ヒゲアンテナ〃と呼んでいました。

ところが飛行艇は、基地にいるときは浮標係留しなければならない。そこでまた、われわれはケチをつけた。「こんな物が出っぱってると、もやいをとるとき邪魔になり、索が引っかかってポロポロ折れちゃう」そしたら有坂さんは、「いいんだ、いいんだ。交換品はたくさんあるし、簡単に取り付けられる。消耗してもかまわん」と言うんですよ。

有坂中佐は、「大艇隊の犠牲を、これ以上座視することはできない。夜間レーダー索敵に切りかえれば、目標を視認する距離まで接近する必要もなく、索敵能力は大いに向上できる」と熱心に強調されるんですな。しかしそれでも、わたしは半信半疑だった』

昭和十八年の年が明けたころ、偵察に飛来するB17の機首に、長い槍状の物体が装備されはじめた。ずいぶん長い銃身の機銃？　といぶかりながらよく観察すると、それはアンテナであった。

『有坂さんの言によると、ヒゲアンテナより一段能力の高い八木式アンテナだということでした。「これで電探はアメリカに先をこされた」と有坂さんが悔やんでいました。

われわれの方もいよいよ調整がおわり、講習がすんで実際にやってみようということになった。一月十日だったと思いますが、ショートランドの南三〇〇マイルの海域に、ムンダ攻略を目指す敵部隊が接近しているという情報が入ったんです。技術者陣もぜひ実戦で試してみてくれということでした。

そこで、第一番にわたしが飛ぶことにしました。敵も、夜間戦闘機は当時出していなかったので、高度一〇〇〇メートルで進撃しました。一向に敵発見の報せはない。すると、二一〇〇（午後九時）ごろ、何も見えない真っ暗闇のなかで突然、電探員から報告がきました。「前方一五マイルに敵艦」と、自信満々の声でした。電波探信儀のブラウン管に、はっきり反射波（エコー）を捉えたんですね。

けれど、まだわたしは信用しなかった。実験段階ですから、レーダーマンといっても正規の配員はなく、副電信員に講習をうけさせた即席電探員です。「では、俺が確認する。針路がそれたら教えろ」と言って、目標方向に向首して突っこんで行ったんです。

もう近いはず、と思ったとたん、ガンガンと下から猛烈な砲撃をうけた。急いで逃げましたがね、まさに闇夜に鉄砲です。完全にレーダー射撃をくったわけです。「二一〇〇、敵艦隊を電探で捕捉」と電報を打ちましたが、これは、わが海軍機の電探索敵成功第一号ということになりましょう』

結局、航空機がレーダーの実用を開始したのは、日米とも昭和十七年の末から十八年初頭にかけ、ソロモンの戦場においてであった。日本海軍は九七式大艇、米軍はB17爆撃機によってである。

当時、米軍機に搭載されていたレーダーは、約六〇種類もあったといわれている。メーカーに試作させたものをすべて実機に装備し、試験かたがた実用に供したものらしい。

これに反し日本海軍は、空技廠で各種実験を行なったのち採用をきめ、その上で実用にうつるため、開発速度が遅くなったのだ。

二式大艇のポーポイズ実験

八五一空はその後、昭和十八年九月から南西方面艦隊に編入され、ジャワ、スマトラ、アンダマンへ進出、インド洋方面作戦に従事した。

五月以降、使用機はほとんど二式大艇に装備がえされ、インド東岸の主要港湾の夜間爆撃やインド洋索敵を行なっていたが、日辻大尉は十九年二月二十五日付で内地帰還を命じられた。前年新設された飛行艇練習航空隊の、詫間海軍航空隊飛行隊長兼教官への転任であったが、間もなくの四月、航空技術廠飛行実験部部員の職にかわる。

『最初、電報を受けとったとき人違いではないかと思った。実験部といえば、艦隊、実戦とあらゆる場を踏んだベテランパイロットの行くところだからです。わたしなどにはとうてい資格はないはずなのに、飛行艇乗りがほとんど死んだので、やむをえず生き残りのわたしが呼び出されたのでしょう。担当したのは、二式大艇のポーポイズ（porpoise・イルカのような跳びはね運動）防止対策実験でした』

二式大艇は九七にくらべて艇体幅がせまく背が高いので、吃水が深くなり、艇面荷重が非常に大きかった。このためポーポイズが起きやすく、とりわけ若いパイロットには悩みの種だった。イルカ跳びに入り、放っておくと、最後は機首から海面に突っこんで艇体が折れてしまう。機種がえ当初、この事故が多発し重大問題になったので、飛行実験部は防止策に取り組んでいたのであった。

『飛行艇の艇体底部には、離水のときの水切りをよくするため〈切り欠き〉、段がつけてあります。ステップというのですが、二式大艇では二段ステップになっていて、両方のステップ間隔はわりあい短くなっていました。

二式大艇のポーポイズ実験は、わたしの前任者益山少佐のときから本格的に取り組まれており、わたしは実験の最終段階ごろから関わったのです。そのころ見聞きした話ですが、実験部では水槽試験により、第一ステップを後方に三〇センチ延ばして両方のステップ間隔をつめると、ポーポイズ現象がいちじるしく減少するという結果を出していたんです。

それで、その結果にもとづいて実機試験が計画されました。大村湾で試験したのですが、第一ステップを現状のまま、一五センチ延長、三〇センチ延長の三形状にしました。そして各形状ごとに重量を正規（二四・五トン）、過荷重（三二トン）の二種、さらに重心点を現位置から前後へ二パーセント刻みに移動し、機首角度をアップ五度を中心にプラス、マイナス一度刻みに保持したさいのデータをとろうというわけです。

その頃は現在とちがって、目視と写真観測をやる以外に手段はありません。空技廠の科学部はじめ各部、川西航空機からも技術者が集まって、どの条件でポーポイズが起きるか、発生したときどの時点ならば舵での修正が可能かなどについて、テストを繰り返しました。

試験は約三ヵ月つづけられたのですが、実験中に何回か本物のポーポイズが発生して計測用の椅子が折れたり、測定していた技師が隣のタンク室へ吹き飛ばされるようなこともあったようです』

しかしながら、実機試験の結果は期待に反して現在のステップ位置が最良、という判定になってしまった。室内実験と実地試験の違いをまざまざと見せつけられる結果になったが、その意外さに関係者一同唖然としたという。

『飛行艇の大先輩で、二式大艇の初飛行も担当した伊東祐満中佐(海兵五一期・のち大佐)が、数回試験をした時点ですでに、「ステップ位置の変更は必要なし」と言っておられたが、そのとおりになってしまったので、さすがは名パイロットとみな舌を巻いたそうです。

けれど、この大村湾実験で、重心点が正規状態の場合、機首角度をアップ五度プラス・マイナス一度の範囲に保持すれば、離水時のポーポイズは、重量のいかんにかかわらず発生しないということが判明したのです。これは貴重な成果でした。重心点の前方移動と、機首角度がアップ五度以下のときに、ポーポイズは発生しやすいという事実も分かりました。

さらに、操縦桿を離水開始まえから〝引き六度〟の位置で動かさずにいれば、最初ピッチングしていても速力がついて昇降舵がききはじめると、アップ五度の機首角度にセットすることも発見できた。

で、ここからがわたしのタッチした実験になります。機首にあるピトー管(対気速力測定用の器具)の主柱を利用してこれにカンザシをつけ、風防にマークを入れたんです。そしてカンザシとマークの見通し線上に、パイロットが正しい姿勢をとった時の目がゆくように、操縦席の高さをきめます。こうして、カンザシが水平線と一致したときに機首角度はアップ五度になるように考案して、離水初期の操作法を標準化することができました。

この操縦法の安定度確認試験はわたしが担当したんですが、霞ヶ浦へ腰弁持参で出かけて行き、毎日六〇回の離水テストを三日間、連続実施したもんです』

ともあれ、益山部員、日辻部員を含め関係者たちの努力により、機体の改修をせず、操作法の工夫で二式大艇のポーポイズを減少させることが出来たのであった。

『着水時にもポーポイズは起こります。高度を下げて、だんだん機首を上げながら接水するんですが、そのとき機首が前のめりになっていても、上がりすぎていてもいかん。とくに前のめりに着くと、バーンとジャンプしてしまう。ジャンプしたあと、つぎの操作を間違えると失速してしまう。

九七式では、操縦席前面の艇体上部が水平です。ところが二式大艇では、機首先端(ハナさき)が前さがりになっています。これは何でもないようだけど、大艇のパイロットは、その前面上部を見ながら着水姿勢を判断しておる。

着水時も離水と同様、五・五度アップぐらいに持っていく。しかし、二式ではいま言ったように前さがりになっているから、九七の感覚で姿勢を起こすと、相当にアップしてしまうわけです。こういうところにも、若いパイロットがポーポイズを起こす一つの原因がありました』

四国の詫間に集結した飛行艇隊

半年ばかり飛行艇の研究実験飛行にたずさわっていた日辻部員に、転勤命令が届いた。昭和十九年十月十五日付で海軍少佐に進級していたが、その進級を待っていたかのように、十とめだった。

月二十七日付で第八〇一海軍航空隊飛行隊長へ転補されたのだ。またまた、実戦部隊でのつとめだった。

日辻少佐が以前に勤務していた八五一空は、インド洋方面での戦闘で兵力が漸減し、十九年九月二十日に解隊して八〇一空に吸収されていた。そしてさらに、飛行艇の作戦航空隊は外地の基地をすべて撤収して四国・多度津にちかい詫間基地に集結、八〇一空一本で戦闘を続行することになった。

戦争は満三年を経過し、すっかり追いつめられた日本海軍は、内地を直接のステップとして作戦しなければならなくなっていた。いずれ、九州地区は最前線となるであろう。それに備える意味からも、大艇索敵隊は基地をできるだけ奥深くへさげる必要があった。瀬戸内沿岸におき、長所である航続距離の長大さを利用して行動させる策は、当然の戦法といえた。

昭和二十年に入ると硫黄島を奪われ、ついで沖縄にも手がかけられて、戦況はひときわ急迫してきた。飛行艇の生産も停止される。四月二十五日、全国に残存していた飛行艇を詫間基地にかき集め、それまで練習航空隊だった詫間海軍航空隊を実戦用の航空隊に編成しなおした。そして同隊は第五航空艦隊へ編入された。

『この改編時点で、詫間空の大艇は二〇機でした。それも、海上護衛用の九〇一空、佐伯空など全国の飛行艇隊を合併し、詫間空が練空だった時代の二式大艇まで吸い上げて、それだけだったんです。ただし水偵隊約一〇〇機も編入されたので、部隊人数だけは三〇〇〇人もの世帯にふくれ上がっておりました。

大艇はすべて電探を装備し、五航艦の夜間索敵をほぼ一手に引きうけた恰好でした。作戦の目的はいうまでもなく、沖縄の攻防戦です。

二十年に入ってからは本格的な海戦はなく、米機動部隊とわが基地航空部隊の戦いでしたが、中攻隊も索敵に使われました。けれど、中攻は攻撃に出さなきゃならん。そちらの手が足りなくなるので、夜間や遠方の索敵は主として大艇ということになってきたわけです。

それから、大艇を遠距離夜間索敵に主に使った理由には、天測航法とレーダー索敵能力が高く評価された点があげられます。わたしら夜しか飛ばなかったので星測と言いましたが、飛行艇搭乗員の天測技術はじつに優秀でした。雲上晴天といってね、高度四〇〇〇くらいから上の空には星がいつもキラキラ出ていますよ。こんな高空で星の高度を測って位置を出すんですが、精度が高いので非常に信頼されました。いくら敵を見つけても、位置がいい加減では何もなりません。

そして、そんな上空を二〇〇ノットの速力で飛びながら、レーダーで一五〇マイルくらいの範囲を監視し、索敵するんです。敵艦隊を捕捉すると、いったん敵の防御圏外に離脱し、およそ一時間後くらいにまた接近するというアウトレンジ戦法をとりました。しばらくこの戦法が成功していたのですが、長くはつづきませんでした。

それから、初期には敵夜間戦闘機にたいする警戒上、低高度で索敵をやっていましたが、敵艦からのレーダー射撃も考慮しなければならなくなったので、高々度、高速での索敵触接に変えたわけです。

作戦海域は、本土東岸沖から沖縄、台湾沖まで。何しろ四〇〇〇マイルというでかい航続距離を持っていますからね、片道一〇〇〇マイルや一五〇〇マイルの索敵飛行は〝お茶の子〟なんです。

けれど沖縄戦のころには、一晩に五機の大艇が飛び出して、四機がそれぞれ一群の敵部隊をつかまえても、こんどはそれを襲撃する中攻隊の数が足りない。そういう状態におちいることもありました』

大戦終盤期には、敵艦隊をもとめる飛行艇の遠距離夜間索敵は、まことに見事な成績をあげるまでに進歩していた。

しかし、〟それにしても……〟と、日辻隊長は言うのである。

『戦争四年間を振り返ってみて、日本は飛行艇の使用法を誤ったんじゃないかと思うんですよ。

せっかく、図抜けた大きい航続力があったのだから、それを活かしてもっと後方基地から発進させればよかった。初期には、なのにいつも、基地警備能力も不十分なまま、丸裸にちかい状態で最前線に配備した。緒戦の勝ちいくさがもたらした防御にたいする油断ですが、ラバウルとツラギは約五〇〇海里はなれており、ツラギでの異変に対し、早急に応じ得なかった。十七年八月九日の、ツラギ基地・浜空の全滅なんかそういう失敗の最たるものです。

そして、米軍も戦争初期には飛行艇を索敵にも使っていたけれど、しだいに人命救助での使用に力を入れ出しました。B29が日本本土を空襲するとき、その編隊に救援機として飛行艇がついてきたものです。

それだけあの時分の敵サンには余裕ができていたんでしょうが、日本には救助という思想があまりなかった。ある程度はやりましたが、離島の救出作戦なんかにもっと使えたはずです。まあ、日本人は誰でもそうだが、こういう仕事、つまり戦闘とかけ離れた作業には、あまり乗り気にならない。

それに、あの機体にあのスピードですから、戦術的攻撃に飛行艇を使用するのは、たしかに無理があったと思いますな』

〈軍歴〉大正三年九月二十九日、茨城県に生まれる。昭和十二年三月、海軍兵学校卒業、六四期。「八雲」乗組、練空・霞ヶ浦海軍航空隊、「伊勢」乗組をへて昭和十三年三月、任海軍少尉。同七月、海軍練習航空隊第三一期飛行学生。昭和十四年三月、館山海軍航空隊付、同六月、任海軍中尉。同八月、舞鶴海軍航空隊付、同十一月、佐世保海軍航空隊付、昭和十五年五月、「神川丸」乗組。南支方面作戦参加。昭和十六年一月、佐世保海軍航空隊付(飛行艇講習)。同五月、任海軍大尉。同六月、東港海軍航空隊付。昭和十七年六月、佐世保海軍航空隊付。同九月、東港海軍航空隊分隊長。ソロモン方面作戦に参加。昭和十八年二月、第八五一空(東港)飛行隊長。インド洋方面作戦に参加。昭和十九年一月、詫間海軍航空隊飛行隊長。同四月、海軍航空技術廠飛行実験部部員。同十月、任海軍少佐。第八〇一空(詫間、大艇隊)飛行隊長。沖縄方面作戦に参加。昭和二十年十一月、特命により米軍へ引き渡しのため二式大艇を空輸。平成七年十二月没。

ラバウル籠城

——九五八空分隊長・小野英夫少佐の証言

珍しい経歴の〝将校〟

都心から電車で一時間ほどの、静かな郊外にお訪ねした小野英夫・元海軍少佐は、まことに珍しい経歴をもつオフィサーである。ふつう、われわれが〝海軍兵科将校〟というと、江田島にあった海軍兵学校出身者を頭に描くが、そうではない。といって、舞鶴の海軍機関学校卒業の将校でも、あるいは下士官から特務士官へ累進し、さらに将校へ特進した海軍少佐でもないのだ。では、どのようなコースを?

『わたしは、日本大学の法文学部を卒業し、予備学生として海軍へ入りました』のだそうである。

太平洋戦争中、大学や高専を卒業した多数の青年が海軍予備学生を志願し、空に海に陸に、初級士官として大活躍をしたことはよく知られているところだ。彼らは少尉から中尉の階級で戦場に戦い、大戦初期に入隊した人々は大尉に昇進して戦った。だが、小野さんは少佐。すなわち、予備学生出身者の大先達というわけである。

しかも、その予備士官の少佐ではなく、江田島卒業者と肩をならべる〝現役士官の海軍少佐〟なのだ。では、どうしてそういうことになったのか？

『当時、〝日本学生航空連盟〟という飛行クラブがありました。そのなかに〝海洋部〟があり、大学卒業の前年にそれを知って、卒業の年に入部したのです』

当時とは、昭和一ケタ時代である。昭和五年四月に、朝日新聞社の全面的な後援で、すでに財団法人日本学生航空連盟は設立されていた。陸海軍払い下げの飛行機で、羽田飛行場を根城に大学・高専の在学生中、希望者は存分に大空を飛びまわり、練習に励みかつ楽しんでいた。

そのような彼らに海軍は目をつけ、航空予備搭乗員の養成源にしようと考えたのだ。九年六月一日、学連の軒先を借りて〝海洋部〟を設けた。海軍航空本部がその事業、人事などの監督、指導にあたることになり、教育訓練には中古品が無償で譲渡され、教官陣にも予備役海軍軍人が送りこまれた。操縦練習用の飛行機は〝アブロ陸上初歩練習機〟である。

在学中、学業に妨げを生じない範囲で初歩的航空教育をほどこしておく。技量的には三等飛行機操縦士、できれば二等飛行機操縦士の免許を取得しうる程度にまで高めておく。そうすれば、卒業後、海軍へ入隊させてからの教育は余裕のあるいっそう充実したものにすることが出来よう。と、海軍は意図したのであった。そして、入隊後の彼らに一年間、本格的な海軍教育をほどこして飛行機搭乗士官を養成し、温存しようともくろんで作ったのが、「海軍航空予備学生」制度だった。

だが、海軍は何を考えたか、まだ海洋部の成果が上がっていない、すなわち海洋部在籍者から学校卒業者の出ない九年十一月に、第一回目の航空予備学生を公募、入隊させた。

『したがって、一期生は海洋部での飛行経験を持たない、一般の大学卒から採用しました。わたしは、あくる年、昭和十年三月に大学を出まして、五月一日に第二期海軍航空予備学生として入隊したわけです』

二期生は、学連海洋部第一回修了者一二名と、一期生同様、飛行経験のない一般募集者三名の合計一五名が入隊した。

——まだその頃は、飛行機など珍しい時代だったでしょうが、特別、空を自分の腕で飛んでみたいとか？

『二期生のわたしどもの場合、学連海洋部へ入った動機を分類すると、そういう飛行機が大好きで入部した人間と、わたしを含めて、将来、海軍へ進もうという目的で入部した者と、およそ半々くらいに分かれます。

当時の情勢では学校卒業後、体に故障のない限り軍隊にとられることが予測されました。わたしには、海軍の方が印象的によかったので、どうせなら海軍へ行きたいと思ってました。それに、飛行機というものにも乗ってみたい。そのためには、海洋部へ入っておこうというわけで入部したんです。だから、空を飛ぶことに、まったく憧れがなかったとは言いきれませんね』

海洋部部則には、会費は徴集しないが卒業したのち、海軍航空予備学生を志願しない場合は、教育費用の全額もしくは一部を償還させることありという定めがあった。すなわち〝学校卒業即海軍入隊〟が原則とされていたのだ。

『霞ヶ浦航空隊に入隊して、翌日の五月二日から横須賀航空隊へ移り、二ヵ月ほど地上での基礎教育、海軍士官としての基本的な躾教育をうけて、また霞空へもどって飛行訓練に入りました。

わたしが海洋部へ入部したのは昭和十年一月ですから、卒業までに七時間三十四分しか飛んでおりません。初練の単独飛行ができる程度になったばかりでした。なかには、前年の六月から飛んで三等操縦士の免状をもらっている者もいます。かと思うと、全然、飛行経験のない男もいるわけです。けれど、予備学生に入ってからの操縦教育は、まったく同じように受けました。

ただし、教官の方では学生のキャリアを知っていますから、それを考慮した上で教えていたとは思いますが。わたしは水上機班——七名——でしたが、教官が三〜四名ついていますから、当時はずいぶん入念に、手とり足とりで教えたものでした。

昭和16年3月、佐世保海軍航空隊、中尉当時の小野英夫少佐。

わたしが水上機へ進んだのは自分の〝希望〟で、水上機の方が、いかにも海軍らしいと思えたからです』

第二期学生は、昭和十一年四月二十八日、地上基礎教育二ヵ月、飛行教育一〇ヵ月を終了して霞ヶ浦航空隊を退隊、シャバに帰った。彼らは、六月一日に〝任海軍予備少尉〟の辞令を受領した。

『教程を終了すると、一等飛行機操縦士と二等航空士の免状をもらいました。予備学生教育で、みな平均二一三時間ばかり乗ったんですが、このくらい飛ぶと、いま言った免許取得の受験資格があったわけです。この免状があれば、民間のパイロットとして働くことが出来ました。航空予備員の温存という意味では、こういう施策も重要だったのです。

わたしのクラスでも、日航や航空機製造会社そのほかに入って、免状を活かした人間がおります。わたしは、鉄道省（のちの国鉄）に入省したのですが』

南支作戦の失敗談

――鉄道省へ入られてからも、ときどきは羽田飛行場へ出かけて練習をされたのですか？

『そうです。海洋部は、航空予備学生志願者の準備教育を第一目的とすると同時に、予備学生教程修業者の、飛行技量保持の補習教育機関でもありました。

わたしは、月に一回くらい行きましたかね。飛び上がって、各種の空中操作をやって帰ってくるんです。海軍では水上機に乗ってましたが、陸上機でも初練はすぐ慣れます。むしろ、離着は水上機の方が難しいのです』

こうして海軍航空予備学生は、昭和十二年三月卒業の第三期までは、予備少尉に任官すると、いったん民間へ帰った。だが、その年七月七日に日華事変が勃発したので、〝赤紙〟の充員召集令状が彼らのもとへも飛ぶようになった。第一次召集が九月五日に下令され、ついで十一月五日に第二次の召集が下された。小野海軍予備少尉も、第二次召集で、約一年半の鉄道省の役人生活に別れを告げ、ふたたび軍服を着ることになった。

『霞空へ召集されたのですが、間もなく呉航空隊へ行きました。ここでは九五式水偵での訓練です。水偵でも二座は空戦ができたので、艦隊上空の直衛訓練が主でした。

あくる年、十三年六月に鎮海航空隊へ転勤です。海軍は転勤が多かったですからね。三座と二座の両方を持っていましたが、朝鮮半島一帯を訓練空域として、偵察、攻撃、空戦の演練を行ないました。呉空も鎮海空も実施部隊なのですが、わたしども応召予備少尉にとっては、ここでの勤務は、延長教育的な意味合いもあったと思われます。予備学生のときは、最後の実用機教程に入った二ヵ月間、九〇式二号水偵、一四式水偵、九四式水偵に乗りましたが、基本的なことしかやっていなかったですから』

——そのあと、水上機母艦の「千歳」へ行かれたわけですね。

『昭和十三年七月に竣工したばかりの「千歳」は九月、支那方面艦隊付属となり、その乗組として広東作戦に従軍しました。これが、わたしの初陣です。

二座の九五水偵も搭載していましたが、わたしは九四式三座水偵分隊の分隊士を命じられました。任務はもっぱら、偵察、それから爆撃、銃撃による攻撃ですね』

広東攻略のため、昭和十三年十月十二日にバイアス湾敵前上陸が実施された。この前後「千歳」は、特設水上機母艦「神川丸」や第一航空戦隊、第二航空戦隊の空母とともに、粤漢線の奥地鉄橋破壊や、広九線の遮断、敵陣地攻撃を戦った。

『わたしも初陣でしたが、「千歳」自体も初陣でした。けれど「神川丸」の方は、事変はじめから揚子江方面の作戦に出て慣れていたので、うちの飛行機隊ぜんたいが、「神川丸」に教わりながら戦闘を実施したようなものです』

「神川丸」は日華事変の直前に完成した、川崎汽船KKの一九ノットを出す高速貨物船だった。それを徴用、改装して水偵一五機ていどを搭載可能な、特設水上機母艦にしたのだ。

『わたしにとっては、初めての艦船勤務です。まず、カタパルトからの射出訓練ですが、これは四、五回やると慣れました。それが終わっていよいよ戦闘です。

いやあ、このときには失敗談がありましてねぇ。

分隊長に連れられて、列機として珠江付近の広九線沿線偵察攻撃に参加しました。艦は万山泊地（香港島の西南方海上）に碇泊しています。

九月二十六日、島田航一分隊長（海兵五五期）が指揮官となり、九四水偵一コ小隊四機、九五水偵二コ小隊五機、計九機で出発しました。わたしは九四水偵小隊の三番機機長です。目的は、広東～九龍間を結ぶ広九線鉄橋を爆破し、そのあと珠江付近を偵察してこようというわけです。それには、あたりの地形に慣熟しようという目的もありました。

九四水偵は六番（六〇キロ爆弾）四発を積んで出たのですが、爆撃のさい、わたしの機では二発が落ちなかったんです。爆弾投下役の偵察員も初陣で、あがっちゃったんですな。爆撃法は全機編隊爆撃でした。

それで、一番機の分隊長に手旗信号で「イカガスベキヤ」を聞いたのです。そしたら、「適当ナトコロニ落トセ」という返事でした。で、僕はどうせ捨てるくらいなら有効にと考えて、バンクをし、編隊からはなれて広東まで飛んで行ったのです。

広東の西半分、沙面（シャメン）には、イギリスはじめ各国の租界があって、このあたりはかねてから注意しなければいけないと言われていました。上空を飛んで刺激しないようにということです。その東へずっと珠江が延びていまして、大沙頭近くに浮かんでいる目ぼしいジャンクを見つけました。これこれ、というわけですよ。下からジャンジャン射たれたけど、それに一発一発ねらって水平爆撃したのです』

――命中しましたか？

『広東占領後、要務飛行で着水し現地へ行って調べてみたところ、沈没していました』

そのジャンクは軍需品を満載した、大型船二隻だった。小野予備少尉の初撃沈戦果である。

『爆撃から帰って、わたしの報告を聞いた艦長、飛行長たちは、びっくりしたんじゃないでしょうか。叱られました。〝適当なところ〟というのは、〝好きなところ〟という意味ではない、とね。帰途、地形を見ながら野原でも海でも、無害な場所へ落とせという意味だったと言われました。

香港から北へしばらく行くと、当時の英領と中国の国境です。その付近の偵察攻撃をし、爆撃終了後、広東の見えるところまで飛び、そこから母艦への帰途、地形観察かたがた適当なところへ落とせという指示だったんですな。わたしの勘ちがいでした。本来なら、あまり行ってはいけないところへ飛んだのですから、軍規違反になるわけです』

ジャンク攻撃時、小野機にたいする地上砲火は、高角砲、四〇ミリ機銃、一三ミリ機銃と猛烈な射撃だったようだ。だが沈着に爆弾を命中させ、無事に帰艦した。

それにしても、この話をうかがって、小野さんは正直で真摯な方だと感じた。若い戦士が、行きあしのある敢為な気持から実行した行動であるにせよ、上司の意図に反した行為は違反であり、失敗だ。艦長も後刻、第五艦隊参謀長から〝慎重事ヲ処セラレ度〟と叱られてしまったのだ。この種の失敗談は、あまり誰も話したがらない。

『広東付近の珠江は入りくんでいて、各河川には機雷がいっぱい撒かれていました。わたしはそれを発見するのが得意でしてね、潮の具合で上空からよく見えるんですよ。この頃は、もう敵の飛行機はいませんでした』

小野さんの話は、自慢話も謙虚である。

長い応召暮らし

小野予備少尉は「千歳」で、『軍艦のガンルーム生活を味わい、航海直見習にも立って、海軍士官としてよい勉強をした』のだが、それも三ヵ月で、暮れの十二月に鹿島航空隊付兼教官に転補された。

『この航空隊は、水上機専門の練習航空隊でした。第六期の航空予備学生が入隊してまして、彼らの教官になったのです』

予備学生の先輩であり、戦塵と潮気もあびてきたばかりなので、後輩の教官としてはうってつけであったろう。

鹿島空にいた昭和十四年九月一日付で氏は海軍予備中尉に進級し、さらに翌十五年一月から館山航空隊付にかわった。

『六期学生の練習機教育が終わり、実用機による延長教育を館空で実施するため、そのままついて行き、教えたのです。使用機は九四式水偵と九五式水偵でした。彼らが卒業すると、飛行練習生が入ってきましたので、その教官もやりました。

昭和十五年十一月の異動で、こんどは重巡「筑摩」乗組に補せられました。いよいよ艦隊勤務、と張りきったのですが、すぐ病気になりましてね、降ろされて佐世保航空隊付にされました。急性肺炎だったんです。十六年の二月まで佐世保海軍病院に入院して、退院後、佐空で三座機の教育をやりながら、同時に自己教育をやったわけです。

九月に呉航空隊へ転勤になって、今回は二座の水偵に乗りました。わたしどもが教育を受けたころの水上機組は、三座と二座、両方の操縦を習ったもんです。

太平洋戦争の開戦はこの呉空で迎えましたが、豊後水道を逐次、ひそかに出撃して行く南雲機動部隊の前路警戒、主として対潜水艦警戒をわれわれがやりました』

日華事変当時の主力水上偵察機は、三座の九四式と二座の九五式であった。九四式二号は九五式二号より少々大きく、双浮舟、機上作業者も偵察、電信二名に分かれていた。したがって、やや鈍重ではあったが、航続距離も長く航法能力も高いので、中距離の偵察、哨戒や触接が主任務とされ、また爆撃任務にも使われた。

小柄の九五水偵は単浮舟、ある程度の空戦性能も付与されていたので、砲戦の弾着観測、艦隊上空直衛、対潜哨戒、爆撃など多くの目的が背負わされた。攻撃に出るさいも、九四式二号は六〇キロ爆弾四発を搭載したが、九五は二発だった。同じ小型水上偵察機ではあったが、持ち味がいくぶん違っていたようだ。

昭和十七年二月、小野予備中尉はふたたび鹿島航空隊へ転じた。こんどは〝分隊長兼教た。

思えば、小野さんの〝応召暮らし〟も長い。すでに四年半が経過しようとしていた。日華事変中、陸軍の幹部候補生出身・応召予備役将校は、長くても二〜三年で、いったんは召集解除されるのが普通だったらしい。航空予備学生仲間の応召予備士官でも、十四年十二月までに二六名のうち一一名が、二回に分けて召集を解かれている。なのに小野さんは、であった。

——いい加減に、シャバへ帰してくれないかなぁ、と考えたことはございませんか？

『現役編入の問題が起きたときには、帰りたいと思いましたね』

〝現役編入の問題〟とは何か。

もともと、戦時、事変にさいし、一時的な助っ人として民間から駆けつけるオフィサーが〝海軍予備士官〟である。そのような約束のもとに、平時から養成されていた。なのに戦争が始まってから、そんな彼らを永久服役する正規の〝海軍士官〟、いわゆる職業軍人にしようと海軍当局は発案したのだ。むろん志願する者にたいしてだが、これは、小野さんたち民間人の姿を本来と考える予備士官にとっては、重大な問題であったにちがいない。

『最初、そういう話が出たのは、たしか昭和十七年の夏が過ぎた頃だったと思います。司令でなく、まず飛行長から打診されました。「こういう構想があるが、現役士官にかわったらどうか」とですね。けれど、わたしは「いえ、海軍の御用がすみましたら、元の鉄道省へ帰してほしい」と申しあげた。

いろいろ話し合ったんですが、そのときは「では、よく考えさせて下さい」と諾否の結論は出さずにおきました。あとで、周囲の予備士官仲間と意見をかわしたのですが、希望するという人間、しないというもの、二つに分かれました』
当時、二期予備学生出身者では殉職戦死者が四名も出ており、応召中の生存予備士官は小野さんを含め三名、みな予備大尉になっていた。戦局は、ミッドウェー沖に日本艦隊は大敗し、連合軍はガダルカナル島を足掛かりに、逆まく潮のようにソロモン群島を攻めのぼろうとしていた時期であった。

予備から現役の海軍大尉へ

『一週間ほどしてから、ふたたび返事はどうかと質問があって、わたしは、「志願いたします」と答えたんです。戦局の状態、社会の問題をあれこれ考えました。召集は激しくなる一方で、当分帰れそうな見込みはない。わたしの召集も五年近くになっており、個人としてもはっきりしなければいけない時期でした』

海軍は秋深くなって、この案を実行に移した。昭和十七年十一月一日施行の勅令により、〝海軍予備大尉、予備中尉、予備少尉をそれぞれ海軍大尉、中尉、少尉に任用しうる〟としたのである。さっそく改定によって、志願した「小野海軍予備大尉」は翌十二月一日付で「小野海軍大尉」に変身した。帽章、襟章のコンパスマークはチェリーマークに変わった。

――現役の海軍大尉になられたということで、具体的に待遇、扱いに変化したことがありますか？

『隊内での待遇とかは、とくに変わらなかったと思います。

ただ、表面的には進級が違ってきますね。とりわけ、われわれ一期、二期、三期くらいのクラスは遅かったのです。あとになると早くなって、わたしが予備大尉になったとき、後輩クラスが追いついてきましたからね。それが現役士官になるともっと早かった』

小野さんは予備少尉を約三年、予備中尉を二年半、予備大尉時代を含めた大尉を三年つとめて、昭和二十年五月一日に海軍少佐に進級している。同日付で一緒に少佐になった江田島出身者は十四年六月一日付の少尉任官だった。小野さんより、三年も早いのである。

しかし、予備士官を現役士官に〝特別任用〟するについては、海軍は何か深い目的をもっていたはずである。

——予備士官のままでは、部隊運用上、どうもうまくないという、軍令承行令がらみの理由があったのではないでしょうか？

『そう、軍令承行令の問題もあったでしょうね。あの頃（昭和十七年末ごろ）、海兵でいうと六八期ぐらいまでがどんどん出てきて、分隊士、飛行士で働いています。けれどもわれわれ予備大尉、予備中尉は、古参で腕もあるのにピシッとした職務が与えられない。

感情的にどうこう言うのではなく、予備士官と士官とでは服装もちがいますし、名実ともにやりにくいことが多かった。指揮統制上、不具合があったと考えられます。ですから、むしろ、われわれ予備士官を使う上級者の方がやりにくかったということになりましょう』

海軍には軍令承行令と称する、〝戦闘に際して〟の軍隊指揮権継承順位を定めた鉄則があった。原則としてその軍隊指揮は士官である海軍将校に優先権があり、不思議なことに、戦前は、予備士官にはそれが与えられていなかった。ということは、応召の〝予備大尉〟は、現役の〝少尉〟に指揮をうけねばならない場合もあり得たのである。

だが、これでは近代戦は戦えない。困った海軍は、日華事変で予備士官を召集するようになってから、種々の特例をもうけて切り抜けていた。であったら、有能な予備士官は士官に転官させた方が、部隊指揮はやりやすい。小野さんたちを正規将校にしたのには、こういう事情が作用していたと筆者は考える。

『というと、われわれ予備将校と将校の間に、何かアツレキがあったみたいに感じられるでしょうが、少なくとも、わたしども戦前の古いクラスにはなかった。

応召後も、わたしたち、はじめは勤務が板についていないというのが実際の姿でした。しかし操縦に関しては、飛べば飛ぶほど向上し自信がついてきたので、われわれの持つ雰囲気は分かってもらえたと思っております。

呉空の司令は、学連海洋部時代、逓信省の航空官をつとめておられた山田道行大佐（のち少将・ルオットで戦死）でした。われわれの実体を理解しておられ、何かとご配慮いただいたのも幸いしましたね。

けれど、戦争中の大量募集になってからの後輩に聞いてみると、江田島出身の正規士官から差別をうけた、という例が多いのです。わたしどもは人数が少なかったから、比較的よかったのでしょう。共にやって行く、という気持がありました。

兵学校出には彼らなりの理由があったと思います。あれだけ長い間、厳しく鍛えられて卒業したのと、海軍へ入って間もない人間が同じ階級では、という感情があったでしょう。海兵出身者でも六〇期代後半以後の人に、予備士官にたいしてそんな偏見をもつ例が多かったように感じられますね。

わたしたちが最初に特任で現役にかわったとき、そのへんのクラスのある大尉が、憤激に耐えぬといった面持ちで飛行長に、「兵学校で、長年われわれは立派な教育をうけて今日に至っている。それなのに、いま予備士官を現役に任用するのならば、海兵の存在は無意味となるではありませんか」と言っているのを聞いたことがあります。

それにしても、わたしが若いころ共に働き、鍛えられ、暮らし、あるいは教えをうけた兵学校出身の士官には、すばらしい立派な人物が多かった。優秀者のなかから、粒よりで百名そこそこを選び出し、戦前のすぐれた教育をほどこしたのだから当然でしょう。本当に尊敬できる人ばかりでした。そういう点では、戦争中、海軍へ入ってきた予備学生は気の毒だったと思います』

ラバウルでの戦闘

戦争前半を内地の教官生活でおくった小野大尉は、昭和十八年おそく、戦地出征がきまった。行き先はあのラバウル。「第九五八海軍航空隊分隊長」としてであった。〝九〇〇番台の航空隊は海上護衛を専門とする部隊だ。

当時、ラバウルは南東方面作戦の要衝として、攻防の戦いを展開していた。そうした十二月十五日、同じニューブリテン島の西方、マーカス岬に敵が上陸し、つづいて二十六日にはツルブにも上がってきた。足元に火のついたラバウルでの航空戦は、一層激しいものとなった。小野大尉の着任はその直前である。

『十一月二十六日に鹿島空を退隊、赴任し、十二月一日に着任しました。二座と三座の水偵部隊です。もう一つ、九三八空という部隊がショートランドにおりましたが、分担地域が異なるだけで、任務内容は同じです。

小野少佐の所属した 958 空の零式三座水偵。ラバウルの水上基地の風景で、958 空は残存航空隊として哨戒などに活躍した。

九五八空は赤道以南、ラバウル入港までの輸送船団護衛、対潜警戒をやりました。ほかにラバウル、カビエン付近の哨戒も実施しています。マーカス岬への敵上陸も、わたしの着任後まもなく、うちの隊が発見しました』

しかし、ラバウルは昭和十八年が暮れて十九年に入ると間もなく、一大転機を迎える。

一月末、マーシャル群島に凄まじい砲爆撃をくわえた敵は、二月十七、十八日の両日、トラック島に大空襲をかけてきた。被害は甚大だった。多くの艦船が撃沈されただけでなく、もっとも肝心な航空部隊が壊滅し、飛行機約二七〇機を喪失してしまった。そこで連合艦隊司令部は、在ラバウルの一一航艦と二航戦の移動可能兵力ぜんぶを、急遽トラック島へ後退、集結することにした。

『第八艦隊付属の九五八空は残りました。だから、ラバウルに来襲する敵機を迎撃する戦闘機部隊はいなくなったけれど、水上機隊はいぜん戦いをつづけたのです。

この総引き揚げのころ、わたしはニューアイルランド島のカビエンに派遣隊長として行っておりました。二月二十一日と二十二日、ラバウルへの輸送任務を果たした海軍輸送船黄海丸（三八七一トン）と陸軍輸送船大昌丸（四八一五トン）は帰路についたのですが、カビエン沖で空襲をうけ、われわれの目の前で沈められてしまいました。向こうはP38を主力とする銃爆撃です。こちらは三座水偵。どうしようもないのです。振りかえってみると、このときの補給がラバウルに対しての大型輸送船による最後のものになりました。

総引き揚げ後は、昼間は敵戦闘機がしょっちゅう上空に来るので飛べませんから、夜間、主として、ラバウル付近の偵察攻撃に切りかえました。零観（零式観測機）のような二座機は、操縦配置の者を戦闘機に配転するため、その前に内地へ帰し、すでにいなかったのです。

わたしどもの隊では、搭乗割を順番制でつくりましてね、交代で飛ぶことにしました。何しろ飛行機の補充はなく減少する一方なのに、搭乗員の相対人数は増えていったからです』

――どういう敵にやられるのですか？

『夜間戦闘機とか、魚雷艇と交戦してです。こちらも、七・七ミリだけでなく零式水偵の後方席の後ろに、魚雷艇攻撃用に二〇ミリ機銃を追加装備していました。銃爆撃で何隻か撃沈したことがあります。

しかし、相手からも射ち上げてきますからね。わたしも射たれました。翼には当たったが、幸い致命部には命中しなかったので、無事に帰ってこられました』

補給の途を立たれたラバウル防衛の陸海軍は、籠城の持久戦体制に移行することになった。そのころ、海軍だけでも約三万五〇〇〇名（うち一万六〇〇〇は軍属）、ほかに約五万名（?）ともいわれる陸軍部隊が駐屯していた。この膨大な人員が敵の空襲に耐え、生きていき、しかも攻略の鋒先が直接突きつけられたら、断固死守しなければならないのだ。穴居生活がはじまり、自給自活の工夫がはかられ、そのための作業が開始された。

『われわれ搭乗員も全部、地上戦闘の訓練にはいったわけです。飯田麒十郎大佐を司令とする、うちの九五八空は、ラバウル港・丸木浜地区の防衛に当たることになりました。一コ分隊（陸軍の一コ中隊に相当）に約一〇〇〇メートル幅の陣地が、割りあてられたのです。

それから陣地構築と整備がはじまりました。わたしも陸軍へ指揮官としての陸戦講習をうけにいきまして、図上演習をはじめすべて教わりました。戦術はいろいろありまして、対戦車戦闘は肉迫攻撃専門です。〝アンパン〟と名づけた爆雷をかかえて、敵戦車へ近づき、キャタピラめがけて投げこむんです。水際での上陸阻止戦闘も勉強したし、陸上の陣地戦もです。また、それだけでなく自活のための農耕作業、これも割りふられて搭乗員の任務の一つになったのです。

フライトは飛行機が少ないから、一と月に、一人が一、二回くらいしか飛べません。それでも最後まで、要務飛行その他を継続していました。薬品の輸送から参謀の連絡飛行、夜間の哨戒、索敵も細々とつづけました。そして、その間にはこんなこともありました――』

ラバウルには、飛行機と関連兵器の供給、修理をする第一〇八航空廠が置かれていた。その職員が努力苦心のすえ破損機の部品を寄せ集め、終戦までに、つぎはぎながら何と約一〇機の戦闘機と艦上攻撃機二機を造ったのである。搭乗員はいた。一五一空、二五一空、二五三空の隊員で、負傷や病気による残留者があり、これらの搭乗員を基幹に第一〇五航空基地隊が編成されていたからだ。

最初、二機の戦闘機が出来あがった。さっそく搭乗員は〝現地製〟飛行機を駆り、敵の目をかすめながら訓練を開始した。昭和十九年三月二日も訓練に飛んだ。すると、たまたま敵機に遭遇し、こちらには戦闘機がいないものと油断しているのに乗じ、襲いかかって撃墜した。ラバウル製機の初戦果であったようだ。

艦攻の二機が完成したのは、二十年二月になってからだった。この二機で、ラバウルから三〇〇マイル北西方のアドミラルティ諸島泊地を攻撃する計画がたてられた。

偵察してみると、小型特設空母二隻のほか多数艦船の在泊しているのがわかった。だが、困ったことに一〇五航空基地隊には、艦攻搭乗員がほとんどいなかった。そこで、比較的操作の類似している水偵から補充することになり、『うちの九五八から、応援の搭乗員を派遣した』のであった。

月明を利用して夜間雷撃を行なうことに決定し、四月二十八日午後八時十分、二機はラバウルを出撃した。

発進して三時間、待ちに待った電報が部隊本部にとどいたのは午後十一時十五分ごろだった。「敵航空母艦撃沈」の快報であった。一番機帰還後の報告によると「舷側、上甲板には明るい電灯が輝いていたが、魚雷命中後、たちまちパッと消えた」という。

しかし、戦後、アメリカ戦史調査団員の語るところによると、沈んだのは空母ではなく浮ドックだったのだそうだ。はたしてそうなのか、筆者は、老練だった一番機搭乗員の報告を信じたい。

『戦争後半、せっかくラバウルへ出陣したのに、残念ながら翼をもがれたにひとしい飛行分隊長になってしまいました。そして戦後の抑留時代までつづく、飛行機屋らしからぬ苦労をなめるわけですが、孤立、籠城に入ってから、かえって部隊の団結心が強くなったということは言えますすね』

ラバウルが、島流し的籠城におちいらなければ、小野英夫少佐はきっと飛行隊長に昇任したはずなのに、ついに分隊長のままで終戦を迎えてしまった。

〈軍歴〉大正元年十二月十一日、神奈川県に生まれる。昭和十年三月、日本大学独法科卒業。同三月、日本学生航空連盟海洋部講習修了。同五月、海軍航空予備学生に命ぜられ、霞ヶ浦海軍航空隊入隊。同七月、操縦教育開始。昭和十一年六月、任海軍予備少尉。昭和十二年十一月、霞ヶ浦海軍航空隊付、ついで呉海軍航空隊付。昭和十三年六月、鎮海海軍航空隊付。同九月、「千歳」乗組。同十二月、鹿島航空隊付教官。昭和十四年九月、任海軍予備中尉。昭和十五年一月、館山海軍航空隊付。同十一月、「筑摩」乗組。ついで佐世保海軍航空隊付、昭和十六年九月、呉海軍航空隊付。昭和十七年二月、鹿屋海軍航空隊分隊長兼教官。同三月、任海軍予備大尉。同十二月、任海軍大尉。昭和十八年十一月、第九五八海軍航空隊分隊長でラバウル赴任（同十二月）。昭和十九年五月、第八艦隊より第一一航空艦隊に編入。昭和二十年五月、任海軍少佐。昭和二十一年五月、復員。

四〇日間無飛行
——六五二空飛行隊長・阿部善次少佐の証言

真珠湾の戦艦に命中

『そうではないのです。わたしは「赤城」艦爆隊中隊長として、〝第二波〟一七八機のしんがりをつとめたのですが、この攻撃は〝第二次〟ではありません』

はなしは昭和十六年十二月八日早暁に開始された、真珠湾空襲のことだ。筆者はうかつにも、第〇次という用語と第〇波という用語を混同していたのだが、あのときは、淵田美津雄中佐が総指揮官として直接第一波攻撃隊を指揮して奇襲を成功させたのであって、第一次攻撃ではないのだという。やはり戦史、戦記を語るさいには用語の定義を厳密にしなければなるまい。そう教えてくださったのが、阿部善次・元海軍少佐だ。

『わたしは昭和十五年の十一月、「蒼龍」乗組になりまして、「赤城」分隊長にかわったのはあくる十六年四月でした。だから、ハワイ空襲のときは母艦勤務まる一年、いちばん油の乗りきったときです。「赤城」「加賀」の一航戦、「蒼龍」「飛龍」の二航戦は、十六年度末の人事異動をほとんどやらなかったので、搭乗員全体の練度は非常に高かった。ただし、

五航戦の方はそういきませんでしたがね』

　昭和十六年夏、八月に新鋭空母「翔鶴」が、九月に「瑞鶴」が竣工し、急遽、二隻で第五航空戦隊を編成してハワイ攻撃作戦に送りこむことになった。したがって両艦の搭載飛行機隊は、陸上航空隊から転勤してきたばかりの者が多く、母艦乗りとしての熟練度において、一、二航戦とかなりの隔たりがあったのだ。

『だから、艦爆隊でも五航戦の連中には、陸上基地のやさしい目標を狙わせることにし、わたしら一、二航戦は、最初、航空母艦を攻撃するのが目的でした。しかし、前日の七日、土曜日の情報では、空母は入港っておらなかった。攻撃直前に、巡洋艦の水偵が偵察に飛んだけれども、やはり真珠湾にもラハイナ泊地にもおらんというんですな。それでわれわれは、第一波が襲った主力艦を重複して攻撃せよ、という命令を受けたのです。

　艦爆は二五〇キロの爆弾を使いますが、徹甲爆弾だと炸薬量はせいぜい、七、八〇キロじゃないですか。だから、戦前までは、巡洋艦以上の艦に対しては上部構造物を破壊する程度の威力だとされておった。駆逐艦以下でないと、艦爆では撃沈できないというのが常識だったんですよ。しかし、全速力で回避をはかるフネにたいしても、急降下爆撃は命中率が高いんです。

　そのため、真珠湾にいなくても周辺の近海、

ハワイへ進撃中の「赤城」艦上における艦爆中隊長・阿部大尉。

二、三〇〇 浬圏内におりやせんかと、最後まで期待をもっとりました。空母なら、飛行甲板に穴をあけられる。そうすれば、一時的にでも戦闘機能を封殺できるわけです。
一、二航戦各艦、艦爆二コ中隊、「加賀」だけは三コ中隊持っておったから、全部で九コ中隊八一機、かけ値なしに精鋭でした。けれど、雷撃や八〇〇キロ水平爆撃の威力のまえには、急降下爆撃はあまり問題にされておらなかったのです。真珠湾でも相当命中しているはずですが、本当のところは分からなかった。
だが、翌十七年春、インド洋作戦でイギリスの一万トン巡洋艦「コーンウォール」と「ドーセットシャー」の二隻を四月五日に沈め、つづいて九日には空母「ハーミス」も艦爆だけで撃沈してしまった。それで、艦爆でも重巡を沈められるということが、あのとき初めて分かったんです』
――ハワイ作戦では、何艦の何中隊はどの敵艦を目標に、というように、あらかじめ定められていたのですか？
『いや、そういうことはありません。並んでいる戦艦どれでも、ということでした。第二波の指揮官は「瑞鶴」の嶋崎重和少佐だったけれど、艦攻ですからね、艦爆隊は「蒼龍」の江草さん（隆繁少佐）が指揮をとった。しかし、現在のようなきめ細かい柔軟な指揮をとれる無線装置はなかったから、モールスを使うしかない。だから、中隊長判断で目標をきめたわけです。
艦爆の攻撃というのは編隊でやるのではなく、一五〇から二〇〇メートルの間隔で、一本棒になって突っ込んでいくのです。わたしはいちばん若い最後任の中隊長だったから、攻撃も最後でした。先頭の江草隊長がどの戦艦を狙ったのか、「赤城」の先任中隊長の千早（猛彦・海兵六二期）大尉が何を爆撃したのやら、もう、火焔や黒煙に蔽われてわかりません。それに、下からはどんどん射ち上げてきます。だから、中隊長というのは、大勢を見ながら目標をきめ、自分の中隊が爆弾を投下するときに、最高の命中率を得られる位置へ部下を引っぱって行くのが役目なんです。

艦船爆撃はフネの首尾線方向ではなく、横から追い風で突っこむのが原則なんです。わたしは二列に並んでいる戦艦列の、フォード島寄りの艦を爆撃しようと最初からきめておりました。外側のフネは雷撃でやれますからね。で、向かって右から二番目の戦艦を目標にして急降下に入り、投弾したのです』

――命中しましたか？

『高度四〇〇メートルで投下しました。主翼の下についているエアーブレーキを使うのですが、トップスピードになっています。〝ヨーイ、テー〟で落とし、目の前が暗くなるくらい操縦桿を引っぱって飛行機を引き起こすのだけれど、機体が水平になるのは海面から五〇メートル以下になってしまう。

それから低空を高速でフォード島を飛びこし、カフク岬の集合点へ飛んで行くわけです。地上からは猛烈に射ってきます。だから、操縦者としてはそういう飛行機の操作に全神経を集中しとるから、後ろを見るわけにはいかない。後席の偵察員は、Gが少し軽くなれば後ろを振りかえることはできます。後席の斎藤兵曹長が大声で報告してきました。

「分隊長！　当たりましたっ、命中！」というわけですよ』

急降下爆撃では、機速が秒速一七〇から一八〇メートルにも達し、機体の引き起こし時には、頑健な操縦者でも眩暈（めまい）が生ずるほどだという。命中率を高めるため、投下高度を従来の八〇〇メートルから六〇〇メートルに下げ、昭和十六年十月ごろからはさらに四〇〇メートルにきめて訓練してきた。命中精度は上がったが、それだけ危険度も増したわけであった。

爆撃したのはアリゾナ？

——はなしは前後しますが、いよいよこれから敵地、爆撃するんだというときにはどんな感じを持たれましたか？

『日華事変には戦地に出ておらなかったので、わたしにとっては初陣でした。けれど、初めての実戦にもかかわらず、冷静だったように思います。生とか死とか難しいことは考えず、単純、率直に命令に従うまでという軍人の習性が身についていたからでしょうかなぁ。それに、飛行技術、戦闘技術についても自信を持っていましたから。

「赤城」を発艦して一時間くらいたってから、例の〝トラ・トラ・トラ〟が入りました。そのうち、雲の切れ間から下の方に白や黒のスジがチラチラと見えてきた。オアフ島のカネオへの波うちぎわです。

そうしたら、右前方の雲の上に、二、三〇〇発と思われるほどの高角砲の弾幕が、真っ黒にかたまって上がっとるんですよ。高度三〇〇〇メートルでわれわれ飛んでおったが、その高度を的確にとらえとるのです。わたしはビックリしましたが、第一波の水平爆撃隊が狙われていたわけです。こっちから弾幕の方へ接近しているのに、なぜか、向こうからこちらへ近づいてくるように感じるんです。このとき、首の後ろがジーンとして汗ばんでくるのが分かりました。これでも〝奇襲〟かな、と思えるくらいアメリカの反撃は素早かったですな。

後で考えたことですが、あくる年、昭和十七年四月に本土がドーリットル空襲をうけたとき、日本側はなすすべもなかった。もし、帝国海軍が呉なり横須賀なりの軍港を襲撃されたら、これだけ敏速な対応ができるかどうか、疑うぐらいでした。

カフクポイント西、二〇マイル、高度一〇〇〇メートルの地点がランデブーポイント、集合点でした。バラバラになった部下を中隊長がまとめて連れて帰るわけです。ゆっくり旋回しながら待っとったけれど、とうとうわたしの二番機は帰ってこなかった。わたしは見とらなかったのだが、列機の話だと米戦闘機と空戦をやったようです。そして、母艦に向かって帰ってきたのですが、海へ出てから、「ああ、生きとったわい」という感じでしたな。

ところでね、帰艦して、米艦隊の碇泊していた状況図などを見て、自分の爆撃したのは「アリゾナ」だな、と戦後までずっと思っておった。けれど、最近になって、アメリカの戦史研究家で艦艇の被害を中心に戦史を調べている男が、「アリゾナ」は第一波の水平爆撃で沈んでおり、阿部さんの爆撃したのはアリゾナではないといってきた。わたしは攻撃したときの碇泊艦位置関係から、そう推定したまでなので、反論のしようはないわけですよ』

その戦史研究家の調査がどこまで完璧なのかわからないが、阿部大尉の投下した爆弾が敵戦艦に命中したことだけは確実なのだ。

ダッチハーバー攻撃と艦爆使用

昭和十七年に入ってからの南雲機動部隊は、ラバウル戡定作戦に力を貸したり、豪州はポートダーウィンを空襲し、さらにインド洋へ足をのばして英甲巡や空母を撃沈して暴れまわった。

その作戦が終わると、五月三日付で阿部大尉は「隼鷹」分隊長に補任された。

「隼鷹」は、日本郵船の二万四〇〇〇トン客船「橿原丸」を完成前に海軍で改装した特設航空母艦だ。その五月三日に竣工すると「龍驤」と組んで第四航空戦隊を編成し、さっそくミッドウェー作戦の裏番組、アリューシャン作戦に出陣する。連合艦隊は主力ぜんぶがミッドウェー沖に出動するので、それに呼応するよう、四航戦はダッチハーバーを空襲して敵を牽制し、いわゆる〝陽動〟作戦をとり、一方、アッツ、キスカ両島の上陸攻略作戦を支援しようというのだ。

——司令官は角田覚治少将だったですね？

『そうです。鉄砲屋で典型的な海軍軍人、見敵必戦の猛将で、誰からも有能な海上指揮官として尊敬されていました。しかし、航空の特質、飛行機の特性というものが理解できていなかった。

五月二十六日に部隊は大湊を出撃したのですが、六月なかばに帰投するまで、青空が見えたのはほんの数時間、ほとんどが霧中航行の連続でした。時期的には、一年中で気象条件が最良の六月だったのですが、それでも濃霧の晴れるのは稀だったんです。

そんな悪い状況のなかで、ウナラスカ島の南方二〇〇マイルに部隊は接近し、六月四日に第一回の攻撃をかけたのです。わたしが率いる艦爆二コ中隊一八機は、雲層と海面の間が三〇〇メートルぐらいしかないところを北進していきました。艦爆が爆撃するには、高空から急降下しなければならないので雲上に出る必要がある。ところが、ウナラスカ島が迫ったときに、待ち伏せていた敵戦闘機に不意打ちをくってしまったんです。これでは攻撃できません。仕方なく、敵機を払いのけて帰艦しました。

翌日五日にまた出撃したのですが、気象は変わっておりません。海面上五〇メートルを這うようにして進撃したけれど、行っても行っても霧です。しかも途中で、味方艦隊を攻撃に向かう敵爆撃機とぱったり遭遇して、護衛戦闘機と射ち合いになったんですよ。この思いがけない戦闘で、二回目の爆撃も不成功になってしまいました。

さあ、おさまらないのは見敵必戦の角田司令官です。午後、三度目の攻撃命令が艦爆隊に出されました。命令には、「艦攻隊は攻撃に成功せり。高度二〇〇〇メートル以上快晴」という〝付記〟がつけられているんです。

しかしね、水平爆撃隊と艦爆隊とでは攻撃方法がぜんぜん違う。水平爆撃は、戦闘機を護衛につけて、晴れている雲の上から爆撃できる。けれども急降下爆撃では一機一機がバラバラになって、五〇度から六〇度の深い角度で低空まで突っこんで投下するのですから、降下途中に雲があってはまるっきり爆撃ができんのです。

それで僕は、「艦長！　司令官の意向はよく分かりました。今度こそ、ふたたび還らない覚悟で突撃して参ります。ただし、母艦着艦がやっとできるくらいの実戦経験皆無の若年者は、かわいそうだから残して下さい」と言って、一八機の正規編制を一一機に減らして出発したんです。

ぐる回ったのですが、どこがダッチハーバーやらわからない。大体の見当をつけて飛んどるだけです。ところが、雲の切れ間からチラッと下の陸地が見えた。すぐ突っ込んで行きました。そしたら、そこが運よくダッチハーバーだったんです。

そんなやり方だから、爆弾命中ははじめから期待できません。地上からの防御砲火はその雲の切れ間一点に集中してくるし、味方戦闘機だってついてきてはくれない。この攻撃で、四機八名の部下を失くしてしまったのですが、のちのちまでわたしの心の負担になりました。

帰還の途中、水道上空を通るときP40九機に出っくわしたんです。わたしの機も翼に大穴をあけられました。帰ってから調べてみると、ほかに二十数発の弾痕がありました。着艦したときには、もう、心身ともにすり減ったという感じでした。

しかし、このダッチハーバー攻撃作戦に、艦爆隊を投入する必要があったのか、結果から論ずるならば、明らかに〝ノー〟ですな。爆弾を抱いて敵中に突入する搭乗員はみな命がけなんです。用兵者にも、いったん決めたことだから何が何でもというような意固地な考えでなく、航空戦を理解したうえでの真剣な戦術判断が事前に必要です。

だからこそ、艦爆突入不適を意見具申するのはわたしの責任だったともいえるが、ハワイ以来の緒戦の戦果に酔っていたあの当時、攻撃隊指揮官みずからが、そのような消極的具申はできるものではありません。それに、旗艦「龍驤」には艦爆隊はおらないし、「隼鷹」からでは肉声が届きにくいんですよ。それでも、わたしのフネに司令官がおったら、あるいは直接意見を申し上げたかもわかりません』

六五二空飛行隊長へ転出

ダッチハーバー攻撃からかえる途中、阿部大尉は空母「飛鷹」分隊長に転勤の命令をうけた。「飛鷹」は「隼鷹」と同じような商船改装艦で、未完の日本郵船「出雲丸」から生まれかわり、昭和十七年七月三十一日に竣工した。

ミッドウェー海戦の大敗北で、第二航空戦隊が壊滅してしまったため、急遽、「隼鷹」「龍驤」に「飛鷹」を加え、三隻でその伝統ある二航戦の名を襲うことになった。

そして、夏から秋にかけ、ソロモン諸島ガダルカナル島の争奪をめぐって激しい海戦が何回か戦われ、二航戦も参戦する。

「飛鷹」も十月二十五日、六日に生起した、いわゆる南太平洋海戦に参加する機会があったのだが、

『「隼鷹」と一緒に行動しとったのですが、海戦の直前に「飛鷹」は機関に故障を起こして速力が出なくなってしまったんです。それで、トラックへ応急修理のため帰り、飛行機隊だけブーゲンビル島のブイン基地へ派遣されました』

ということで、阿部大尉は日米海軍が洋上で激突する大海戦に参ずる機会を失してしまった。ブインからガ島までは、九九艦爆では一杯いっぱいの距離だ。そこを飛んで、在泊敵艦船攻撃を行なったが、暮れちかい十一月、連続二年の母艦勤務から内地陸上航空部隊へ転勤を命じられた。マラリアにかかってヘトヘトになっていたので、駆逐艦の士官室に横たわったまま内地へ帰還した。

昭和十八年は、筑波航空隊、百里原航空隊で教官生活を送ったが、十九年に入ると、また も母艦用の航空隊が阿部大尉の着任を待っていた。

『真珠湾やダッチハーバーへ行ったころは、「赤城」分隊長、「隼鷹」分隊長という職名だったのですが、〝空地分離〟と称する新しい制度ができました。母艦乗組用の航空隊を陸上基地で編成しておき、作戦その他必要なさいに何隻かの空母に分乗して出動させる、そういう方式に変わったのです』

阿部大尉はそんな航空隊の一つで、第二航空戦隊に付属する新編の「第六五二海軍航空隊」飛行隊長に任命された。昭和十九年三月十日に発令されたのだが、目前にひかえていた大作戦がマリアナ沖海戦である。

――あの当時は、もう戦さも苦しい時代に入っていたわけですが、どのように訓練をされたのですか?

『練習航空隊を卒業したばかりの若い艦爆隊員を岩国基地に集めましてね、速成教育です。三月の末ごろから訓練をはじめたんですが、すでに内地では燃料が苦しいので、五月初めに瀬戸内海西部をはなれて、ボルネオに近い前進基地のタウイタウイへ進出しました。米艦隊がメジュロを出撃してくるまでは、そこで訓練しながら待機せよということなのです。だから、内地では大して訓練をやっておりません。急降下爆撃の訓練も、二、三回、爆弾を使わずに実施した程度。とにかく、艦に降りられなければ仕様がないので、その訓練をやりました。けれど、やっと着艦できるくらいにしかなりませんでした。空戦訓練まではいかなかったと思いますな。

わたしが六五二空艦爆隊の隊長でね、編制は四コ中隊でした。彗星一コ中隊、九九艦爆三コ中隊です。マリアナ沖海戦では、二航戦の「隼鷹」「飛鷹」「龍鳳」の各艦に分乗したのですが、「隼鷹」に彗星一コ中隊、九九艦爆一コ中隊、「飛鷹」に九九艦爆二コ中隊を載せ、わたしは「隼鷹」に乗って二航戦艦爆隊の指揮官になりました。各中隊とも、定数は九機です。「龍鳳」には、艦爆は搭載しませんでした』

――彗星艦爆は高性能機なので、低速の「隼鷹」には荷がかちすぎたとか？

『そうなんです。九九艦爆は巡航速力が一四五ノット、彗星は一八〇ノットでスピードが大幅にちがいます。

「隼鷹」は最大速力が二五ノット、ということは、無風状態で走れば秒速一二・五メートルの風が生じます。ところが、彗星が発艦する場合には、少なくとも一七、八メートルの風が欲しい。だから、常時、秒速五、六メートル以上の生の風が吹いてくれないとこまるわけです。けれど、なかなかそううまくはいきません。

五月初旬、瀬戸内海で着艦訓練をやりました。当日は気象条件がよかったので、わたしが彗星隊を連れて飛び、着艦したのですが、収容を終わると再度発艦することなく戦地へ向かったのです。着艦のさい一機しくじり海に墜落しましたが、それはそのまま内地に残った残留隊員が捜索やら後始末をしてくれたはずです。そんな慌しさでした。航海中も、九九艦爆は対潜哨戒などで発着艦の機会がありましたが、彗星には、そのチャンスはなかった。

タウイタウイに入泊してからも、各航空戦隊ごとに外洋に出て何回か訓練しました。そのとき九九艦爆は飛べるのに、とうとう彗星は一回も飛べなかったんですよ。だから、五月八日に岩国沖で着艦したあと、六月十九日の海戦までの四〇日間、彗星隊はまったく飛行訓練の機会がなかったわけです』

不本意なマリアナ沖海戦

昭和十九年六月十三日午後に、「あ」号作戦決戦用意が下令された。小沢治三郎中将の率いる第一機動艦隊はすでにその朝、タウイタウイを出撃していたが、十五日、サイパン島に敵上陸の無電をうけると、同日夕刻にはサンベルナルジノ海峡を通過し、サイパン沖をめざして東に進んだ。

小沢艦隊は、十九日に黎明索敵で四群の敵機動部隊を発見する。午前七時半から八時半の間に一航戦一二九機、二航戦四九機、三航戦七八機の第一次攻撃隊が出発し、十時三十分から五十分にかけて、第二次攻撃隊として一航戦一八機、二航戦六四機が発進した。この二次・二航戦攻撃隊の指揮官が阿部善次大尉だった。

『いわゆる〝アウトレンジ戦法〟をとって、一次、二次ともみな、四〇〇マイルもはなれた地点から発進したわけです。しかし、とくに九九艦爆隊などには、燃料の関係から無理な距離です。それで、攻撃後はグアム島に着陸し、燃料を補給して翌日帰艦せよという指示が出されました。

それにしても、四〇〇マイルという距離は小型機にとって大遠距離です。しかも、わたしのところは四〇日も飛んでない。こんなことは初めてでした。

運動競技だって、不断の練習をつんでこそ試合に良い成績をあげられるわけです。ましてこちらは、命がけで戦争にいくというのに、全然訓練ができていない。飛び出してから、後席の中島少尉と伝声管で連絡をとろうとしても、耳がなれていないからガーガーいうばかりで、さっぱりわからん。操縦しとっても、他人が操縦してる飛行機に乗せられているような感じがするわけですよ。

マリアナ沖海戦で阿部少佐が乗った彗星艦爆。新鋭機だったがタウイタウイで40日間訓練ができず、不本意な出撃となった。

連続・集中訓練をしているときは、三日以上つづけて休んだら成果はあがらん。精錬な技量は得られません。それに飛行機そのものも、飛ばして初めて優れた整備ができるのです。

わたしを入れた彗星九機と、戦闘機六機とで発艦しました。そしたら、彗星二機、二番機と三小隊長機の脚が引っ込まん。これなど、飛んでいないため整備が十分行きとどかなかったんです。ついて来れんから帰った。零戦一機もエンジン不調で帰った。

進撃は六〇〇〇メートルの高度で、飛んで行きました。レーダー被探知ということはむろん知っとったけれど、高空を飛行すれば空気抵抗が減ってスピードが出ますからね。しかし、六〇〇〇では早いうちにレーダーに捕まります。

一時間ほど飛んだら、また彗星一機と零戦三機がいなくなっとるんです。エンジンの調子が悪くなって付いてこれなくなったのか、長い間飛んでいなかったので、何か錯覚を起こして海へ突っこんだのか、そういうことは飛行機乗りにはあり得ることなんです。

さっきも言ったように、九九と彗星は速力がちがいますからね。二航戦艦爆三コ中隊は、「飛鷹」の宮内安則大尉が指揮し、零戦二〇機が護衛について、三〇分ほど先に出発したのです。そして、わたしの彗星九機は後から追いかけて会敵まえに合同し、以後、わたしが艦爆隊の統一指揮をとって攻撃する、という計画になっておりました。けれども、そんな巧妙なことは、当時の無線通信能力と搭乗員の練度からいって難しい相談です。案の定、宮内隊と合同できませんでした。

しかも、会敵予定地点に到着しても敵は見つからない。こんな遠距離攻撃だったので、索敵誤差、位置誤差が大きくなり、敵を発見できない攻撃隊が多く出たのは無理からぬことだったのです。わたしも、八〇マイル圏内をくまなく探したが見つからん。仕方なく攻撃を断念し、グアム島に着陸しようとして高度を四〇〇〇メートルまで下げた』

宮内大尉の九九艦爆隊も、敵を発見できなかった。彼はさらに捜索をつづけたが無為に終わり、午後三時ころ、護衛戦闘機が敵機と格闘している間隙をくぐるようにして、グアム島に強行着陸していた。

『そのとき、「隊長っ、敵大軍、左前方っ」と中島少尉が叫んだのです。わたしは、カウリングの左下方に、取舵転舵で白波をけたてながら回頭している一群を確認したので、突撃を下令し増速しました。発見が遅かったため進入点が後落しました。しかもすでに、われわれを見つけたグラマンが向かって来よる。きわめて不満足な態勢だったけれど、もう一瞬の猶予もならないと判断して、飛んでくる弾丸、張られる弾幕のなかへ突っこんでいきました。

中央のデッカイ空母を爆撃し、輪形陣の頭上をかすめてその外側へ脱出したんですが、視界内を飛んでいるのはグラマンばかりでした。わたしはその内の四機に執拗にからまれた。だが、彗星はピッチを変えると、グラマンより速いんですよ。八〇〇か一〇〇〇メートルくらいの高度に断雲がポツポツとあった。そこで、ぐっと増速して敵を離し、雲のなかへ飛びこんだ。

大きい雲じゃないから、すぐに出てしまう。出たり入ったり、一時間くらいグラマンと鬼ごっこをやった。グアム島の上空には、たくさん敵が制圧していて近寄れない。十時まえに飛び出して、もう夕方ちかくなっており、燃料が乏しくなっていつプスッと止まるか分からん。やっとまいて、敵がついて来れなくなったと思ったときに、チラッと陸地が見えたんです。

小さな島なんです。二〇〇メートルくらいの高度から、じっと見てみた。敵が上陸したサイパンのすぐ近くだから、うす気味がわるい。滑走路らしいものが一本あるほか、何も見えん。まだ、だいぶ明るさは残っていた。そこで、味方識別のバンクをしながら接近し、着陸に入って脚を地面につけ、あと五、六〇メートルで停止するな、と思ったとたんババーッと射たれた。

〝しまったっ！　敵地に降りたかっ〟と観念したら、射ってきたのはさっきのグラマン四機だったんです。まだ、つけて来よったんですよ。一機目が攻撃を終え、まさに二機目が突っこんできようとしていた時でした。後席の中島少尉が、「隊長っ、敵機！」と言いざま、飛び降りてそばのジャングルへ転げこんで行った。わたしはまだ、落下傘バンドはつけとる、伝声管はつけとるで、すぐには出られん。

やっと飛び出して、わきの地面へ伏せた。四機目が通りすぎたと思ったら、その戦闘機は切り返して、こんどは小型爆弾を投下したんです。爆発で飛行機がやられましてね、破片が左手首を貫通しました。日が暮れかかって、グラマン四機は引き上げました。そのうちに、海軍の白い作業服を着た基地員が、大声で呼びかけながら走ってきた。〃あぁ、やっぱり日本人がおったんだ〃と、ほっとしました。ここがロタ島だった。最初から知っとったわけではなく、着いたらロタ島だったということなのです』

終戦までロタ島籠城

日本海軍は、「あ」号作戦開始のまえ、ロタ島を基地機動航空部隊の展開・集中基地の一つとして考えていたようだ。だが実際にはその目的に使用されず、阿部大尉が不時着したときには飛行機はいなかった。駐留している海軍部隊も、航空隊の残留員とか先発員など、指揮官のいない一七、八種類の小部隊の寄り集まりだった。人数だけは多く、全部合すると一六〇〇名くらいになり、他に満州から転進してきた陸軍部隊が守備にあたっていた。

『だから、そんなところに飛行隊長のわたしが、ひとりでぐずぐずしているわけにはいかない。われわれクラスの指揮官は不足していますからね。そこで、ヤップから水偵を飛ばすとか、潜水艦を寄越すとか、三回ほど救出の計画が立てられたのです。しかし、制空権も制海権もなく、七月六日にはサイパンが玉砕し、八月十日にはグアムも通信連絡を絶ってしまった。やむを得ず、阿部はそこへ残れ、ということで、十月に連合艦隊から「在ロタ島海軍部隊を統一指揮すべし」と、特別命令が出されたのです』
翼を失った飛行隊長阿部大尉は、各種の小集団を寄せあつめた海軍部隊の最高指揮官になってしまった。マリアナ放棄後、ロタ島は主要作戦の流れから完全に置き去りにされてしまい、作戦電報も送られてこなくなった。だが、人事関係電報や新聞電報は入電した。
海兵六四期生の阿部さんは、昭和十九年十月十五日付で海軍少佐に進級する。そして、そんな島流し的駐留状態は翌年もつづき、ついに二十年八月の敗戦を、阿部少佐はロタ島で迎えたのだ。

アウトレンジ戦法批判

さて、マリアナ沖海戦の経過は、全軍の期待に反してあまりにも無惨であった。結末はよく知られているので、あらためてここに記す必要もあるまい。それにしても、なぜ、あんな大敗北を喫してしまったのか？

『いろいろ理由はありましょう。しかし、〝アウトレンジ戦法〟をとったことも、大きな失敗原因だと思いますよ。これは「わが肉を斬らせて敵の骨を断つ」、という日本古来の武道の精神に反するものではないか。敵からの航空攻撃圏外から、味方の航空攻撃をかけることによって、なるほどわが母艦群を安全に保つことができるかもしれない。

けれど、敵を倒さなければ意味がない。敵をたおすのは魚雷であり、爆弾であって、つまり、それをぶち込む搭乗員の能力、練度にかかっているのです。ミッドウェーやソロモンの戦いで、老練搭乗員に甚大な損耗があったため、マリアナ戦当時の搭乗員の練度は相当に下がっていました。しかも、機数だけは揃えたが、そんな若年搭乗員をろくに訓練もさせないで出撃させた。

くり返すが、わが彗星隊の四〇日間無飛行は痛かったですな。それに、小型艦上機にからだをしばりつけて高空を長時間飛行すれば、どんなに頑健な身体を持ち、いかに緊張していても、人間の能力は非常に低下するんです。結局、十九日に、数群の攻撃隊が敵に殺到したが、見るべき戦果をあげられなかった。

わたしは、かりに真珠湾作戦当時のような粒よりの精鋭をあてても、このアウトレンジ戦法では、成功はおぼつかなかったと思います。それは、遠距離のために生ずる位置誤差や、長時間飛行による疲労で搭乗員の能力低下をきたすからです。

だから、わが機動艦隊の戦法としては、敵と刺しちがえる覚悟で二五〇マイル以内に踏みこみ、そこから攻撃隊を放つべきだった。そうすれば、アメリカの言う〝七面鳥〟でも、敵艦隊に取りつくことができたのです』

――遠距離攻撃を命じられたとき、どんなふうに感じられましたか？

『遠いなぁ、と思いましたよ。しかし、命令には従わなければなりません。軍人だから、死地へ飛びこむことに恐怖はありません。けれど、泥縄的な訓練をしただけで内地を離れ、そのあと出撃まで四〇日間も、まったく訓練しないんだから、隊長として全然自信がないんです。自信というのは訓練に訓練を重ねたとき、突っこめば必ず当たるという信念になって湧き出てくるものなのです。そういう自信をもって突撃するときは、グラマンが突っかかってこようが、下から猛烈に高角砲を射ってこようが目に入らんのです。

わたしが小沢治三郎中将の部下になったのは、マリアナ沖海戦の時だけでしたが、ああいう提督が、あの当時の日本海軍の有能な上級指揮官だったのでしょうかなぁ……。それに、人物的にも、精悍な顔つきはしておったが、南雲さん（忠一中将）とちがって、われわれ若手と話をしようという気持もなかったようですな。親しみがわかなかった』

四〇〇マイル後方の艦隊司令部で立案した巧妙、精緻にすぎる作戦計画を、司令長官の命ずるままに、練度未熟な若い搭乗員を率いて死地へ突入しなければならなかった、最前線の飛行隊長の批判は手厳しかった。

〈軍歴〉大正五年八月十八日、山口県に生まれる。昭和十二年三月、海軍兵学校卒業、六四期。同十一月、「熊野」乗組。昭和十三年三月、任海軍少尉。「卯月」乗組。同七月、第三一期飛行学生。昭和十四年六月、任海軍中尉。同八月、佐伯海軍航空隊付。昭和十五年十一月、「蒼龍」乗組（艦上爆撃機）。昭和十六年四月、「赤城」乗組。同五月、任海軍大尉。「赤城」分隊長。同十二月、真珠湾攻撃第二波中隊長。昭和十七年四月、英巡ドーセットシャー、コーンウォール撃沈。同五月、「隼鷹」分隊長。同六月、ダッチハーバー攻撃。同七月、「飛鷹」分隊長。同十一月、筑波海軍航空隊分隊長兼教官。昭和十八年十一月、百里原海軍航空隊飛行隊長兼教官。昭和十九年三月、第六五二海軍航空隊飛行隊長。同六月、マリアナ沖海戦に参加。戦闘後、単機ロタ島に不時着す。同九月、在ロタ海軍部隊統一指揮官。同十月、任海軍少佐。昭和二十年九月、グアム島収容所に軟禁。昭和二十一年十一月、復員。

一大海空戦

——空母「飛龍」艦攻分隊長・松村平太少佐の証言

異常に長い「飛龍」勤務の理由

阿部善次氏も真珠湾攻撃に飛行分隊長として参加されたが、松村平太・元海軍少佐もハワイ攻撃の戦士だ。阿部さんより兵学校が一期先輩の六三期生、そして、霞ヶ浦航空隊の第三〇期飛行学生を昭和十三年七月に卒業した、艦上攻撃機の操縦を専門とする士官である。卒業は日華事変が勃発して、ちょうど一年たったときだった。

——事変ではどんな戦闘に？

『うん、中尉の二年目、昭和十四年十一月一日付で「飛龍」の乗組になり、艦隊の南支方面行動で三灶島（さんそう）とかアモイ辺の爆撃に飛んだ。けれど、敵の戦闘機もいないし、被害も出ず、とくべつ思い出に残るような戦さはなかったな』

氏の話しっぷりは、ザックバランで小気味よい。

——履歴を拝見すると、「飛龍」での勤務がずいぶん長かったようですが。

『だいたい艦隊に出ると、一年で陸上航空隊へ戻るのがふつう。なのに、わたしは二年三ヵ月もおった。でも、最初の一年は分隊士、十五年十一月に大尉に進級して分隊長になったので、二年は仕様がないと思っとった。だが、十六年九月に異動が発表されても、僕は動かないんだな。海軍省の〝札〟（士官人事・考課のための表）が落っこちているんじゃないか、と笑いあったものですよ。

ハワイから帰ってきて、十七年一月にやっと艦を下りることになった。そのとき、二航戦の参謀のところへ挨拶に行ったら、「やあ、長い間ご苦労さんでした。これが（ハワイ作戦）あったから、君に残ってもらったのだ」と言われて、はじめて司令部の意図がわかったんだ』

松村さんが異常に長く「飛龍」勤務に据えおかれたということは、開戦をひかえ、それだけ氏が〝余人をもって替えがたい存在〟だったということであろう。

昭和17年10月、霞ヶ浦海軍航空隊分隊長兼教官時の松村少佐。

『艦攻隊には、第一に偵察、二番目に水平爆撃、それから雷撃と主要任務が三つあるんです。ところが、水平爆撃の命中率があまりよくない。一方、急降下爆撃の命中率が急速に向上してきた。ならば、水平爆撃なんか止めちまえという声が出てきた。艦攻は雷撃をすればいいんだから、と。

といっても、戦艦のように厚い鉄甲鈑のデッキを貫くには、急降下爆撃機の花火みたいな爆弾では駄目だ。水平爆撃機の大型徹甲爆弾でなければ、致命的な損害は与えられない。それまでの水平爆撃は、うまかろうがまずかろうが士官が照準してやっとったらしいんだ。それで、これではいかん、爆撃機操縦と爆撃照準の名人をコンビで養成しよう、ということになり、そんなコースを横空に、新しく水平爆撃の特修科練習生という名称で開設した。

その第一回生が、昭和十五年一月ごろ修業した。「飛龍」には、小林正松という優秀な一等飛行兵曹が転勤してきた。いま言ったように、操縦・偵察の二人が組でくるはずなのが、どういうわけか小林偵察員一人できた。そして、飛行長（永石正孝中佐）にわたしが呼ばれて、「小林と組んで、爆撃嚮導機の操縦をやってくれ」と言いわたされたんだ。

それで、わたしは「摂津」を標的にする高々度水平爆撃の訓練を、以来ずっとやっておった。二ヵ年間も「飛龍」におかれたのは、こういう作業の関係もあったかと思いますよ。もちろん雷撃やそのほかの訓練もやったが、「摂津」が来たといえば、もっぱら嚮導機としての水平爆撃訓練でした』

——高度はどのくらいで投下するのですか？

『三〇〇〇メートル。だから、わたしはいざ戦争という場合は、爆撃嚮導機で行くつもりでおった。うち（飛龍）の飛行隊では、隊長の楠美正(ただし)さん（少佐）が雷撃に飛び、わたしは水平爆撃に行けばよいと、平素考えていた。

ところが十一月八日に、源田さん（実(みのる)参謀）から、真珠湾攻撃を実施するとの話があり、明日からの訓練はその予行演習のつもりでかかってもらいたい、と申しわたされた。さらに詳しく説明があり、最後に南雲長官から、全攻撃隊の総指揮と第一波攻撃隊の指揮官が淵田美津雄中佐（海兵五二期）、急降下爆撃隊は高橋赫一さん（海兵五六期）、雷撃隊は村田重治少佐が、制空隊は板谷茂少佐（海兵五七期）が指揮をとると伝えられた。第二波の指揮官には嶋崎重和さん（海兵五七期）と指名された。

けれど、村田さんは兵学校が五八期の卒業、うちの楠美隊長は五七期なので雷撃隊には入れない。そこで、「では、私が雷撃にまわりましょう」ということになったのですよ』

ハワイ空襲の第一波攻撃隊・艦攻隊は、「赤城」「加賀」「蒼龍」「飛龍」それぞれの九機編成艦攻各分隊を、五機の爆撃機、四機の雷撃機に分割し、さらに、それらを再統合して各一〇個中隊、計五〇機の水平爆撃隊と計四〇機の雷撃隊を編成したので、このようなややこしい現象が起きたのだ。

「ウエストバージニア」に魚雷を放つ

さて、第一波攻撃隊が母艦の甲板から発進を開始したのは、昭和十六年十二月八日午前一時三十分（日本時間・以下同様）である。高度三〇〇〇メートルを進撃する堂々の編隊、一八三機。やがて東の空に太陽が昇り、三時ごろには、オアフ島カフク岬の波打ちぎわが見えはじめた。

『そこで、淵田さんは信号弾一発を打ち、「突撃準備隊形つくれ」の命令を下した。〝奇襲〟でいけると判断したんだな。それは、雷撃隊が真っ先に突っこめ、という合図だ。村田さんは了解し、われわれ三九機は後について行った。

予定では、雷撃機はカフク・ポイントから南下し、途中で村田さんの「赤城」「加賀」隊はさらに東へ（左へ）変針して、それから右へ回りこむようにしてフォード島南側の敵戦艦隊へ突撃する。わたしの「飛龍」「蒼龍」隊は西に分かれ、フォード島北側海面に碇泊する航空母艦または戦艦を襲う計画だった。

ところが、カフク岬からワイアメア海岸上空を南西へしばらく飛んでも、村田さん一向に東へ変針しない。これでは予定がくるってしまうと考えていると、村田さんがバンクしたので、雲の下は何も見えなかったけれど、わたしは左へ三〇度ばかり変針して、南東に向かった。分かれたあとも村田隊は真っすぐ進撃していったが、まもなく左へ向きを変え、大回りしながら南下しはじめた。パーッと雲が切れてフォード島が見えたのは、分離して三分くらいたってからだったかな。〝しめたっ〟と思った。

〇三〇〇（午前三時）に、「筑摩」の直前偵察機から「戦艦一〇隻、甲巡一隻……水上機母艦らしきもの一隻」という電報を打ってきた。水母らしきもの？　それは何だ。とにかく空母がおるかもわからんからよく見張れ、と偵察員の城武夫一飛曹に命じて進んで行った。だが、やはり北側には空母も戦艦もいないようだった。

すると、「蒼龍」の分隊長長井大尉（彊）が近寄ってきた。わたしには、フォード島南側の戦艦が見えとったから、これを攻撃することにし、彼に、「目標はあれだ」と指さした。「わかった」と手をあげて合図してきた。しかし、フォード島北側には巡洋艦や他のフネもたくさんおったので、どうも後で考えると彼は、戦艦そのものには気づかなかったらしいんだな。

わたしは彼の了解の合図を見たので、その戦艦列へ突っこむことにした。そのうち、〇三

二五、フォード島飛行場への急降下爆撃がはじまってしまった。その煙が北東の風で、こっちへ流れてくる。こりゃいかんわい、煙の中へ入っては危ないと思ったので、右へ変針、ヒッカム飛行場上空から左へ回りこんで行ったんです。この右変針のとき、わたしの二小隊がはぐれて煙の中へ入ってしまった。しっかり前を見ておれば、そんなことにならないはずなんだが……。

長井君の「蒼龍」隊も、わたしの後についてきとるとばかり思っておったんだが、了解の合図をすると彼は、真っすぐ突進して、フォード島北側に係留していた標的艦「ユタ」の方向に向かったらしい。こんなのに魚雷を発射してもムダだ。目標を誤らないよう、前もって村田少佐が何回も注意していたのに。

しかし、長井大尉は「ユタ」だということに気づいて襲撃を途中で中止している。中隊八機のうち後続六機が雷撃した。だから、ここも二小隊がぼんやりしていたということになりますかね。

角野大尉（博治）の小隊は、グルグルと煙のなかを捜しながら落ち着いて戦艦を見つけ、「オクラホマ」を雷撃し、わたしは「ウエストバージニア」に魚雷を放った。したがって、「飛龍」隊の戦艦への命中魚雷は、四本は確実ということになる。

あとの機はフォード島の南側対岸、テンテン栈橋に係留されていた巡洋艦「ヘレナ」を攻撃しているんだ。

帰艦して隊員に聞いてみると、みんな命中と言うものだから、安心しとった。けれど四年ほどまえ、真珠湾攻撃五〇周年シンポジウムに呼ばれてハワイへ行ったとき、向こうの戦史研究家の話では、「ヘレナ」への魚雷のほとんどが艦底をくぐって陸岸に突きささっていると言うんですよ。調定深度をいくらにしたかと聞かれたので、「たぶん、戦艦用の六メートルだったと思う」と答えたんだが、うなずいた彼は、「一本命中している。ではこれは、〝蒼龍〟機の魚雷で、四メートルに調定してあったのではないか」と言うんだ。まったく、あちらさんはよく調査研究してるね、感心した。

長井君はフォード島の南をまわり、「ヘレナ」を攻撃したようだ。そして、「ヘレナ」の外側に横付けしていた「オグララ」という小さなフネは沈んどるんです。わたしは、三本も四本も命中しとって「ヘレナ」が沈没していない、ということを聞いて変だと思っていた。まぁ、そういうことで、「飛龍」「蒼龍」隊の魚雷攻撃はバラバラになってしまったんだ。わたしの動きをよく見とれば、はぐれることもなかったろうが、「ユタ」への雷撃がはじまり、急降下爆撃隊のフォード基地攻撃がつづいたので、みんな、自分はどれをやろうかと敵情をみつめていたおりなので、あるいは、そのちょっとした瞬間に見うしなったのかもしれん。

あとで、「どうしてしっかりついて来なかったんだ」と聞いた。そしたら、「すみません。すみません」と謝るばかり。それに命中したと言っており、艦底通過したなんて考えなかったので、それならよかろうと深く追及しなかった。わたしも変針するときにスピードを落とし、こっちへ行くぞ、と示してやればよかったのだが、あの際、わたしにもそこまでの余裕はなかった』

松村さん、正直である。

『それでね、「ウエストバージニア」を攻撃しようと、わたしは村田さんの「赤城」隊が雷撃しているその中に割りこんだ。けれど、前の飛行機に近寄りすぎたため、後流で機体がぐらぐらし、照準ができきんのでやり直すことにした』

日本機の攻撃をうける真珠湾の米太平洋艦隊。松村少佐は「飛龍」分隊長として外側中央のウエストバージニアを雷撃した。

これは大胆、沈着である。

――そのころは、もう敵の対空砲火は激しく射ち上げていましたか？

『そんなことは全然わからなかった。とにかく魚雷を命中させなければ……という一心から、旋回し、やり直したんだ。

けれど、回りながら〝しもうた〟と思った。ここまで来て、ぐずぐずしてる間に墜とされたら、まことに申し訳ない。さっき、無理してでも態勢をたてなおし、発射しとけばよかったとね。旋回している何十秒間かの時間は長かったなぁ。で、こんどはうまく割りこみ、発射態勢をとることができた。そして、このとき初めて敵が射っているのがわかった。

訓練のときは、操縦者が投下レバーを引いて落とすのです。だがあのときは、「用意ッ、テーッ」で、中間席でも同時に偵察員がレバーを引いて発射した。落ちないようなことがあっては大変だから、念を入れてね。

それから一番心配したのは、魚雷が水深一四メートルしかない海底に突っこんでしまわないか、ということだった。投下してすぐは分からない。しばらくすると気泡が上がってくるんです。そしたら、偵察員が「魚雷、走ってますー」と言ったのでホッとした。真っすぐ走ってさえくれれば、相手は停止しているのだから、当たることは間違いない』

——発射したあと、「ウエストバージニア」の上を飛びこすのですか？

『いや、前の飛行機が落とした魚雷の水柱がバーンと何本も上がっとる。二〇〇メートルくらい立つのだから、それにぶつかってしまう。だから、その手前で旋回するんですよ。雷発射すると、わたしは、命中のときは教えよと城一飛曹に言っておいた。偵察席からは雷跡が見えるからね。「用意っ、命中ッー」というので、機体を傾けて振り返ってみたら、ドーンと水柱が立ちのぼっておった。

そこで後席へ「写真をうつせっ」と命じた。そうしたら、偵察員、聞きちがえたのか、電信員に「機銃を射てっ」と伝えたんだな。電信員、どこを狙ったのかしらんが射ち出して、あわをくったのでしょう、送受信用の空中線（アンテナ）まで射っちまった。

そうとは知らないわたしは、「写真、何枚とったか？」と聞いたら、「とっていません」と答えるんですな。だから、わたしの機の写した写真は、「加賀」のいちばん最後あたりの機が発射した魚雷の水柱だったと思う。

まったく、肝心な自分の写真をとってない。アンテナを切っちまったので、帰りに、戦果報告をしようと思っても電報も打てなかった』

　戦闘に錯誤はつきものだ。松村雷撃隊にかぎっても、いくつかのミスがみられる。が、それは、かつて経験したことのない一大海空戦に参加するとあって、落ち着いているつもりでも、無意識下の緊張が注意の触覚の働きを不十分にしたためではなかったろうか。将兵たちの、たんなる不注意に由来したものではあるまい。

　村田重治隊長が、先頭きって、第一発目の魚雷を「ウエストバージニア」に発射したのは午前三時二十七分ごろである。松村大尉がやり直しののち、投下したのが同じく二十九分ごろだった。

　つごう九本の魚雷が「ウエストバージニア」に命中し、さらに水平爆撃による八〇〇キロ爆弾三発、急降下爆撃による二五〇キロ爆弾一発も命中して、同艦は轟沈した。

『戦争というのは、やってみんとわからんものですな。低空の二〇メートルで発射するので、射撃されれば、必ず撃とされるとおもっていた。大部分の者もそう考えておったようだ。だが、雷撃機四〇機のうち五機しかやられなかった。

　わたしの機には幸い当たらなかったが、被弾機はたくさん出た。「オクラホマ」を襲撃した角野君などは、燃料パイプに穴をあけられてね。そこを、片方の手で押さえながら帰艦した』

真珠湾攻撃の事前訓練の実態

――それにしても、どうして村田隊長は予定とちがい、ワイアメア海岸に沿って先までいく、大回りコースをとったのでしょうか。あとで研究会とかは？

『その点は、わたしも村田さんに聞きたいところだったが、わたしが在艦中は、研究会などはなかった。

わたしたち二航戦はハワイからの帰途、ウェーキ島攻撃に差し向けられ、帰還したら飛行機隊は宇佐空にあがった。

村田さんたちは先に岩国へ行ってしまう。誰もが、うまくいった、上出来だったと喜ぶばかりで、艦隊合同の検討会は開かれなかった。それにわたしは、十七年の一月に霞空へ転勤になったから、その先のことは知らない。

あの日、雲量が七ぐらいだったかな。雲がかかっておったので、そのためかもわからんが、理由は聞く機会がなかった』

真珠湾作戦はじつに緻密に計画され、しかも極めて手際よく運んだ戦闘だと賞讃されている。だが、細部をよく見てみると、こうした不具合、不満な箇所も多々あったようだ。反省すべき点である。

なのに、松村さんの話からもうかがえるように〝勝ち戦さからは、良い戦訓は得難い〟といわれるのも事実だ。

しかし、本作戦の計画は周到、慎重に行なわれたにしても、その準備はまことに慌しかった。魚雷攻撃についてはとりわけ然りだった。

――鹿児島湾での、超低空雷撃運動の訓練はいつ頃からはじめたのですか？

『昭和十六年の八月二十五日、鹿児島基地に〝分隊長集まれ〟を命ぜられ、碇泊艦襲撃に応じられるよう、応用訓練として浅海面雷撃の演練を実施すると村田隊長から告げられた。それは、高度一〇メートル、速力は一〇〇ノットとじつに厳しい条件だった。

一〇〇ノットというのはね、脚を出してフラップを降ろし、着陸速力六五ノットの少し前のような状態だ。魚雷を積んでいるのでフラフラする。まことに実戦的でない。なぜこんな訓練をするのかと思っていたところ、何か質問はないかと言われたので、わたしは、「せめて、巡航速力一三〇ノットではいけないのですか?」と聞いてみた。けれど村田さんは、「う〜ん、それが出来ないんだ。この速力でやってくれ」と言うので、わたしたちは基地に帰り、隊員を集めて新方式を説明し、訓練に励んだ。それが十月ごろだったか、高度二〇メートル、一六〇ノットでよろしいと改められた。使用魚雷は九一式改二という安定器つき魚雷です』

この魚雷は、投下したのち海中への射入状態をよくするため、ジャイロ駆動の側翼(安定舵)が取りつけてあり、実験結果は良好だった。最大沈度一五メートルを達成できる見込みがつき、発射条件が多少ゆるめられたのだ。

『しかし、こういう特殊な魚雷は、開戦ぎりぎりに間に合った。「加賀」がヒトカップ湾へ入港するのがいちばん最後になったのは(十一月二十三日)、大村の海軍航空廠でその改造魚雷が出来あがるのを待って佐世保で積みこみ、急いで駆けつけてきたからなんです。それから湾内で各空母に配給し、二十六日に出撃したんだ。

村田さんは「赤城」の隊長に来るまえ、横空の特修科学生や分隊長兼教官で雷撃を研究していた。だから、安定器つき魚雷の発射実験も担当していたと思う。ヒトカップに入ってから、横空での実験データをもとに、改二魚雷の説明をされた。それによると、一〇、一五、二〇メートルの高度で発射した場合、わずかではあるが、より低高度の方が駛走率がよい。つまり、海底に突っこまずにうまく走るというわけですな。

それで、わたしはあの攻撃の日には、一五メートルで発射した』

魚雷だけではない。八〇〇キロ徹甲爆弾は戦艦の四〇センチ砲弾を改造して間に合わせた。だが、機体に取り付けようとすると、従来の装置では爆弾が付かないので、工員を母艦に乗せ、ヒトカップへの回航途上で改造作業をするしまつだった。

そして、作戦計画そのものは厳秘中の厳秘に付されていた。南雲機動部隊の各司令官や幕僚、母艦艦長、母艦飛行長、飛行隊長に説明があったのは十月になってから、一般の飛行科士官に知らされたのは十一月初旬だったとされている。

「瑞鶴」飛行隊長としての戦闘

昭和十七年一月、松村大尉は先ほども触れたように、「霞ヶ浦航空隊分隊長兼教官」に転補された。

――霞ヶ浦では、どんな学生の教官をつとめられたのでしょう?

『第八期、九期、一一期、一二期の飛行科予備学生を教えました。八期、九期の学生は、大学・高専時代に「海軍予備航空団」で、ある程度の操縦技術を身につけており、しっかりしていて非常によかった。

素養のない者を、短期間に飛行科士官に育てあげるのはなかなか容易ではないのだが、あとの各クラスの学生も、真剣に一生懸命やっておった。戦前、〝青白きインテリ〟なんていう言葉があったけれど、そういう感じはぜんぜん受けなかった。

第一二期までは大量募集のまえで、少数クラスだったせいもあるでしょう。優秀者ぞろいだった』

一年十ヵ月の長い霞空教官生活のあと、松村大尉は昭和十八年十月、二航戦司令部付に、ついで十一月一日、「〝瑞鶴〟飛行隊長」の辞令をうけた。久しぶりの第一線勤務である。着任したのは、あたかも母艦飛行機隊を陸上基地航空戦に投入する、「ろ」号作戦が終結したころだった。一連の〝ブーゲンビル島沖航空戦〟で搭乗員と飛行機はいちじるしく損耗し、被害の大きさは、母艦航空兵力を再建する基礎さえ欠くおそれがあるほどのものであった。

第一航空戦隊の母艦は内地に引き揚げる。だが、「瑞鶴」の艦攻隊と戦闘機隊は派遣隊としてラバウルにとどまった。したがって、松村さんの転任は空母飛行隊長とはいうものの、陸上基地へであった。

「瑞鶴」自体は十二月初め、トラック経由、内地へもどり、十九年一月いっぱい入渠整備作業に入った。

——そうした状況での、「〝瑞鶴〟派遣飛行機隊」はどのような戦闘をしたのですか？

『ブーゲンビル島のタロキナ、ニューギニアのフィンシュハーフェン、それからニューブリテン島のツルブやマーカス岬あたりへ攻撃に出かけた。タロキナなんか、敵サン、たちまち立派な飛行場を造ってしまった。最初は、艦船(フネ)が入港してくるというのでそれを目標に出撃したのだが、夜間、艦攻での艦船爆撃は容易ではない。したがって、基地攻撃をすることになる。一コ分隊九機が三コ小隊で出発するのだが、爆撃は小隊で実施したり、単機でやったりした。

二回ほど魚雷を抱えて出たんだけど、敵空母は発見できず引き返した。索敵をしっかりやり、触接機で敵位置を確認しながら堂々と行くならいいんだが、それが出来ない。しかも夜だから、攻撃隊にさぁ探せ、といったって発見できませんよ』

――すると、悪く言えば〝コソ泥〟的な襲撃になったわけですね。

『いや〜、わたしから言わせれば、もう戦争といえるような戦いではない。敵はわれわれの状況をよく偵察したうえで、攻撃をかけてくる。なのに、こちらは、敵の状況はわからないまま、夜間、飛んで行くのだから。

昭和十八年の暮れから十九年初めにかけての南東方面の戦いぶりだが、これで戦争になるのかと思ったものでした』

そのころ、内地では〝ラバウル海軍航空隊〟という歌が流行していた。歌詞にもりこまれている海鷲たちの手柄は、新聞報道から、彼らの少なからぬ犠牲の上にもたらされた戦果であることは国民にも分かっていた。

しかし、その裏側に、これほどまでの〝惨め〟ともいえる戦いぶりが隠されていることは知らされていなかった。

――そんな戦況になって、実施部隊の士気はどうだったのでしょうか？

『士気が低下する、ということはなかったですよ。少なくとも、わたしなんかが行っとった間はね。攻撃精神はつねに旺盛でした。

出撃を命ぜられると、どうしたらうまく爆撃できるか、命中させられるか、いつもそれだけを考えて飛んで行くんです。生死を度外視するというと大げさに聞こえるが、敵地へ到着するまではそういうことは殆ど考えない。爆撃が終わり帰るときになって、あぁ、今日も命に縁があったな、という気持が心に浮かぶのです。つねに今日でおしまい、今日で終わりと覚悟しているから、退嬰的な考えは起きなかった。

けれど、ある日、中攻隊と一緒に雷装で出撃したが、敵空母を発見できず付近を捜していたら、帰れと電報がきた。で、反転帰投したんだが、中攻はラバウルを常駐基地としているのに、一機、飛行場を通り越してしまい、はるか遠方に不時着したことがあった。そのときは、練度が低下してるなと思った。

また、夜間、敵地攻撃から帰り、飛行場上空が混んで待っているさいなどに、敵の夜間戦闘機に墜とされることがある。昼間はこちらの戦闘機が上がるから心配はないが、夜は始終、敵の夜戦がうろうろしとって油断がならなかった。当時のラバウル基地はこんな状況でしたよ』

松村大尉は昭和十九年二月一日付で、第三航空戦隊司令部付、つづいて「第六五三海軍航空隊飛行隊長」を命ぜられた。

こんどの新勤務では、天山艦攻を誘導機とし、零戦に爆弾を装備して攻撃する、いわゆる〝戦闘爆撃隊〟の訓練を開始した。

しかし、長年の艦隊勤務と戦地勤務とで、不幸なことに松村さんは体をむしばまれていた。

『海軍では毎年、三月と九月に搭乗員の定期的な身体検査があり、自分ではなにも異常を感じていなかったが、それに引っかかってしまった』のである。病名は肺浸潤。十九年五月一日、海軍少佐に進級したが、残念にも佐世保鎮守府付として終戦まで闘病生活を余儀なくされてしまった。

〈軍歴〉大正二年六月九日、佐賀県に生まれる。昭和十一年三月、海軍兵学校卒業、六三期。同十一月、「榛名」乗組。昭和十二年四月、任海軍少尉。同九月、「夕張」乗組。同十二月、海軍練習航空隊第三〇期飛行学生。昭和十三年七月、館山海軍航空隊付。昭和十三年十一月、任海軍中尉。同十二月、大分海軍航空隊付。昭和十四年十一月、「飛龍」乗組。昭和十五年十一月、「飛龍」分隊長。任海軍大尉。昭和十六年、対タイ・仏印威力顕示作戦、および南部仏印進駐作戦に従事。昭和十六年十一月よりハワイ作戦およびウェーキ作戦に参加。昭和十七年一月、霞ヶ浦海軍航空隊分隊長兼教官。昭和十八年四月、霞ヶ浦航空隊飛行隊長兼分隊長教官。同十一月、「瑞鶴」飛行隊長。昭和十九年二月、第六五三海軍航空隊飛行隊長。同四月、第二郡山海軍航空隊飛行長兼教官。着任するも発熱のため自宅療養。昭和十九年四月、佐世保鎮守府付(自宅療養)。同五月、任海軍少佐。入院加療中に二十年八月の終戦を迎える。

戦う青年士官
——攻撃四〇一飛行隊長・安藤信雄少佐の証言

緒戦のウェーキ島爆撃

『兵学校のとき、乗艦実習でフネに行きましたら、そこの飛行士（飛行長の補佐役をする士官）に、「中攻はいい飛行機だぞ」と言われました。もともと飛行機へ進みたいと考えていたので、それで迷うことなく……』

——ほう、戦闘機は希望されなかったのですか？　たいていの人が希望するそうですが。

『体が大きいほうだったし、中攻が自分に適している、中攻が一番いいと思ったんです』

こう語る安藤信雄・元海軍少佐は、海軍兵学校を昭和十三年三月におえた六五期卒業生だ。海上勤務を経て命ぜられた飛行学生は第三二期生。練習機、つづいて艦上攻撃機で一年間の操縦訓練を修業すると、ただちに志望どおり木更津航空隊で中攻操縦講習をうけた。根っからの陸上攻撃機乗りである。

氏の太平洋戦争は千歳海軍航空隊付時代から始まった。開戦直前、十六年十月十五日に進級したばかりの新品大尉だった。

『うちの隊は当時、第四艦隊の指揮下に入っていまして、司令は大橋富士郎大佐（海兵四六期）です。南洋のマーシャル群島で最も大きいルオットを基地としていたんですが、いざ戦争となったら、北はウェーキ島から南はギルバート諸島までひろがる海域での航空戦を担当し、また、中部太平洋の哨戒を受け持つことになっていました。

九六式陸攻三六機を主力とする部隊でした。開戦のまえに、一式陸攻を一機、内地へ取りに行きましてね、これを使って十二月四日にウェーキ島の偵察をやりました。わたしが機長で飛んだんです。

八〇〇〇メートルくらいの高度で実施したのですが、天気がよくて写真を何枚も撮ることができました。肉眼ではよく見えませんが、写真に撮影すると、はっきりわかります。環礁の中に飛行艇もおりましたし、一二機だったかな、まだ来たばっかりの海兵隊の戦闘機がいるのもつかめました。ウェーキ島攻略部隊の参謀も同乗して行きまして、海岸の状況とか、地形とかを観察しました』

事前偵察はこれ一回だけであったが、四日後の攻撃に役立つ有益な目標選定資料と、上陸戦のための資料が得られた。

『十二月八日は、五時十分に出発して十時ごろ敵地上空へ到着するような計画を立てたのです。松田秀雄飛行隊長（海兵五五期）が指揮官になり、四コ中隊三四機がルオット基地を発進したのですが、途中、天候がわるくて一〇〇〇メートルにも上がれないほどでした。最初は編隊がバラバラになりかけました。わたしは第二中隊、小谷仟（しげる）大尉（海兵六二期）のところの第二小隊長ですが、中隊長機について行くのにもう必死でした。

距離は約五九〇マイルです。雲の下をこするように飛んで行くと、やがて白波に打たれている海岸が見えてきましてね。飛行機隊はそのまま針路を島の中央に向けて突撃に移ったのですが、そんな状況ですから高度三〇〇メートルの低高度爆撃になりました。

まず一中隊、つづいてわれわれ二中隊の順です。爆弾は八機ほどいたグラマンの列線を蔽いました。あまり低高度だったので、爆弾が炸裂するたびに機体がぐらぐら上下しました。効果ありと見たけど、半分の四機ぐらいやっつけたでしょうかねぇ』

防研戦史によれば「地上の全飛行機を焼却」とされているが、穏やかな語り口で大言をしない安藤さんの言葉は控えめである。米軍の記録でも、F4F戦闘機八機のうち三機が直撃弾で炎上、一機破損、他の四機は爆破をまぬがれたのだそうだ。

飛行機隊はさらに、北にあるピール島桟橋に係留されているクリッパー四発飛行艇一機を発見、七・七ミリ機銃で銃撃を浴びせる。そして付近の敵施設をねらい、全弾を投下した。奇襲成功。

敵高角砲が発砲をはじめたのは、飛行場とピール島に数ヵ所、火災が発生したころだった。敵兵が逃げまわり、トラックが走り出すのが機上から手にとるように見えた。この日は敵戦闘機の迎撃はなく、対空砲火で被弾八機、機上戦死一名を出したのみで、午後二時十分、全機帰

最初から中攻乗りをめざしていた安藤少佐。写真は大尉当時。

還できた。千歳空飛行機隊が投下した爆弾は、二五〇キロ一三発、六〇キロ三二発であった。

翌九日には三コ中隊二七機が攻撃に向かい、十日も松田隊長直率で渡辺一夫大尉（神戸高等商船、海兵六〇期相当）、小谷大尉、山県茂夫大尉（海兵六四期）の各中隊計二六機が出動する。目的は残存する敵戦闘機とウェーキ本島南部の高角砲、機銃陣地、倉庫およびウィルクス島西部高角砲台の覆滅だったが、初めて自爆一機の犠牲を出した。

『前々日とかわり、天気は良好でした。四時間あまり飛んだとき、ウェーキ島が見えてきたのですが、猛烈に射ち上げてくる高角砲発砲の閃光がよくわかりました。まもなく、至近でグオッ、グオッと炸裂し出しましたが、この砲火では墜とされませんでした。

高度五〇〇〇くらいで爆弾を投下すると、編隊は回避、降下に移るわけです。北西に向かって避退したのですが、高角砲の弾幕を抜けたとたん、左後上方から残存グラマン二機が攻撃をかけてきました。操縦に夢中のわたしは直接には見なかったのですが、翼の前縁から、ちょうどこちらの機銃弾が命中して火災を起こしたのではないかとおもわれるほどの銃火を発して、突っこんできたそうです。そして下方に抜け去ると、これはわたしも見ておりますが、こんどは前下方から編隊の間を突き抜けるように襲撃してきました。

とうとう、うちの中隊の一小隊二番機に敵弾が命中してしまいました。右スポンソンから火を吹くと、火は胴体内を走ったのです。機長である偵察員が主操縦員のうしろへ近寄り、何事か話しているのが見えました。すると、操縦員は機を反転させ、操縦桿を胸にかかえこむようにして緩降下姿勢に入り、敵陣地の方へ突っこんで行きました。

けれど、すぐ右翼がちぎれ、つづいて左翼も飛び、胴体だけになって真っすぐ海面めがけて弾丸のように墜ちて行きました。あの光景は目に焼きついて、いまだに忘れることができません』

この機長は溝川洋一等飛行兵曹、京都生まれでまだ二〇歳前後、甲種予科練二期出身の若者だった。天測がうまく、競技会で千歳空一番になったことがあるという。貴重な一機を失ったが戦果は大きく、ウィルクス島の火薬庫を爆発させ、海岸砲台を破壊した。

長時間の日施哨戒飛行

――護衛戦闘機はついて行かなかったのですか？　一緒に行かれないのです』

『ええ、ルオットからでは航続距離が短くて、一緒に行かれないのです』

千歳空には九六陸攻だけでなく、五十嵐周正少佐（海兵五六期）を飛行隊長とする戦闘機隊一八機が所属していた。しかし、この機は九六式艦戦で、基地上空警戒用のものであった。

『それ以後、何回も攻撃に出動しましたが、残っている敵の戦闘機には悩まされました。十二月十一日には中井一夫大尉（海兵六三期）を指揮官とする中井中隊、山県中隊一七機で爆撃に行きました。

第一回目の上陸決行日だったのですが、わずか二機のF4Fワイルドキャットとの空戦で、中井中隊の中攻二機がまたも墜とされてしまったんです。それだけでなく、駆逐艦の「如月」が敵機の機銃弾で爆沈してしまいました。これは、どうも爆雷に弾丸が命中したためのようですね』

たった一機の戦闘機の襲撃で〝軍艦〟が沈められてしまう。まさに、その前日に生起し、英戦艦「プリンス・オブ・ウェールズ」「レパルス」を撃沈したマレー沖海戦の小型・裏返し版であった。だが単に〝運が悪かった〟で片づけてしまい、だれも、航空機の持つ恐ろしい威力に気づこうとしなかったようである。

その十一日には、軽巡「夕張」を旗艦とする、梶岡定道少将の第六水雷戦隊に護られた船団が敵前上陸を企図した。

しかし、波浪が高かったこと、事前の数回の爆撃にもかかわらず陸上砲台が健在だったこと、それに、これら数機の残存戦闘機にかきまわされて上陸作戦は失敗してしまった。

『ですから、わたしたちの第一の攻撃目標はこの戦闘機でした。けれど、地上にいなければやっつけられない。二回目の攻撃からは、必ず何機かが上がって哨戒しているんですよ。これがわざわいの元になっていたのです』

十四日、飛行長中野忠二郎中佐（海兵五一期、戦闘機出身）みずからが三〇機を指揮して攻撃に向かい、十六日には渡辺大尉を指揮官とする三三機が爆撃を実施し、十九日にも二九機の空襲をつづける。さらに二十一日には、松田飛行隊長が三三機を率いて猛爆を加えた。この一連の爆撃で、敵砲台も射撃指揮装置を破壊されたらしく、砲戦能力は大幅に低下したようであった。だが、少数の戦闘機はいぜん残っていた。

『同じ二十一日には、ハワイ攻撃から帰還中の第二航空戦隊が応援にかけつけ、零戦隊が残存敵戦闘機を片づけてくれたので、ようやくウェーキ島には一機の飛行機もいなくなりました。

二航戦の応援？　これはおそらく、第四艦隊司令部のほうから連合艦隊へ要請して、そのうえでの措置だったと思います。千歳空からは毎日、戦闘報告を司令部（二四航戦）へ出しているので、中攻が戦闘機に食われているのをよく知っていたはずですから』

上陸は二十三日に再興された。当日も二航戦の艦爆隊、戦闘機が支援に加わり、約九〇〇名の陸戦隊は激戦のすえ占領に成功した。

——ウェーキ島攻略には、ずいぶんと難儀したようですが。

『陸戦隊が苦戦したんですね。わたしの二つ上のクラスの内田謹一さん（大尉、舞鶴鎮守府特別陸戦隊中隊長）も戦死された。

ウェーキを陥したあと、ここを基地に哨戒を実施することになるのですが、行ってみると、そのとき使った揚陸艇（下記する哨戒艇のこと）が岸に乗り上げたまま放置してありました』

第三二号、第三三号哨戒艇（旧二等駆逐艦「葵」ならびに「萩」）は一二ノットの速力で環礁内に直進して海岸に擱坐し、乗っていた陸戦隊の大部分は艇から直接陸上に揚がって戦闘に移った。だが、三インチ砲台や機銃陣地はまだ健在で、約一一〇名もの戦死者を出す苦戦を強いられたのである。

『年が明けて（昭和十七年）二月一日に、マーシャルへハルゼーの機動部隊が空襲してきたわけですよ。そのときわたしの分隊はトラックに行っておって、中井さんのとこの一コ分隊だけ、タロア基地（ルオットの東方約二〇〇マイル弱）に残って哨戒に従事しておった。

中井大尉は敵部隊を発見したので、わずか八機をひきいて朝はやく出撃しましてね、重巡一隻に命中弾をあたえました。そして、帰ってくるとまた出撃したんです。こんどは空母の

「エンタープライズ」を爆撃しましたが、残念ながら命中しなかったようです。それだけでなく、中井大尉機は被弾すると、操縦困難な機を必死にあやつって、「エンタープライズ」に体当たりをされたのです。

おとなしい物静かな人柄で、とてもそんなことをする人とは想像できませんでしたがねぇ。その知らせを聞いて、わたしたちはすぐトラックから飛び帰り、魚雷をかかえて出動したのですが、もう発見できませんでした』

一方、ルオット基地では、所在する千歳空戦闘機隊が来襲した敵機を迎撃し、六機を撃墜した。また中井大尉の戦死により、安藤大尉はそのあとを継いで分隊長に昇格し、飛行隊は三コ分隊に編制変更された。

『二月十日に、新しく特設航空隊として第四航空隊が編成されることになりまして、千歳空からは山県大尉の分隊がここへ行ったので、うちは三コ中隊編制になったのです』

第四航空隊は開隊するとラバウルへ進出したが、そうそうの二月二十二日、「レキシントン」を旗艦とする敵機動部隊を発見した。まだ魚雷も届いておらず、戦闘機もいなかった。が、爆弾だけを積んで敢然と一七機が出撃する。しかし、そのため万全の構えをしていた米防御陣にはばまれ、自爆九機、不時着二機の大被害を出してしまった。

『わたしらの二四航空戦隊には、横浜航空隊も所属していました。ウォッゼにいたこの部隊は飛行艇隊だったので、任務はもっぱら哨戒でしたが、千歳空も中攻で哨戒に従事したのです。で、ウェーキを占領してからは、一部が交代でここへ進出しまして、ルオットと両方から哨戒を行ないました。

六〇〇マイルぐらい出るんですが、片道四、五時間、一日がかりのフライトになります。ウェーキは小さい島ですから、航法を誤ったり、天候が悪かったために帰投できなかった飛行機が何機かありました』

ウェーキ島は、ピール島、本島、ウィルクス島が馬蹄形に細長くつながり、環の長径が六〇〇〇メートルほど、東京の南東一七〇〇マイルの洋心に浮かぶ小孤島なのだ。そこから飛行隊員は、だいたい一日交代で長時間の日施哨戒にあたった。

――そんなに長い飛行の繰り返しでは、退屈してしまうのでは？

『う～ん、退屈というより疲れます。八時間も九時間も飛びつづけるんですから。それに、途中でなにが起きるかわからない、どんな獲物を見つけることができるかも知れない。だから、ぼんやりしておれんのですよ』

いや、これは、たいへん失礼な質問をしてしまった。単調と戦い、克服するのも哨戒の任務であったにちがいない。

ラバウルからのガ島攻撃

隊員たちは、哨戒の合い間を縫って、訓練にも励まなければならなかった。

『戦死者の補充が少しずつあるので、雷撃、爆撃、それから夜間の離着陸とか、基本的な訓練が主でした。哨戒飛行がありますから、飛行隊をあげた大編隊での訓練はやれませんでした。

そうしているうちに九月になって、わたしの中隊はラバウルへ行きました。この月の半ばころ、ガダルカナル島陸軍部隊の第一回総攻撃が行なわれることになり、海軍の航空部隊もこれに呼応して、空襲を実施することになったのです。

ところが、すでにラバウルに進出していた四空はほとんど全滅にちかく、木更津空、三沢空も大きい被害を出していた。それで、千歳空からわたしの中隊が急遽、応援に飛んだのです。九月の四日でしたか』

安藤中隊は地上整備員と整備要具をのせ、一二〇〇マイルの航程を、トラックを経由せずラバウルへ直行した。それは途方もない長距離飛行だったが、当時の搭乗員は無事やりおおせる技量をもっていたのだ。

安藤隊のガダルカナル攻撃は、さっそく翌日から開始された。どの航空隊もつづく激戦で消耗し、一つの部隊だけで一コ攻撃隊を編成することがすでに困難だった。混成するしかない。安藤派遣隊からも、毎回の出撃に九機ないし二機を出し、他航空隊と協同して編隊を組み、攻撃に参加したのである。

『この頃には、千歳空も九六式から一式陸攻へ装備替えしていました。ポートモレスビーの攻撃にも行きましたが、あと六回はガ島飛行場の爆撃です。夜間ではなく、昼間編隊爆撃でした。

進撃途中からだんだん高度を上げていき、八五〇〇から九〇〇〇メートルという高高度で爆弾を落とすのです』

――素人考えだと、ずいぶん高すぎる高度のような気がしますが。

『相手が、空母とか戦艦だとか重要な艦船攻撃の場合は、四〇〇〇、三〇〇〇の高さから爆撃するのですが、ガ島飛行場攻撃では、今いった高度から爆弾を投下しました。このくらい高ければ、高角砲の精度も低下するだろうということです。

目標は列線にいる飛行機や施設です。有効弾は相当にあったと思いますが、よく見えないので、指揮官もあまり明確な報告はしていませんでした。

一度だけ、陸上攻撃のつもりで出動したところ、輸送船が泊地に進入中だったので、目標を変換してこれを爆撃したことがありました。むろん高度は九〇〇〇ちかくの高いままだったし、爆弾は陸用爆弾でした。

編隊爆撃というのは一発一発落とすのではなく、陸攻の場合、六〇キロ爆弾だと一機に一二発ぐらい積んでいますから、それを指揮官の無線電話の指令で全機一斉に放って、爆弾の網で目標を捕捉するわけです』

——船には命中しましたか？

『いや、恥ずかしい話だけど、至近弾一発くらいだったようですな。あれは陸上から急いでフネに目標を変えたのが失敗でした。しかし、輸送船なんかでもたくさん入っていると、陸よりもそっちを爆撃したくなるものですよ』

陸上を根拠にする中攻隊員も、海軍軍人である。艦船をねらいたくなるという気持は、十分推察がつくような気がした。

『向こうの高角砲はもう電探射撃（レーダー射撃）でね、まず、編隊の一番先頭の指揮官機めがけて射ってきます。その最初の斉射弾が編隊の下で炸裂したとすると、つぎは上で、つぎの三斉射目にはちょうどこちらと同高度で破裂する。じつに照準の精度がよかった』

――そういったとき、敵弾に挾叉されないよう、高度をズラすというような操作はできないものなのですか？

『同高度のままで飛びました。九〇〇〇メートルにも上がると、もうエンジンを極限にふかし、飛ぶだけで精一杯です。だから、三コ編隊、二七機もいては、ふらふらに近い状態での自由な運動は難しいんです。

ポートモレスビーでは上がってきませんでしたが、ガ島では戦闘機が邀撃にきました。けれど、あの当時の零戦は強かったですからね。本当に頼もしかった。敵を発見したら、すぐ追いかけて行って撃墜する。それでも、三角形に組んだ編隊のすみ、端っこの機が隙をねらった敵に喰われるのです。敵飛行場上空へ入るまえにです。

わたしの眼前でやられました。タンクから長い火炎を吹きながら、しばらくは一緒に飛んでいたのですが、やがて機首を下げてガダルカナルの陸地に突っこんで行きました。まあ、あの時分が境ですね。十七年の暮れあたりから零戦のベテランパイロットも次々に戦死して、威力が衰えていきました。

高角砲に撃墜される機もありました。ところが、わたしが連れていった千歳空の一〇機からは一機も被害が出なかったのです。負傷者も発生しなかった。ラッキーだったとしか言いようがありませんが、今でも不思議に思えてなりません』

安藤隊は九月二十三日、ラバウルでの応援任務を終了してルオット基地へ帰還した。この間の安藤隊の出動のべ機数は四三機と記録されている。そして、安藤大尉は一年におよんだ戦地勤務をとかれ、呉鎮守府付となって内地に戻った。

銀河による比島・沖縄作戦

久しぶりの内地だったが、安藤大尉は二ヵ月ばかりで、ふたたび外地へ出かけなければならなかった。こんどは「新竹海軍航空隊分隊長兼教官」である。昭和十八年一月十五日付の辞令で赴任した。

これは木更津航空隊錬成隊がうつってきて独立した部隊で、陸攻搭乗員の養成が目的だった。台湾の北部、新竹州に半年ばかりまえに開隊され、モダンで大きな隊舎と完備した設備をそなえていた。

『予備学生と飛行練習生（下士官兵）も教育しましたが、兵学校六九期を卒業した飛行学生を教えました。六九期から中攻には十数名の学生が来たのですが、現在、生き残っているのは一人だけです』

中攻教育終了後、二年たらずでこれほどの激甚な消耗をする。戦争中期、末期の航空戦がいかに苛烈なものであったか、わかるではないか。

新竹空の後、安藤大尉は「三亜海軍航空隊飛行隊長兼分隊長教官」、さらに黄流（おうりゅう）航空隊、第一三航空隊の飛行隊長へと転勤した。どこの航空隊でも陸攻搭乗員の養成が任務だった。三亜空と黄流空は海南島にあり、一三空はマレー半島の西岸アウェルタウェルに所在していた。

どうも、安藤隊長の教官生活は内地とは縁がなかったらしい。

『そんな勤務を免じられて、昭和十九年十一月五日に「攻撃第四〇一飛行隊長」を命ぜられました。この隊の使用機は銀河で、わたしは今までの陸上攻撃機から陸上爆撃機にかわったわけです。

はじめ、フィリピンのクラークフィールドに着任したのですが、飛行機は一機もなく、搭乗員も操縦、偵察あわせて一〇人くらいしかいませんでした。それで、輸送機で木更津へ帰り、機や人員を集めて訓練に入ったのです。隊の飛行機定数は二コ分隊一八機、あと補用機が六機でした』

——飛行隊ができて、最初の戦闘はどこで戦われたのでしょうか？

『二十年一月下旬、台南に進出しました。敵のリンガエン上陸が開始されていたので、われわれはこれに対する攻撃に入ったのです。三座機なのに銀河は非常に足（航続距離）が長く、増槽をつけると、台南からリンガエンまでの往復攻撃は悠々とできました。

とにかく、いい飛行機でしたね。後の沖縄戦のときでも、突っこんだら敵の夜間戦闘機より速かったんですから。魚雷なら一本、八〇〇キロか五〇〇キロ爆弾だと一発を搭載でき、二五〇キロ爆弾だったら二発を積んで、急降下爆撃もできたのです。まあ、空母での離着艦をのぞけば、陸上攻撃機と艦上爆撃機の両方の性能を兼ね備えた飛行機といえます』

双発・中翼の銀河は、海軍自体が航空技術廠で設計・開発した飛行機だった。魚雷も爆弾も胴体下部の爆弾倉に完全におさめられるので、他機には見られないスマートな姿体となった。

一一型は発動機が中島の「誉」、最大速力二九六ノット、航続距離は一〇三六マイルと長い。一式陸攻と比較すると、速力で大きく上回り、航続力は少し下がる程度であった。機銃は二〇ミリを前後部に各一梃、装備している。まことに素晴らしい雷爆撃機だったが、泣きどころといえば、機銃武装の劣勢が弱点であったようだ。

昭和十九年秋のレイテ戦が敗北に終わり、二十年に入ると戦闘はルソン島の攻防に移った。押されに押され、日本軍の退勢はおおうべくもなかった。

『うちの隊も、夜間攻撃ばかりでした。昼間、編隊での攻撃はやりたくてもできなかったのです。しかも、夜、何機かで出撃しても、単機に分かれて襲撃をかけざるを得ない状況でした。

わたしもリンガエンの攻撃に行ったのですが、燃料タンクをやられて帰れなくなり、ツゲガラオというところへ不時着したことがあります。地上からの機銃に射たれたんです。

昭和19年11月以降、戦闘第401飛行隊長になって乗機となった銀河。攻撃機と艦爆の両方を兼ねる〝いい飛行機〟であった。

銀河の爆弾倉を改造して、二〇ミリ機銃を一二梃、前方斜め下方に銃身が向くように取りつけ、操縦者がボタンを押すと電動で一斉に発射できるように造りました。うちの隊では半数の機にこういう手直しを加えました。

で、わたしは、この改造機に乗り、超低空を這うようにして敵飛行場の列線に並んでいる飛行機を射撃中、対空機銃にやられたんです。

不時着したツゲガラオでは、もう海軍に燃料がなく、トラックで陸軍部隊からもらってきてくれました。けれど、タンクを射たれただけでなく、エンジンの調子もあまり良くなかったので、わたしは、整備しなおして明日帰りたいと申し出たのです。

そしたら、「とんでもない。こんなところに置いといたら、夜間戦闘機にたちまちやられてしまうから、今日すぐ帰れ」というんですな。そこで、健全なタンクにだけ燃料を補給してもらって、そうそうに帰ってきました。当時はもう、フィリピンから台湾の上空にかけて、敵の夜戦がうようよしていたのです』

――その斜め前下方固定銃というのは、相当に効果があったのですか？

『ええ、台湾へ帰ってきたら、台南、高雄方面が濃霧で着陸できんのです。しかたなく屛東（へいとう）（高雄の東方）というところへ降りました。だいぶ山に近い場所ですが、そこからの帰りみち、高雄の近くの小崗山にあった一航艦司令部へ寄って、大西（瀧治郎）長官にお目にかかったのです。

そのとき長官は、「君はやられたのかと思っとった。昨日の攻撃では、ずいぶん火柱が上がったようだな」と言っておられました。どこかの部隊で見ていて、報告が届いたのでしょう。

攻撃するわたしたちは、夜間、超低空を高速で突っ走るのですから、操縦や見張りに一生懸命で、戦果が上がったかどうかまで確認しておられません。

そして、わたしの隊のもう半分の飛行機は爆装のままで、こちらも夜間、高いところからでは目標がわからんですから、超低空で単機の攻撃をつづけました。時間をおいて、二、三機ずつ出撃していったのです』

――リンガエンというと、当然、輸送船もたくさん入っていたでしょうね？

『夜ですから、わたしたちの攻撃は飛行場、飛行機に向けました。米軍は上陸するとすぐに地面を均らし、簡易鉄板を敷いて数日間で応急滑走路を造ってしまうんだから、目標には困らんです。うちの飛行隊は、沖縄戦がはじまるまで、ずっとリンガエン陸上攻撃をつづけました』

攻撃第四〇一飛行隊は、かつてハワイ空襲のさい、空母「赤城」飛行長だった増田正吾大佐の第七六五海軍航空隊に所属していた。が、航空隊飛行科にガッチリと組みこまれていたかつての〝飛行隊〟と異なり、空地分離制度によって設けられた〝特設飛行隊〟と称する独立部隊であった。

すなわち、作戦上必要とあれば、ただちに、現所属航空隊から他の航空隊に配転可能の組織体になっていた。

したがって、攻四〇一は二コ飛行分隊と二コ整備分隊だけから成る小さな部隊ではあったが、安藤飛行隊長は独立部隊長だった。

部隊にたった一人しかいない部隊長であれば、毎晩、攻撃に飛び立つわけにはいかなかったが、苦しい状況のなかで、機宜に応じて短切な攻撃を隊員の健闘により続行していった。レイテ戦いらい、あたかも常道戦法であるかのようにとられてきた体当たり特別攻撃を、銀河隊でも実施しなければならなくなってきた。

初期の神風特攻隊はひとり乗りである零戦に、二五〇キロ爆弾を搭載して敵艦船に機体ごと激突する方法だった。それが、三人乗り銀河にも編成が命ぜられるようになったというのは、長距離飛行が可能で八〇〇キロ爆弾を携行でき、より大きい爆発威力が期待し得たからであろうか。

沖縄戦がはじまると、攻撃四〇一飛行隊からも神風特別攻撃隊武勇隊の名で、一部の隊員が出撃した。

『うちからは半隊を台中に分派したのですが、この隊には、航空艦隊のほうから直接特攻の指示が参りました』

昭和二十年三月二十五日、沖縄南方海上の敵機動部隊を目標に三機が、また四月五日にも三機の隊員が沖縄本島周辺の艦船に突入していった。

『わたしの手元に残った台南の半隊は、従来どおり通常攻撃法で夜間単機の爆撃、銃撃を実施しておりました。よその銀河隊では雷撃をやったところもありますが、うちでは、フィリピンでも沖縄でも魚雷は使いませんでした。

こちらが襲うと同時に、敵からの攻撃もあるわけですよ。台南には邀撃戦闘機がいなかったから、防御は高角砲だけです。爆発すると、弾体が小さな破片になって飛び散る爆弾を使っていましたね。一回来襲があると、掩体壕に入れておいても、一機ぐらいやられてしまうんです。もちろん、機も人員も補充はありましたが』

フィリピン、硫黄島、そして沖縄と、連合軍は多数の空母を中核とした膨大な兵力で、ブルドーザーのように押し進んできた。

なのに、わが航空部隊は、体当たり特攻と夜間、単機での散発的な攻撃で迎え撃たなければならなかった。最前線の指揮官安藤飛行隊長は、このような戦況をいかに見ていたのだろうか。

『わたしたちは、みな若かったですからね。命ぜられたことを、ただ一生懸命にやるだけでした。

独立部隊指揮官だ、飛行隊長だといっても、一海軍少佐です。大きな作戦の流れのなかでは、自主的に判断し、独自の行動をとれる立場にはありませんでした。

上層部で計画し、指示してくる方策にしたがって、成果をあげることに夢中になっとったから、他のことを考えている余裕はなかったですよ。第一線の局地の指揮官には、戦争全般はわからんです。昭和二十年に入って、戦さが不利に傾いていることは感じておりました。身ぢかを見ても、飛行機の補充はあるにはあるが、じりじりと減っていく。搭乗員も、練度の浅い若年者が増えてきましたから。

しかし、われわれとしては、若い海軍軍人としては戦うしかないじゃないですか。冷静に判断すれば、もう彼らに太刀打ちできんのはわかったでしょう。実際そうなんだけど、あの頃のわたしは、そういう思考はとらなかった、とれなかったですねぇ。

とにかく、現在もっている力で出来るかぎりのことをやろう、それしか頭に浮かばなかった。

日本が敗れそうだとか、逆にいつか勝てる日が来るのではないか、そんなふうにも考えませんでした。とにかく、今日最善をつくすこと、毎日を戦い抜くことだけで頭が一杯だったんです』

海軍少佐などというと、いやにオジンくさくきこえる。だが、安藤飛行隊長は終戦当時二九歳の青年だった。最後の言葉に、五〇年をタイムスリップして、久びさに、戦う青年士官の純正な気魄にふれる思いがした。

〈軍歴〉大正五年六月三日、香川県に生まれる。昭和十三年三月、海軍兵学校卒業、六五期。「磐手」乗組、「龍驤」乗組をへて同十一月、任海軍少尉。同十二月、「鬼怒」乗組。昭和十四年九月、海軍練習航空隊第三二期飛行学生。同十一月、千歳海軍航空隊付。昭和十五年四月、宇佐海軍航空隊付。同九月、木更津海軍航空隊付。同十一月、任海軍中尉。昭和十六年十月、任海軍大尉。昭和十七年二月、千歳海軍航空隊分隊長。昭和十八年一月、新竹海軍航空隊分隊長兼教官。同十月、三亜海軍航空隊飛行隊長兼分隊長教官。同十二月、黄流海軍航空隊飛行隊長兼分隊長教官。昭和十九年五月、第一三航空隊飛行隊長兼分隊長教官。昭和十九年十一月、任海軍少佐。攻撃第四〇一飛行隊長。昭和二十一年四月、予備役。昭和二十八年一月より四十八年十二月まで海上自衛隊に勤務。海将。

以て瞑すべし

——空母「瑞鳳」艦攻分隊長・田中一郎大尉の証言

緒戦時の危うい着艦事故

田中一郎・元海軍大尉の太平洋戦争は、まことにもって珍しい出来事からはじまった。かつて海軍航空隊に勤務し、空母機搭乗員として活躍した人は、戦後五〇年をへた現在でも、全国を尋ねればかなりの数にのぼろう。けれど、田中さんのような体験の持ち主は、さて何人あるだろうか。

昭和十四年七月、海兵六七期を卒業した氏が、飛行機乗りとしての道を歩み出したのは、その約一年後、第三五期飛行学生を命ぜられて霞ヶ浦航空隊へ入隊した日からだ。そして、さらに一年が経過する。

『昭和十六年十一月に飛行学生を卒業しましてね、岩国の航空隊へ配属になったんですが、幾日もたたない十二月五日、「瑞鳳」乗組を命ず、という電報がきたんです。

同期の操縦組はまだ発着艦訓練をすませてないため、空母へは行けなかったのですが、わたしは偵察なのでその必要はなく、もう一人の佐藤亮三（「龍驤」へ）についで、母艦乗組第二号になったのです。「瑞鳳」というのは、「鳳翔」と二隻で第三航空戦隊を編成して、連合艦隊主力の戦艦部隊と一緒にいました』
「瑞鳳」は一万一二〇〇トン、速力二八ノットの軽空母ではあったが、艦攻、艦戦あわせて三〇機を搭載可能の、戦力十分な新鋭母艦だった。ただし、最初からの航空母艦ではない。特務艦「高崎」(給油艦)として起工し、途中で潜水母艦に艦種変更、さらに二転して空母「瑞鳳」の名で完成したのだ。
『それで、着任したら、物々しい警戒配備でね、戦争だっていうわけです。開戦三日前ですから。しかし、真珠湾を空襲するなんてことは、「瑞鳳」の士官も知りませんでした。
ハワイ攻撃はよく知られているように大成功しましたが、あの十二月八日、一二〇〇(正午)に山本司令長官以下の主力部隊も、柱島を出動して太平洋へ乗り出したのです。出動目的は〝全作戦支援〟ということでした。小笠原の少し沖まで行ったんですが、艦隊出撃だから、三航戦の飛行機は、当然、前路警戒をやります』
とかく、空母部隊即機動部隊と解釈されがちだが、そうとは限らない。開戦当時、第三航空戦隊は第一艦隊に所属し、戦艦部隊を直衛するのが主任務だった。
『わたしは柱島を出撃すると、艦攻に乗って飛び出しました。むろん、この日の日本近海に米艦はいませんから、敵影を見ずに戻ってきました。さて、わたしにとって生まれて初めての着艦です。着艦のときは凄いショックがあると聞いていたので、かなり緊張しました。
ところが、えらくスムーズに着艦するんですな。〝いやあ、ベテランの母艦操縦員はさすがにうまいもんだ〟と感心しておった。そしたら操縦員が、「飛行士ッ、フックがかかりません。やり直しますッ」って言うんです。

それで、また飛び上がりました。機尾の着艦用フックが下がっていることは、母艦も確認して着艦許可を出しているはずです。けれど念のためと、わたしも爆撃照準器を下ろし、後方にまわして尾部(シッポ)を見てみた。チャンと出ている。「もう一回やってみろ」と命じて、ふたたび着艦に移った。だが、またひっかからない。これは完全におかしい、フックの故障だと思った。

もう、豊後水道にかかろうとする頃でした。あと一回やり直してみて駄目なら、宇佐空かほかの近くの飛行場へ降りよう、そう考えて三度めの着艦を試みたのです。が、やっぱりひっかかりません。やり直しっ、とエンジンを入れたら、こんどはチョークを起こしちゃった』

昭和19年５月、徳島空当時の田中一郎大尉。白菊特攻を出す。

チョークとは、ガソリン発動機で、空気吸入調節弁の不具合から燃料が入りすぎ、エンジン不調になる現象だ。

『パンパンパーンといったとたん、操縦員が左ブレーキを踏みすぎたんでしょう、左へ大きく機首を振り、そのまま、ダダーッと左舷側から落ちてしまったんです。こりゃ、いかん。戦争が始まったばかりだというのに、俺もこれで、戦わないうちに死んでしまうのかと思いました。

斜め背面になって海中へ引きこまれていったのですが、ちょうど、兵学校のとき一〇メートルの台から飛び込みをやらされた、あんな感触でした。目の前を泡がプーッと上がっていって。ひょっと気がつくと、落下傘バンドの止め金を座席からはずしてない。着艦前にはずしておくことになっていたのに、初めての着艦で、わたしは忘れてたんですね。急いでそいつを抜き、機体を蹴った。そしたら、救命衫(ライフジャケット)をつけとるから、体が勢いよくポーンと浮き上がりましてね。救命衫の浮力があれほど強いものとは知らなかった。

飛行機が落ちたというので、艦隊は大騒ぎですよ。母艦はサイレンを鳴らす、〝トンボ釣り〟の駆逐艦からは短艇が降ろされる……』

と、こういうわけで、田中さんは危うく龍宮行きとなるところだった。駆逐艦のカッターに無事救助され、操縦員、電信員のふたりも微傷ですんだ。着艦の仕損じで海中に転落、生存、しかも怪我もなかったというのは稀有のことらしい。十月に進級したばかりの田中一郎海軍中尉は、二た月たらずで大尉に昇進するのを、乙姫様から許可されなかったのだ。

ミッドウェー海戦へ参加

機動部隊の出迎えに出撃した主力部隊は十三日夕方、柱島へ帰投した。だが、その後、さっぱり出番はなかった。

ハワイとマレー沖の海戦で、艦隊の主力は明瞭に戦艦から空母へ移っていた。戦艦部隊への随伴を任務とする「瑞鳳」も武運に恵まれない。一度、零戦を輸送するため比島のダバオへ往復したきりだった。しかし、この間、田中分隊士たちは母艦からの単機行動が多く、航法の技量はめきめきと上達していった。

そんな、髀肉の嘆をかこっていた十七年五月、「瑞鳳」にも待望のチャンスが訪れた。

『第二艦隊へ編入されましてね、ミッドウェー作戦に参加することになったのです。

空母「瑞鳳」を発艦する九七艦攻。南太平洋海戦では「瑞鳳」の被弾で、田中大尉は「瑞鶴」から発艦、第３次攻撃隊を指揮した。

この作戦では、空母の南雲機動部隊が北方から島へ空襲をかける。上陸船団を掩護する、第二艦隊主体の近藤（信竹）攻略部隊は南西から接近していく。そして、機動部隊が敵基地をたたいたあと、占領隊が上陸する手筈になっていました』

機動部隊は五月二十七日に柱島を抜錨し、攻略部隊本隊は二日後の二十九日、出港用意のラッパを高らかに響かせた。「瑞鳳」には、艦隊の前路警戒、対潜警戒、上空直衛は当然のこととして、攻略部隊の一艦なので、上陸直前には敵陸上施設爆撃の任も与えられていた。

対潜警戒では、艦隊の前程を五〇〇メートルぐらいの高度で〝8の字〟飛行をくり返しながら、敵潜水艦の発見、攻撃に備えるのだ。六〇キロ爆弾を搭載し、一直二時間を交代で当直した。一方、前路警戒は二〇〇マイルほど前方へ進出し、敵艦隊の存否を見張るのが主で、対潜警戒は従であった。ともに地味で忍耐のいる飛行だったが、「瑞鳳」艦攻隊の重要任務であった。

わが艦隊は一路東へ進んだ。緒戦いらいの連戦連勝に、飛行士官たちはすっかり気をよくしていた。ミッドウェーやこれからの攻撃予定点ニューカレドニア、フィジー、サモアなどの航空図を手にしながら、攻略成功はあたかも既定事実であるかのように、話に花を咲かせるのだった。

攻略部隊のうち、栗田健男中将が率いる重巡四隻ほかの支援隊一〇隻はグアム島を発し、陸軍部隊、特別陸戦隊を分乗させた輸送船一三隻は田中頼三少将の水雷戦隊に直衛されて、サイパンを出撃していた。この三方から進撃してきた合計七〇隻にちかい部隊が、ミッドウェーの西方洋上で近藤中将の手の中に入らなければならないのである。

『それで、船団が予定の位置に来てるかどうか、確認に「瑞鳳」から飛行機を飛ばしたのです。わたしの部下が行ったんですが、船団上空至近を飛んだとき、輸送船の陸軍が機銃を射ってきたんです。そんなことのないよう、味方識別のため低空をバンクしながら低速で飛行させたのですが、飛行機を見て逆上しちゃったんですね。かわいそうに偵察員が、右手指を三本もちぎられる大怪我をして帰ってきました。こんな一幕もあったのです』

さて作戦は、たぶん出てこないであろうと推測していた敵の機動部隊が出現し、わが南雲部隊は周知のような惨敗を喫してしまった。

『苦戦の情報がどんどん入ってくる。歯ぎしりして聞いていたら、連合艦隊から、ミッドウェー攻略を予定どおり決行する、攻略部隊は明早朝、同島を砲撃せよという命令が下ったわけですよ。そこで、重巡「熊野」以下四隻の第七戦隊を先頭に立て、夜なかにわれわれ第二艦隊は全力でミッドウェーへ突進して行ったんです。

味方機動部隊は全滅したのに、敵空母は何隻か残っているようだ。「瑞鳳」艦攻隊に勝ち目はないが、われわれがやるしか手はないんだ、と。全機を用意しましてね、米空母に体当たり覚悟で、全員、遺書をしたためました。そのときのわたしの戦時日誌に、こう書いてあります。「我、第二攻撃隊指揮官。待望の秋が来た。撃たずば止まじ、撃たで止まめや。搭乗員室にて最後の別盃を傾け、聖寿万歳を三唱し奉る。明日こそはそうだ、笑って死のう」』

しかし、敵艦隊はしだいに東方へ移動しつつあった。連合艦隊司令部で南雲部隊、近藤部隊の位置をチェックしたが、夜戦に持ちこむのは無理と判断された。そしてさらに、冷静に検討し、ミッドウェー作戦そのものが中止と決定されたのだ。全艦隊は西へ反転する。だが「瑞鳳」は、

『北方部隊へ編入されました。第二機動部隊（角田覚治少将指揮）がダッチハーバーを攻撃しているので、敵機動部隊も、こんどはアリューシャン方面へ出現するかもしれんと考えられたわけです。それで「瑞鳳」や一部の巡洋艦部隊は北方部隊へ増援になりました。

他の「大和」たち戦艦部隊なんかは、そのまま内地へ帰りましたが、われわれは敵をもとめて濃霧と激浪の北方海域を行動していたんです。六月二十四日に、一時、大湊へ入港してから、また二週間ばかり出動したのですが、結局会敵しませんでした。「瑞鳳」は母港の佐

世保へ帰り、飛行機隊は九州沖で発艦し、鹿屋基地へ揚がったのです。柱島出撃後、約一と月半もたった七月十二日でした』
こんどこそは、と意気ごんだ「瑞鳳」艦攻隊は、またも、鍛えた腕前を敵にしめす機会にめぐまれなかった。

南太平洋海戦での第三次攻撃隊

ミッドウェー沖に大敗北した第一航空艦隊は、残存空母を糾合して「第三艦隊」と改称、編制面でも根本的な建て直しがはかられた。

昭和十七年七月十四日、この編制替えで「瑞鳳」も第一航空戦隊に編入され、待ちのぞんだ機動部隊入りをはたした。一航戦は「翔鶴」を旗艦に「瑞鶴」「瑞鳳」の三隻部隊となった。田中一郎中尉も、七月二十日、クラスのトップを切って艦攻分隊長に昇格する。

ミッドウェー海戦のつぎに戦われた日米空母戦は、八月二十四日の第二次ソロモン海戦だった。だが、この戦闘に「瑞鳳」は出陣できなかった。

米機動部隊は、前々月大勝の余勢をかって八月七日、ガダルカナル島へ大反攻を企図してきた。一航戦はただちにトラックへ進出したが、「瑞鳳」はたまたま修理のためドック入りしており、出動できなかったのである。

二航戦の「龍驤」が差し換えで、「翔鶴」「瑞鶴」とともにソロモンへ出撃して行った。思えばここが、運命の岐れ道であった。「龍驤」は分派されて飛行機隊がガ島爆撃中、敵艦上機の攻撃をうけ、あえない最期をとげてしまったのだ。「瑞鳳」の身代わりになったといってもよかった。

しかし、ガダルカナルをめぐる戦場の雲の動きは早かった。修理の成った「瑞鳳」にも、すぐ出動命令が下る。九月一日、呉を出撃。トラックに向かった。

ガ島を奪回するため、わが陸軍は三度目の総攻撃を行なうこととした。海軍もこれの支援に、再度、第三艦隊を出撃させた。アメリカもガ島確保に必死だ。双方の固い決意は、日本側が「南太平洋海戦」、米軍は「サンタクルーズ諸島海戦」と呼称する、十月二十六日の一大激突となって火花が散った。

――南太平洋海戦のとき、最初は索敵機として出撃されたのですね？

『そうなんです。あの海戦では、ミッドウェーの苦い戦訓から綿密な索敵をと、「黎明二段索敵」を実施しました。第一段は前衛巡洋艦の水偵が、日出一時間半くらい前に発艦し、第二段は艦攻一三機が、やはり日出三〇分前に発艦して行きました。

わたしは南西へ二五〇マイル進出したのですが、敵を見なかった。けれど、「翔鶴」索敵機が「敵大部隊見ゆ」と電報を打ったんです。それを傍受して「そら、発見だ！　早くもどって攻撃に出よう」と、ブッ飛ばして帰ってきました。ところが、わたしの「瑞鳳」の後部飛行甲板にデカイ孔があいていて、着艦できんのですわ』

午前五時四十分ごろ、敵ＳＢＤ（艦爆）索敵機二機が一航戦に触接し、ただでは帰らぬとばかりに「瑞鳳」めがけ、五〇〇ポンド爆弾を投下した。その一弾が不運にも命中し、大破口をあけてしまったのだ。

『ともかく降りられないので、「翔鶴」と「瑞鶴」のどっちに行こうかと考えておった。ちよっと断雲のある日でした。そのとき、わたしの目の前の雲の上から「翔鶴」へ敵艦爆一〇機ばかりが降ってきましてね、たてつづけにダダーンと四発当たっちまったんです。するとこんどは上空直衛の零戦が向こうの艦爆を追いかけまわし、やられた敵がわたしの前方海面に落ちていく。かと思うと、味方の防御砲火が敵機めがけてバンバン射つ。こりゃボヤボヤしてると味方に墜とされてしまうぞ、そう思ったので、なるべく遠く離れてね、戦争の高見の見物ですよ。

やっと一段落しまして、着艦しようとしたら、みんな「瑞鶴」へ集中するんです。他の二隻へは降りられないから。まず、上空直衛の戦闘機が弾丸を射ちつくして戻ってくる。第一次攻撃隊の飛行機が、大きな破口をあけてあえぎながら帰ってくる。みんな緊急着艦です。仕方がないから、わたしは先をゆずって順番を待っておった。けれど、わたしだって朝から八時間も飛びつづけです。「分隊長っ、もう燃料がありません！」と操縦員に告げられたので、緊急着艦を要求し、収容してもらいました。着艦したとたん、エンジンがプスッと音をたてて止まってしまった。もう少し待たされたら、海のなかへジャボンするところでしたね。飛行機だけじゃない、腹もペコペコでした』

若々しい張りのある声で、ポンポンと口をついて出る田中さんの話は、聞き手に臨場感をいだかせるように響いてくる。

『「瑞鶴」へ降着して艦橋へ上がったら、飛行長が、「おお、いいところへ来てくれた。これから第三次攻撃隊を出すので、貴様、行ってくれ」というわけですよ。ところが、使える飛行機は「翔鶴」「瑞鶴」「瑞鳳」の三艦寄せ集めても一三機しかない。しかも、魚雷を使ってしまったので、〝八〇番〟で行って欲しい、こう言われました』

〝八〇番〟とは八〇〇キロ爆弾のことだ。したがって、攻撃は水平爆撃となる。水平爆撃では、いったん爆撃針路に入ったなら、等速、等高度、直線飛行かつ緊密な編隊を、どんなことがあっても保持しなければ爆弾は命中しない。いわば金しばりにあったような、飛行が要求された。それほどまでにして、なお命中率は高くはないのだ。この命令をうけた田中分隊長は、九分九厘、敵戦闘機に食われるか防御砲火に墜とされると思ったという。一三機のうち戦闘機は五機しかいないのだ。あとは艦攻六機に艦爆二機である。

ホーネットに八〇〇キロ爆弾命中

『けれど、魚雷がないっていうんだから仕様がないですよね。ちょうど戦闘機の隊長がクラスの小林（保平）って男で、二人、固く手を握って、「お互いに笑って死のうじゃないか」と決死の覚悟で発艦しました。

え、進撃？　「鈴谷」（重巡）の水偵が触接していて、電波を出してくれたので、それをクルシー（無線方向探知器）でつかまえ、針路を修正しながら飛んだので、わりあい楽に敵艦隊を発見できました。

三〇〇〇メートルの高度で飛んで行ったけれど、敵上空には雲があって邪魔なんです。こっちははじめから死ぬ覚悟だから、どうせ死ぬのなら爆弾が当たるところまで降りてやろうと、高度二〇〇〇に下げました。六機の艦攻は三艦の寄せ集めです。爆撃嚮導機は「瑞鶴」機でしたが、その偵察員、落ち着いていていてじつに感心しました』

嚮導機は、水平爆撃の特訓をうけた爆撃照準手（偵察員）と操縦員がコンビ搭乗員となり、この機の照準によって編隊を組んでいる各機が一斉に投弾する。投下信号は嚮導機電信員の手旗合図で伝達するのだ。すなわち、爆弾網によって目標をつつみ、何十パーセントかの命中率を期待する公算爆撃である。

『高度を下げれば、爆弾の命中率も高まるけど、向こうの防御砲火も当たりやすくなるわけです。めちゃくちゃに射たれ、帰艦後にしらべてみたら二十数発も命中していて、一弾はわたしと電信員の間を突き抜けていました。

生きている心地がしない、というのはあのことですね。ただ、そんな状況におかれても、飛行機の工合がいい点は、自分のエンジン音にかき消されて、高角砲弾の破裂音なんかが聞こえないことです。しかし、ショックは大きい。至近弾が爆発すると大揺れが激しくきますし、また穴があけば、きなくさい硝煙のにおいがプーンと入ってきます。頭のなかは真っ白ですよ。けど、爆弾を落とすまでは直進するしかない。逃げられません。避けたら命中しないんですから』

身動きならない状態で死の刃（やいば）を突きつけられたら、だれしも恐怖を感ずるのが人間の自然であろう。だが、その恐怖に耐え、押し殺し、責任感の命ずるところにしたがって任務の完遂に邁進するのが、真の軍人なのではあるまいか。田中中尉の指揮する、一航戦第三次攻撃艦攻隊はこの命題を忠実に守り、見事な成果をあげた。

『すでに、敵空母の「ホーネット」は動けなくて傾いており、周囲を駆逐艦と巡洋艦が旋回しながら警戒していたんです。その警戒陣が何十門、何百門という対空砲火を射ちあげるので、空が真っ暗になるほどでした。そんな弾幕をかいくぐるようにして、爆弾を投下し終えたときは、ホッと一安心しました。

けれど、とたんに敵の弾丸がこわくなりました。もう全力でね、一目散てとこですよ』

田中さんの言葉には、まことにいつわらぬ実感がこもっていた。

『しばらく飛んでから、指揮官としての責任感が、また頭を持ち上げてきました。それで、「戦果を確認する」といって、もう一度、高度を下げて弾幕のなかへ突っこんでいったのです。そしたら、なんと立ち昇っている黒煙が見えました。当たったんですねぇ、じつに嬉しかった。わたしは全艦隊に、「ワレ敵空母ヲ爆撃ス　命中弾一　一三四五」と直ちに打電しました。

帰艦したあと、操縦員と電信員から言われましたよ。「せっかく命が助かったと思ったのに、また引き返すといわれたときは、ああ、こいつはいかん」と思ったってね。まあ、指揮官の責任感と、わたしの若さがそうさせたんですね。二三歳でした。

戦後、米軍の資料を見ると、「ホーネットは艦攻六機による見事な水平爆撃をうけ、飛行甲板後部に一弾が命中した」と書かれているんです。敵に見事だって賞められたのだから、以て瞑すべしというところですかな』

——そのとき、「エンタープライズ」は視界に入っていたのですか？

『いや、見えておりません。アメリカ海軍は、「ホーネット」ならホーネットを中心に巡洋艦、駆逐艦で輪形陣をつくり、また「エンタープライズ」の周囲にも、同様な輪形陣を形成する。母艦を一隻ずつ離しておくのです』

「エンタープライズ」攻撃には、ミッドウェー海戦の戦訓からとりあえず艦爆隊だけを先に送ったため、理想的な雷爆同時攻撃がかけられなかった。ために、魚雷はすべて回避され、損傷をあたえただけにとどまった。

しかし、敵艦隊は被害に耐えきれず、総崩れとなって退却した。わが軍は、全水上部隊による夜戦を企図して追撃を開始する。炎上中の「ホーネット」を、駆逐艦の雷撃で撃沈した。結局、完全捕捉は成功しなかったが、全海戦を通じ空母以外にも駆逐艦一隻撃沈、戦艦、巡洋艦各一隻を撃破した。味方には、損傷艦四隻以外に沈没艦はなく、大勝利であった。

『トラックへ帰ってから「大和」に集められて、山本連合艦隊司令長官から訓示がありました。眼玉をぎょろぎょろさせてね、飛行機隊の功績をたたえ、今後とも油断せずしっかり頑張ってくれということでした。

この海戦の勝因はいくつかあるけれど、大事な一つに、反復攻撃が全部成功したことがあげられます。一航戦が三回、二航戦が三回、合計六回とも空母を攻撃しているのです。

向こうさんは、四回襲ってきたうち、二回しかこちらの母艦を攻撃していない。一回が、「瑞鳳」のやられた索敵爆撃で、もう一回は「翔鶴」に四発当てた攻撃。ほかの二回では、一度が前衛の巡洋艦を爆撃し、あと一回はまったく日本艦隊を発見できなかったんです』

本海戦では、航空戦隊に直衛を加えた部隊を「本隊」とし、他の重巡部隊、高速戦艦部隊で「前衛」を形成していた。

この前衛を本隊の一〇〇マイル前方に、横一列に長くならべた。こうすることによって、水偵による索敵範囲が大になり、また攻撃から帰ってくる飛行機隊の帰投目標ができた。かつ、敵空襲部隊をここで吸収し、さらに、航空攻撃であげた戦果を拡大しようとするとき、強力な水上部隊をすみやかに前進させることが可能だった。こんな艦隊配置も、海戦の勝利にあずかっていたのである。

批判される「い」号作戦

南太平洋海戦を戦い終えると、田中中尉に転勤が命じられた。十一月二日、「〝飛鷹〟分隊長」へである。だが、一ヵ月たらずで内地へ帰還し、十二月十日から鹿屋航空隊付にかわった。つぎの配置にそなえて訓練に励むと同時に、一年ぶりに戦塵を洗い落とす。

翌昭和十八年一月十二日、こんどは「瑞鶴」分隊長に補任された。「瑞鶴」は第三艦隊小沢治三郎中将の旗艦だ。一月十八日には出撃して、ふたたびトラックへ前進した。

『その四月上旬、山本長官が直接指揮する、例の「い」号作戦が展開されました。二日の日に、在泊四空母「瑞鶴」「瑞鳳」「隼鷹」「飛鷹」の作戦可能機一四八機が、ラバウルへ進出したのですが、〝空中攻撃隊総指揮官〟は「瑞鶴」飛行隊長の田中正臣少佐(海兵五九期)で、わたしが総指揮官機の偵察員です。

約七〇〇マイルの洋上を一気に翔破する大移動です。田中隊長が指揮官だけど、操縦員だから、実際はわたしの指示どおりに動くわけですよ。「隊長、針路何度」と言えば、「針路何度」と隊長が答える。「偏流を測ります……偏流測定おわり。風向〇度、風速〇〇メートル、修正針路△△度っ」っていえば、そのとおり隊長が復唱して、機首をまわします。すると、編隊の全機がそれについてくる。いってみれば、わたしが二〇〇機ちかい飛行機隊を運用しているのも同様だから、こんな気持のいいことはありませんでした。

そのかわり、少しでも針路がそれたら恥ずかしいので、一生懸命です。だから、ドンピシャリ、ラバウルの花吹山が目の前、真正面に現われたときは本当にホッとしました』

行く手は大きな陸地だから、多少針路がそれてもたどりつくことはできる。母艦から母艦へ……点から点への推測航法に慣れている空母偵察員とはいうものの、超大遠距離の海上を飛んで、無事、目的地を真ん前にとらえ得たのは、実に氏の腕のよさを示すものであろう。一世一代の晴れ舞台であったにちがいない。

しかし、「い」号作戦では、残念なことに艦攻隊に出撃の機会はなかった。敵の空母が出てこなかったからである。魚雷をかかえて待機することに終始してしまった。基地航空隊機とともに戦った母艦機は艦爆と艦戦だったが、そのうち艦爆一六、零戦一四の計三〇機を失った。とくに艦爆隊は三割を喪失している。四月七日から開始され、敵艦船二十数隻撃沈、飛行機約一五〇機を撃墜し、地上施設にも多大の損害をあたえたと〝推定〟して、十六日に作戦を打ち切った。

『「い」号作戦ていうのは、前年来、ずっと押されっぱなしで、陸上航空兵力がどんどん消耗していく。なんとかしなければいかん。そこで、母艦航空兵力と合わせ、ガダルカナルとニューギニアをたたいて、アメリカのこれ以上の反攻をしばらくくい止めておこう。こういう作戦だったんですね。これが、後で批判されました。

わたしたち母艦の飛行機乗りに言わせれば、母艦機というのは航空母艦から飛び出していってこそ、初めて価値があるのです。発着艦のできない搭乗員は、母艦に乗れません。発着艦ができる、あるいは洋上航法が可能だ、この技術だけでも貴重な戦力です。それを陸揚げして戦わせせようとする。

「冗談じゃない」って、みんなわれわれ言ったもんですよ。もちろん当時に、です。基地部隊の飛行機といっしょに消耗戦に巻きこまれたんでは、いざというときに困る。べつに命が惜しいわけじゃない。母艦航空兵力というのは、決戦兵力なんだから、と。

わたしたちには、そういう自負心がありました。母艦部隊の上層部だって、同じ考えだったのです。もし、消耗してしまって、再建できないうちに敵機動部隊が出動してきたらどうするんだ、とね。結果的に、心配した通りになりました。つぎの海戦「あ」号作戦では、搭乗員の技量が向上しないうちに戦わなければならなくなり、大敗したのです』

昭和十八年には、空母戦は起きなかった。なのに日本は、この「い」号作戦と、十一月の「ろ」号作戦で、貴重な母艦航空兵力を陸上で消耗させてしまった。背に腹はかえられなかった、といえばそれまでだが。

白菊特攻を指揮する

田中さんたち海兵六七期生は、昭和十八年六月一日付で海軍大尉に進級した。その少しまえ、田中さんはおよそ一年半におよぶ長い空母勤務から去り、久しぶりに内地暮らしをすることになった。大井航空隊での教官生活だ。が、そこは半年ほどで、十二月、徳島海軍航空隊へ転任を命じられた。大井空もそうだったが、徳島空は偵察教育の練習航空隊である。

氏は飛行予備学生第一三期、つづいて一四期の教育を担当した。翌々二十年一月には、飛行隊長に昇格する。一三期は卒業し、やがて一四期の卒業も迫ってきた。

田中大尉の徳島空着任当初は、九〇式機上作業練習機が使われていたが、十九年二月ごろから、「白菊」機作練がお目見えした。

この飛行機は、天風二一型発動機（五一五馬力）を搭載し、速力は巡航九五ノット、最高一二三ノット、巡航速力は九〇機作練より速かった。航続距離三四六マイル、乗員数五名、中翼単葉で機内はゆったりして安定性がよく、偵察員の機上作業教育にはうってつけの機だった。兵装は七・七ミリ機銃一、三〇キロ爆弾二発が標準だが、ことわるまでもなく、実戦向きには造られていない。

しかし、急速に悪化した戦局は、こんなか弱い「白菊」など練習機にまで、特攻戦参加を要求しだした。

昭和二十年三月、練習航空隊にたいして搭乗員の養成を中止し、大部分の隊員と飛行機で特別攻撃隊編成の命が下ったのである。徳島空は第一二航空戦隊に属し、第一線部隊・第五航空艦隊に編入された。

『わたしたちは、飛行機搭乗員として命を惜しむものではない。が、生あるかぎり何回も攻撃に出て戦果をあげる。これが正道でしょう。ふたたび還らない決意で出撃することは、覚悟としては是とされようが、実際に常道戦法として大規模に特攻を実施するのはいかがなものか。わたしたちは悲憤の思いで議論を重ねました。けれど、戦局はもう議論を許さなかったのです。

現状では少数の飛行機で膨大な敵にあたらざるを得ないので、九〇パーセント、死を覚悟しなければならない。しかも、戦果は期待できない。だとすれば、たとえ一〇〇パーセントの死でも、大きな戦果をあげることができるなら、特攻もやむをえないのではないか、こういう消極的受け入れ方が多くなったのです。

しかし、なかには、わたしの三期上の美濃部さん（正少佐・海兵六四期）のように、うちの部隊からは特攻隊は絶対に出さないと頑張り抜いた人もいました。これはこれで、立派な考え方、行為だったと思います』

かくて、「白菊」特攻隊は編成された。乗員は操縦員、偵察員の二名とし、二五〇キロ爆弾二発を搭載する。本来、低速の練習機なので、とても昼間強襲攻撃は無理だ。夜間、それも、月の明るい時期に実施することとした。

戦場は沖縄、作戦名は「菊水作戦」である。

『第五航空艦隊は宇垣纒中将が司令長官でした。編制はわれわれ徳島空の所属する一二航戦と、三二航戦、これは艦攻、艦爆の実用機部隊、それから零戦と紫電改の七二航戦、ほかに直属の彩雲偵察機部隊を持っていました。

敵の艦隊にたいしては三二航戦と七二航戦が攻撃し、輸送船とか上陸用舟艇の攻撃を一二航戦が実施する計画になっていたのです。一二航戦は、徳島空のような練習航空隊と水偵隊で編成されていました。「白菊」と中練、水偵の三種で、どれも低速だったため、こういう戦法をとったわけです』

「白菊特攻隊」は、同じ偵察教育航空隊の高知海軍航空隊でも編成されたので、田中飛行隊長たちの隊は「徳島空白菊隊」と名づけられた。だが、じつは、田中隊長は五月十日付で、大井空飛行隊長に転補されていた。

その直後、五月二十二日、徳島空白菊隊に串良進出命令が下った。後任の徳島空飛行隊長は発令早々で、白菊隊の指揮に慣れていない。そこで、田中大尉に一二航戦司令部付の特別命令が出された。

結果、大井空の飛行隊長が徳島空白菊隊を指揮するという、戦争末期ならではの変則的な作戦指導が行なわれたのである。

五月二十四日、第一回の出撃が行なわれた。そして、五月のうちに三回、六月に入って二回、徳島空白菊隊は出撃する。

低速機に精一杯の爆弾を搭載し、月明の夜を単機にわかれ、沖縄の空へ飛んでいった。しかし、天候に災いされたり故障不時着機が多く、大きな戦果をあげたと推測されるものの定かではない。都合五回で攻撃は打ちきられ、その戦死者は徳島空が五六名、高知空五二名であった。

白菊特攻が終止符を打って一と月ほどした七月二十三日、突然、田中飛行隊長は第一二航空戦隊参謀に転補された。

しかし、それからわずか三週間後にわが国は敗北、終戦である。

『「降伏なんか絶対するものか、徹底抗戦だ」とわたしたち若い参謀はいきり立ちました。けれど一方、「これ以上、非戦闘員を殺すわけにはいかない。国民あっての国家だ。降伏もやむを得ない」と主張する、中年参謀の良識派もいました。

十二日に、海軍大臣、軍令部総長の連名で、「政府は連合国に対し和平交渉を開始した。

世論にまどわず統制を保ち、国家の方針に合致するよう」との極秘訓示電報がとどいたのです。

そして、宮中での御前会議の模様などの情報もつぎつぎと、もたらされてきました。ようやく、終戦にたいする陛下の固い御決意が感じとられるようになったわけですね。わたしたち硬派も、しだいに鳴りをひそめていきました』

〈軍歴〉大正八年三月十九日、新潟県に生まれる。昭和十四年七月、海軍兵学校卒業、六七期。「磐手」乗組。同十二月、霞ヶ浦海軍航空隊付をへて昭和十五年一月、「愛宕」乗組。同五月、任海軍少尉。同十一月、海軍練習航空隊第三五期飛行学生。昭和十六年十月、任海軍中尉。同十一月、岩国海軍航空隊付兼教官。同十二月、「瑞鳳」乗組。昭和十七年七月、「瑞鳳」分隊長。同十一月、「飛鷹」分隊長。鹿屋海軍航空隊付。昭和十八年一月、「瑞鶴」分隊長。同六月、任海軍大尉。大井海軍航空隊付兼教官。同七月、大井海軍航空隊教官兼分隊長。昭和十九年一月、徳島海軍航空隊分隊長兼教官。昭和二十年一月、徳島海軍航空隊飛行隊長兼分隊長教官。同五月、大井海軍航空隊飛行隊長。同六月、第一二航空戦隊司令部付。同七月、第一二航空戦隊参謀。

過誤の真相

――元山空分隊長・二階堂麓夫少佐の証言

大陸での「一〇二号作戦」

『わたしのクラス（海兵六三期）からは、三〇人ちかくが飛行学生に行きまして、そのうち中攻に関わった人間は九名でしたが、わし一人が死におくれてしもうとるのです』

二階堂麓夫（ろくお）・元海軍少佐は、戦地に出征していた若いじぶん、鼻下と顎に豪壮な髭を貯えた武人だったと仄聞していた。それで、お会いするまでは、年を召したとはいえ、どんなイカツイ人物かと思っていた。が、案に相違して小柄で温和な、話しぶりもきわめて静かに淡々と話される方であった。

三〇期飛行学生二七名の一人として卒業した二階堂少尉は、最初、館山航空隊へ配属されて艦攻操縦の訓練をうけた。

――そのあと、中攻へ移られたわけですね？

『いえ、わたしらの頃は、中攻へは、母艦を終わってからでないとダメということで、いったん海上へ出たのです』

一年半ほどの館空生活がすむと、昭和十四年の暮れ、空母「赤城」に転勤したのである。十五年度艦隊の航空戦訓練は激しかった。二階堂中尉たちは、雨のなかでも夜間着艦を実施して練度を向上させた。雷撃の命中率も非常な好成績を示し、山本五十六連合艦隊司令長官が真珠湾空襲を着想したのは、この年あたりだったといわれている。

『十五年八月、艦隊の戦技もなにもぜんぶ終わってから、木更津航空隊勤務を命じられました。一ヵ月ぐらいここで、中攻の機体に慣れまして、それから「元山航空隊付」に発令されたのです。あの当時はまだ、元山空は完全に出来あがっていませんでね、十六年の春まで、倉庫に寝とまりしたものでした』

元山航空隊が開隊されたのは昭和十五年十一月十五日だった。施設の造成なども、現地の住民が石を一つずつ頭に載せて運ぶ方式なので、遅々としていたらしい。また、この十一月十五日は、二階堂さんが海軍大尉に進級した日でもあった。

しかし、長びく日華事変の解決をめざす海軍当局は、建設途上の元山空にも出陣を要請した。やはり新設されたばかりだった美幌航空隊とともに、第一一航空艦隊第二二航空戦隊の一部隊として中国大陸へ渡った。少尉のとき、敷設艦「沖島」の乗組で事変に従軍したことはあったが、飛行機乗りとしての二階堂大尉にとっては初陣であった。

『昭和十六年四月十日に支那方面艦隊長官の指揮下にはいりまして、漢口へ出動したわけです。月末から、毎日のように重慶やその周辺に攻撃をかけました。さらに北方の蘭州とか天水とかも間にはさんで空襲しておりますが、蘭州へは脚がとどきませんから、運城を中継基地につかって爆撃しました。

わたしの初めての攻撃から間もなくのとき、こんなことがありました。九六式陸攻では操縦席のわきのところにフックを仮設して、七・七ミリ機銃を射てるようにしてあったんです。正・副操縦員のそば、つまり左右両側にあって、戦闘がどちらで起きてもいいようにですね。発射すると、ゼンマイ仕掛けで次の弾丸が射てるようになっておりました。

「警戒」の令が出たら、操縦員はゼンマイを巻いて、いつでも射撃できるように用意しとかにゃいかんのです。ところが、わしは今日もその必要はなかろうと思って巻いておかなかった。そしたら、その日に限って敵の戦闘機が上がってきよったんです。わたしが射とうとしないのを、同乗していた飛行隊長が見かねたのでしょう、自分で射とうとされた。しかし、ゼンマイが巻いてないから動かない。あとで隊長から叱られましてね。

負傷者が二、三人出たけれど、幸い撃墜されたとかの重大な被害はありませんでした。逆に敵機を数機おとしましたが、それを敵は、日本機を撃墜したと宣伝しておりました』

二階堂大尉はまだ分隊士だったが、空中では爆撃隊中隊長としての出陣であった。元山空の当時の主要幹部は、司令が伊沢石之介大佐（海兵四三期）という大正時代からのふるい飛行士官、飛行長は浅田昌彦中佐（海兵五二期）、そして飛行隊長が余暇には絵筆を握る芸術家の中西二一少佐（海兵五七期）……の陣容だった。

七月下旬、元山、美幌の二三航戦のほか一一航艦の主力が漢口に集結し、日華事変勃発いらい最大規模の攻撃を重慶その他に加えることになった。計五コ航空隊、うち中攻隊は常用一三五機をかぞえる精鋭が、八月末までの一ヵ月間、短期集中、連続攻撃を実施したのだ。「一〇二号作戦」と呼ばれた大空襲である。

『陸上爆撃っていうのは、フネを沈めるのと違って、はっきり効果のわからんことが多いものなんです。主として、飛行機、飛行場を狙うのですが、照準したところに爆弾が落ちないで、ちょっとそれ、弾薬の集積所に当たったりして、かえって大きな損害を与えることもありました。けれど、そういうときは、わたしたちの手柄にはならない。「なぜ、命令したところを爆撃しなかったか」と、反対に叱られる種になってしまうのです。

〝特爆〟といいましてね、水平爆撃の照準手を特別に養成する課程（下士官対象の〝特修科飛行術練習生爆撃専修〟）を卒業した偵察員が元山空にも配員されて、その技量を非常に重視しました。

八幡大菩薩の幟を持つ、神雷部隊飛行隊長当時の二階堂少佐。

それで、蔣介石の住居を爆撃する作戦がきまり、飛行長がビール二ダースの賞品を出して、三コ分隊で競争したことがあります。爆撃が終わって帰ってきたとき、効果はよう分からんので、わたしは別に大げさな報告はしませんでした。ところが写真を現像した結果、飛行長に、「二階堂、お前のとこが当たっているよ」と言われて、ビールを貰いました』

作戦中、高雄航空隊は一式陸攻と零戦の合同編隊で成都を黎明空襲した。中国空軍側は、戦闘機が夜間進攻してくるとはまったく考えなかったのであろう、戦闘機を上げて邀撃してきた。地上にも十数機が残っており、精練なわが零戦隊はこれらを捕捉し、二〇機あまりを撃墜破した。

こうして、徹底的に戦略目標に爆弾を浴びせ、銃撃を加えたのだが、蔣政権打倒の目的は達成できないままに、日米間の空気はますます急迫を告げてきた。九月初め、全中攻隊は大陸から引き揚げ、艦上機隊も、中旬、内地に帰還してあらたな戦いの準備に入った。一〇二号作戦は日華事変中、最大にして最後の作戦となった。

マレー沖海戦のある真相

太平洋戦争開戦！　すでに一旦緩急にそなえ、元山航空隊は仏印サイゴン基地へ進出していた。そして、元山空の際会した一大戦闘が、ハワイ空襲とならんで有名な「マレー沖海戦」だった。昭和十六年十二月十日の出来事である。

『十月終わりごろをメドに、南方へ出たわけです。人も入れかわって、わたしも分隊長に昇格していました。司令は前田孝成中佐（海兵四七期、のち大佐）、飛行長は薗川亀郎少佐（海兵五二期）、飛行隊長は前のまま中西さんです。九六陸攻、常用、補用あわせて四八機の部隊になっておりました。となりの鹿屋空は一式陸攻です』

——戦艦か飛行機か、分岐点に位置する重要な海戦でしたが、元山は雷撃と爆撃両方をやられたのですか？

『そうです。雷撃が二コ中隊、爆撃一コ中隊、ほかに牧野さん（滋次大尉、海兵六一期）の分隊が索敵の番にあたっておりました。

当時、海軍の常識としては、操縦分隊長（分隊長が操縦者であるということ）の中隊が雷撃にあたることになっておった。だから当然、わたしの中隊は魚雷でいくと思い、そのつもりでいました。ところが、雷撃は偵察分隊長の方にまわされ、中西隊長はその石原分隊長（薫大尉、神戸高等商船出身）の機に乗って出撃されることになったのです。

なんで、わたしの中隊が爆撃になったのかというと、薗川さんは爆撃手（照準手）の技量やら性格をみなよく知っているんですよ。元山空へきた数人の〝特練〟出身偵察員のうち、わたしの分隊の宮越清治一飛曹がいちばん腕がいい、それで、ああいう攻撃隊編制になったんだと思います』

十二月十日夜半、「伊五八潜」は英国戦艦部隊を発見し、魚雷を発射した。だが命中しなかったので、午前三時四十一分、不命中の報告とともに「敵ハ地点フモロ四五ヲ針路一八〇度、速力二二ノットデ逃走中」との無電を発した。〝フモロ四五〟とは、北緯五度一〇分、東経一〇五度一〇分の地点を示す規約符号だった。クワンタンの東北東およそ一二〇マイルだ。〇四四一（午前四時四十一分）、この電報を受けとった近藤信竹第二艦隊司令長官は、ただちに麾下の航空部隊、潜水部隊に極力これを捕捉撃滅せよと命ずる。

仏印基地では、この電命を午前六時に受信した。勇躍した元山空では、牧野中隊の索敵機九機が〇六二五にサイゴン飛行場を発進し、中西少佐以下の雷装石原中隊八機、高井（貞夫大尉、海兵六五期）中隊九機、そして爆装の二階堂中隊九機が〇七五五に出撃した。

『当時、わたしどもの最大関心事は、敵にシンガポールへ入られたら大変だということで、各隊期せずして、シンガポールに向かったのでした』

攻撃隊の機首は、ほぼシンガポール方向に向いている。二二航戦司令部では、諸情報から〇六〇〇の敵戦艦の位置を、サイゴンの一九〇度四二〇マイル、針路を一八〇度、速力二〇ノットと判断し、午前九時半、その旨を索敵機に打電した。攻撃隊もこの電報をうけて、これは新たな確認情報であろうと考え、一〇一五、南へ変針して英艦隊のいるであろう推定位置へ向首した。

だが、じつは「伊五八」に発見されてしばらくしてから、英艦隊はクワンタン方向へ変針していた。したがって、英艦隊はこちらの予想針路よりずっと西を走っていることになる。牧野索敵隊のなかで、三番線を飛ぶ帆足正音予備少尉機（七期飛行予備学生）が敵艦隊を発見したのは、午前十一時四十五分だった。小躍りした彼は、すぐさま「敵主力見ユ、北緯四度、東経一〇三度五五分、針路六〇度」と第一報を発信した。

攻撃隊はサイゴンの一九二度、約五〇〇マイルの地点に達したとき、下方に南西へはしっている一隻の敵艦を発見した。アナンバス諸島の南方海面、時刻は一一四三だった。警戒が下令された。帆足機からの電報を攻撃隊が受信したのは、そのすぐあと、正午である。このとき、さきの司令部からの電報を正しいものと信じていた二階堂中隊に、不運な錯誤が生じた。英主力艦では、と考えたのだ。だが、この艦は、燃料不足のためシンガポール帰投を命ぜられ、単艦分離して行動中の駆逐艦「テネドス」だった。

『ここで、わたしのところがえらい失敗をしてしまいました。その理由は今まで一回も言うたことないんですが、今日はお話してみましょう。

敵艦発見で〝警戒〟がかけられ、機内がゴチャゴチャしとったときに、帆足機からの敵情がちょうど入ったらしいんですな。しかも、その電報がわるいことに、暗号文を作成するとき間違ったらしいのです。翻訳するときに使う表で、作ってしまった。だから、その通りにこちらで暗号書を引くと、「敵主力見ユ」まではいいんだけど、その次にくる〝位置〟がクアラルンプールの方に出てしまうんです。

しかし、電信員は雑用も多く忙しいから、こういう誤りは時として起こり得る。仕方がないんだが、うちの小隊長であるI飛曹長が受けとったこの電報を握りつぶしてしまった。あとで聞いたら、「翻訳してみると、敵戦艦の位置がマレー半島の陸上に出てしまうので、これは、偽電報ではないか」と思ったと言うとるのです。

帰途についてから、はじめて、そういう電報の入ったことをわたしに言いました。わたしは主操縦席で操縦桿を握っておったんだから、そばへ来て「分隊長、こんな妙な電報が来ておりますが、どうされますか？」と一言相談して欲しかった。

その二、三日前、哨戒飛行に出たとき、たまたまわたしは暗号書を持ってこいといって、内容を見たことがあるのです。そしたら、作成するときに使う頁と翻訳のときの頁が左右見ひらきにならんでいて、非常に間違いを起こしやすい。こりゃ注意せにゃいかんな、と思っておったから、あのときすぐI飛曹長から相談があれば、暗号書を持ってこさせて誤りが発見でき、正確な位置が出せたはずなんです』

駆逐艦爆撃で命中弾を得ず

発見電は、発信側で間違った暗号の組み方をしていたが、電報そのものはノーマルな手続きで打たれていた。だから、受信した側で適切に判断して処理すれば、こういうミスは起こらなかったはずだと二階堂さんは言う。

帆足機の第一報を、うまく了解できない攻撃隊はほかにもあった。

『それで、帆足機と攻撃隊との間でワンワン電報のやりとりがはじまりました。とうとうサイゴン基地におった薗川さんが乗り出し、今から実際の敵位置を暗号に組まないで打つからと、各攻撃隊に平文（ひらぶん）で電報を発信したんです』

当日、元山空司令の前田中佐は、基地任務を薗川飛行長にゆだね、みずからは二階堂中隊第二小隊長機に搭乗して、督励と観戦を兼ねて出撃していたのだ。

他の攻撃隊の多くは、この平文の発見電にしたがって英主力をめざし進撃していった。だが、第一電の入ったことを知らない二階堂中隊長は、雲の間に見えかくれする敵艦を戦艦と考えた。当時、このあたりの天候はあまり良好でなく、高度三〇〇〇メートルの一面に雲がひろがり、その下、五〇〇くらいの高度には積乱雲が点々と浮いていて見にくかった。

それでもなお、二階堂大尉は戦艦が一隻の護衛艦も連れていないことに不審をいだいた。が、これまで入ってきている情報によれば、敵主力はこの辺にいるはずだ。攻撃隊指揮官は中西少佐だが、現場での実際指揮は各中隊長にまかされている。

『爆撃隊は早く敵艦上空へいって、敵の弾丸を吸収してやらないと雷撃の連中が苦労する。そういう考えもありました』

一抹の迷いを残しながらも、二階堂大尉は眼下の敵攻撃を決意した。

『爆撃手はもうエライ張りきりようでね、照準しはじめました。電報が入ったのはその頃のはずなんですけど、I飛曹長がわたしに届けなかったのは、爆撃手の見幕に圧倒されたということもあるでしょう』と小隊長をかばう。

中隊は爆撃針路に入っていった。爆撃高度は三〇〇〇メートル。「テネドス」もこれに気づき、激しく高角砲、機銃を射ちあげてくる。回避しようと急回頭をする。そのため、二階堂大尉は三回もコースに入り直さなければならなかった。ついに爆撃手はチャンスを捉え、投下ボタンを押した。九発の五〇〇キロ爆弾は一斉に機体を離れた。

――で、その駆逐艦に命中したのですか？

『いや、残念ながら当たりませんでした』

「テネドス」は一八七〇トンの小型艦だ。しかも小さい旋回圏を利し、全速三四ノットに近い高速で逃げまわった。これで高空からの水平爆撃の爆弾が命中したら、むしろ当たったほうが不思議だろう。時刻は十二時十四分であった。

元山空の九六陸攻――日華事変では重慶攻撃に活躍したが、やはりマレー沖海戦がハイライト。二階堂少佐も分隊長で参加。

艦型誤認による駆逐艦爆撃のあやまちは、敵主力部隊にとりついた美幌空大平吉郎大尉（海兵六四期）の中隊も犯していた。このような過誤が海戦参加の爆撃四コ中隊のうち二コ中隊で生じたのは、九六式陸攻の構造上の理由と、両中隊とも中隊長が操縦配置だったのが一因だ、との指摘もある。

一式陸攻では機首の部分が偵察席と爆撃席になっていて、見張りをするうえで死角はないが、九六式陸攻の操縦席からは、前下方は見えない。むろん他の搭乗員にも見えない。前下方が見えるのは、胴体下部の窓からのぞく爆撃照準器ただ一つであった。爆撃針路に入ってからは中隊長機の爆撃手が編隊をリードし、操縦中隊長は爆撃手の指示どおり微妙なスティアリングに専念しなければならなくなる。すなわち攻撃の最重要な場面で、敵情観察や目標の確認ができないのだ。九六陸攻では、水平爆撃のさい、高度四〇〇〇メートルで操縦者が目標を見定められるのは、水平距離一万メートル付近までだという（須藤朔『マレー沖海戦』）。

千載一遇の機会に、大魚を目前にして逸したことは二階堂さんにとって、また中隊の搭乗員たちにとって、まことに残念至極であった。しかし、編制上や機体の構造のうえに難点があったにしても、二階堂大尉には本当に目標とした艦が戦艦に見えたのか？

豊田穣氏の『マレー沖海戦』によると、そのとき判断をめぐって二階堂中隊長と爆撃手の間にかなりの激論があったらしい。特練出のそのベテランが、あくまで戦艦だからやりましょうと頑張るので、爆撃に踏みきったもののようだ。一緒に攻撃に出た高井貞夫中隊長は、「その偵察員はのちに昭和十九年春、ヤルート島玉砕のとき戦死したので、二階堂さんが全責任をとって自分の判断だ、ということにしているのではないでしょうか」と語っている。

今回の三時間ちかいインタビューでも、筆者にも、二階堂さんとはそういう人柄のように感じられた。この点について話がおよぶと、『陸上攻撃機は重慶攻撃なんてことばかりやっておったので、こういうことになった。だから本人だけでなく、海軍の教育訓練のあり方も悪かったのです』とだけいわれ、あとは口を閉ざされた。

『ですから、いつもの通り、中西飛行隊長がわたしの機に乗ってきておられれば、ああいう誤りは絶対起きなかったと思います。

「敵主力ヲ爆撃ス」と電報を打って帰途についたのですが、途中で、攻撃隊の無電を傍受して、その後の戦闘の状況がわかってきた。しかし、相手は戦艦だからそんなに簡単には沈まんだろう、もう一度爆弾を積んで出直そう、急げ急げといって帰ってきたんです。開戦までは、飛行機の魚雷なんかでは主力艦は撃沈できないというのが常識でした』

だが、一四〇三（午後二時三分）に「レパルス」が、一四五〇には「プリンス・オブ・ウェールズ」までが大爆発を起こして、あっけなく沈没してしまったのである。

ボルネオのクチンへ進出

マレー沖海戦大勝利の余勢をかって、二二一航戦は本格的な航空撃滅戦を展開しはじめた。サイゴンからシンガポールのカラン、センバワン、セレター、テンガーなどに夜間の反覆攻撃を加えた。やがて年が明け、昭和十七年を迎えた。

『一月の二十日ごろじゃなかったかな（筆者注・二十二日らしい）、夜間爆撃ばかりやっとったのを昼間爆撃にかえたのです。あのときは本当にやられました。今ふりかえってみると、戦争中、わたしにとって最大の激戦だったと思います。

攻撃地点はカラン飛行場でした。爆撃高度は約七〇〇〇メートル。地上砲火は多かったのですが、高かったので、それによる被害はあまり出ませんでした。けれど、護衛についてきた戦闘機の分隊長たちが、「中攻は、あの猛烈な弾幕のなかへ、よくシレッとして入って行きますねぇ」と感心しとったから、はたから見ると物凄かったのでしょう。

しかし、戦闘機に手荒く迎え撃たれましてね、何機も墜とされるし、わたしの機にもバチ当たって怪我人が出ました』

英軍機はスピットファイア、バッファローあわせて十数機だった。味方戦闘機隊はサッと散開し、たちまち組んずほぐれつの格闘戦がくりひろげられた。攻撃機隊もガッチリ距離間隔をつめ、襲いかかってくる敵機に猛射を浴びせる。

『あの攻撃では、指揮官の誘導法にもうまくないところがあったのです。初め、敵サンは後ろの方におったんです。ところが爆撃まえだったので、いつまでも東向きにばかり飛んではいられないというので、帰路にサイゴンへ向かう方向に編隊を旋回させた。そのため、後方にいた敵機が、ちょうどわれわれ攻撃隊の横の位置になってしまったわけですよ。で、チャンスとばかりに突っこまれたのです。

わたしの右側にいた三番機が墜とされ、ほかに被害の大きかったのは、左のいちばん敵に近い位置になった中隊でした。この分隊長のところでは二機やられまして、一機は操縦者が戦死してしまった。それで、偵察員たちが協力して、マレー半島の海岸ちかくに不時着しました。住民たちの手で火葬までしてもらい、一週間ぐらいたってから陸軍部隊に救出され、遺骨を持って帰ってきました。

　ですから、ああいう場合、総指揮官は全般を眺めておって、いま敵戦闘機はうしろのどの方向にいてどちらへ移動している、距離はどのくらいだ。あるいは、右側方にいて近づいてきたから機首を下げて突っこめ。そういう誘導をしてくれたら、被害もずっと少なかったと思うのです』

　二階堂さんの言葉は穏やかだが、批判は厳しかった。

『あとで護衛戦闘機隊から、「今日はすまなかった」と謝まられたんですが、一〇機そこそこの護衛では完全なカバーは無理なのです』

　ボルネオのクチン基地が占領、整備されると、元山空では薗川飛行長を指揮官に、一月三十日、二階堂中隊がまず進出した。だが、滑走路は六〇〇メートルくらいしかなく、しかも湿地なので、飛行機隊の出撃にははなはだ苦労した。が、連日出動してはシンガポールへ向かう敵輸送船団を叩いて、わずかの期間に一〇隻以上を撃沈する戦果をあげた。

『カリマタ海峡、バンカ海峡方面へ毎日のように出撃しました。ある日、輸送船六隻が走っとるのを見つけましてね、爆撃しようとしたら爆撃手が、「病院船の標識がついてますっ」って怒鳴るのです。そこで、「別のを狙えっ」と命じてコースへ入ったら、先頭に駆逐艦がいるじゃないですか。では、輸送船には爆弾半量を使って、残りはこれをやろうと決めました。

それで、輸送船一杯に命中弾を与えてから駆逐艦に向かったのですが、敵弾がバンバン飛んでくるんです。飛行機のまわり、ドンピシャリの高度で爆発しましてね、ついに、あと二、三秒で爆弾投下というところで右舷のエンジンが止まってしまった』
――すると、駆逐艦の爆撃はできなかったわけですか？
『ええ、仕方がないから、燃料も一杯一杯だったので爆弾をすてて帰りました。けれど、輸送船の方は沈めております。それから、その前日にも中型の輸送船を撃沈しました。このときは、六機の編隊でしたかねぇ』

サンゴ海海戦へ参加

第一段作戦が終了すると、元山航空隊は内地へ帰還する予定だった。だが、突然、計画が変更になり、部隊は昭和十七年五月一日、ラバウルへ進出した。機種はいぜん九六式陸攻、ただし三コ分隊編制の常用・補用三六機。石原薫少佐が飛行隊長に昇格して、二階堂さんは先任分隊長となった。進出早々、生起した戦闘が五月七日のサンゴ海海戦である。

その日、目標は、陸攻索敵機が〇七二五（午前七時二十五分）に発見した敵艦隊だった。戦艦二、重巡二、駆逐艦二の計六隻。第四航空隊は雷装を、元山空は爆装を命ぜられ、午前九時に発進した。

『石原さんが元山空の指揮官になって出撃しました。三コ編隊で、わたしは二七機かと思ったけど、各中隊二、三機かけて一八機くらいだったようですね。

われわれが戦場に到着したのは、ちょうど四空の雷撃がほぼ終わろうとしていたときでした。六隻のグループに、そのまま追尾の形で爆撃針路に入りました。ですから、敵の対空砲火は雷撃隊が吸収してくれ、こっちに向いてきたのは爆撃が終わってからなんです。

言い表わしようのないほどの凄い防御砲火でした。うちの元山空は被弾三機ですんだのですが、四空では、一二機中四機が撃墜され、大破三機、被弾が三機も出ています。なにしろ、まわり三〇〇〇メートルくらいの海面は、弾片や機銃弾の弾着で真っ白になっていました』

石原指揮官は、はじめ一番艦をねらって爆撃針路へ入った。だが、雲に邪魔されたため三番艦の巡洋艦に目標を変更する。必死に旋回して雷撃隊の攻撃をかわそうとする敵艦に、二五〇キロと六〇キロ爆弾の網をかぶせた。命中！　艦橋と後部マスト付近に合計三弾、閃光と茶褐色の爆煙が噴き上がった。

四空の生還搭乗員の報告によると、一番艦に一本、二番艦と三番艦に各二本の魚雷が命中し、二番艦「カリフォルニア」型戦艦は撃沈とされている。だが、米側戦史には沈没艦の記録はなく、二階堂さんも撃沈の現場を視認していない。

野中少佐の後任で神雷部隊へ

当初、元山空のラバウル方面作戦は約一ヵ月の予定だった。しかし、それが延長されて、六月の末までポートモレスビー上空の戦場を駆けめぐった。そして、楽しみに待った内地帰還の命が下され、ラバウル基地を後にしたのは七月二日であった。

およそ十ヵ月ぶりの内地だったが、二階堂大尉の身の上に思いがけないことが起きた。部隊は館山、三沢と移動し、休暇をはさんで機材の整備、訓練をしながら、つぎの戦地出動に備えていた。そんなある日、顔を合わせた軍医長に聴診器をあてられ、〝即退隊、入院〟を宣告されてしまったのである。

ふりかえってみると、昭和十四年暮れから三年にちかい艦隊勤務、戦地勤務の連続であった。激務の積みかさねで、若い頑健な身体も気づかぬうちに蝕まれていたのだ。「横須賀鎮守府付」を命じられ、横須賀海軍病院での闘病生活がはじまった。そのころ、秋も深くなった十一月一日、元山空は「第七五五海軍航空隊」と改名され、マーシャル諸島ルオット基地へ進出した。

二階堂さんがようやく病い癒え、勤務可能になったのは十八年十月だった。任地は出水（いずみ）海軍航空隊、職務は飛行長。ここは中間練習機を使用して操縦教育を行なう練習航空隊だった。氏が教育したのは、主に第一三期、一四期の飛行予備学生たちだ。そして、ふたたび実施部隊勤務についたのは、終戦もちかい昭和二十年三月二十一日のことだった。十九年五月一日に海軍少佐に進級しており、赴任先は特設飛行隊の「攻撃第七一一飛行隊」、その飛行隊長としてである。

「K七一一」飛行隊……お分かりだろうか。いわゆる「海軍神雷部隊」に所属する陸攻隊で、二十年三月二十一日、「桜花」を抱いて初出撃したが、飛び立った一式陸攻一八機（うち桜花搭載は一五機）は、野中五郎（海兵六一期）隊長以下全員が戦死した部隊だ。

では「桜花」とは……これは大方が名前ぐらいはご存知であろう。一人乗り飛行機、ただしエンジンもプロペラもないグライダーだ。型式に五、六種類あり、実戦に使われたのは全長六メートル、全幅五メートルの一一型と呼ばれる機体だった。滑空速力は約二五〇ノットだが、敵戦闘機を振りきったり、必要なときは装備した三本の火薬ロケットを噴燃し、三五〇ノットまで増速できる。そして、その機首部には、一・二トンという莫大な量の炸薬が収められていた。戦場上空までは、一式陸攻が母機となって胴体下部に懸吊していき、敵艦の近くで放す。あとは、乗りこんだ乗員が自分の眼と意志で目標を見定め、それに突入するのだ。だから、乗員は脱出できない。すなわち桜花は、一発必中、敵艦轟沈を期する〝人間滑空爆弾〟であった。

あらゆる意味で恐るべき構想の兵器だったが、実用化がはかられ、十九年十月一日に桜花を主用兵器とする「第七二一海軍航空隊」が発足した。またの名を海軍神雷部隊といい、戦後の現在ではこちらの方が通りがよい。

やがて、七二一空の組織化が進捗するにつれ、十一月、桜花隊は四コ分隊編制となった。各分隊とも、分隊長以下五四名の構成だ。さらに十二月に入ると陸攻隊も強化され、足立次郎少佐（海兵六〇期）の攻撃第七〇八飛行隊も神雷部隊の所属となる。母機隊は野中少佐のK七一一と合わせ二コ飛行隊、一式陸攻常用合計五四機の陣容になった。したがって、桜花一機、一機の威力が確実に発揮できるような場面を成功裡に捉え得たならば、その効果は絶大なはずである。

しかし、初陣は前記したように、全滅かつ戦果なしの悲惨な結末におわった。最大の原因は母機と護衛にあった。一式陸攻は図体が大きいうえに、重い桜花を抱えているので動きが鈍い。しかも防御力が劣弱だったため、敵戦闘機にたかられたらひとたまりもなかった。

そこで、七二一空には掩護戦闘機隊として、戦闘第三〇六、第三〇七の二コ飛行隊が配属されていた。だが三月二十一日には、他部隊へも協力を依頼したにかかわらず、集め得た戦闘機はわずか直接掩護三二機、間接掩護二三機にすぎなかった。

さらに進撃途中、不調機が続出し、陸攻隊に随伴していった機は直接、間接掩護あわせても三〇機の少数に減少してしまった。邀撃にあがってきた敵グラマンは、約五〇機だったという。この状態では、歯が立たないのも無理はなかった。

『第一回の桜花攻撃には、最初は、足立さんのとこが陸攻隊として行くはずだったそうです。ところが、宇佐に避退しとったのですが敵の攻撃をうけ、桜花そのものはいたまなかったけれど、母機が傷ついてしまった。それで、かわりにK七一一が出ることになり、隊長以下戦死されたという話です』

すなわち二階堂少佐は、野中五郎少佐（戦死後、大佐）の後任として赴いたわけだった。

『前の年、出水におりましたときにね、夏でしたが、こういう特攻要員の募集の行なわれたことがありました。学生たちを広場にあつめ、飛行長のわたしは、「命令とあれば喜んでいく、という者はこの紙に〇を書いて出すように」と話したことがあるんです。

そしたら、みんな◎です。わたしもむろん◎を書きまして、全部を清書のうえ司令のところへ持って行った。それを見て、「なんだ、飛行長もか」と言われたわけですよ。で、「司令、こちらをご覧下さい。こういう状況で、わたしが◎でなくてどうしますか」と申し上げたことがありました』

という経緯があったそうだ。あるいは、こんないきさつが、二階堂さんのK七一一飛行隊長発令に影響を及ぼすところがあったかもしれない。ただし、これはあくまでも筆者の推測である。

——着任されてからの桜花攻撃はどのように？

『うちの七二一は、五月初旬に二機出撃しただけでした。第一回の攻撃で大きな犠牲を出しておりますから。秋には、アメリカ軍は大挙して本土へ押し寄せてくるだろう、そのときは是が非でも叩かにゃいかん。それまでは錬成の期間とし、鋭気を養っておこう、こういう上層部の考えじゃなかったかと思います。

一方の攻撃七〇八飛行隊は隊長が八木田喜良大尉（海兵六八期）にかわりまして、攻撃をつづけておりました。そして、五月十日ごろにですね、損耗をかさねてきた神雷部隊の兵力を整頓するため、K七二一はK七〇八に統合されました。同時に、前七〇八隊長の足立少佐が七二一空の飛行長となり、わたしは「七二一空付」に発令されて、足立飛行長の補佐の任務についたのです』

結局、第二回以後の桜花攻撃は、主としてK七〇八を母機隊とし、計一〇次にわたって続けられた。戦いに散った桜花はぜんぶで五六機、陸攻は五二機だった。

が、その大きな犠牲にくらべ、あげられた戦果は、米軍の発表によれば駆逐艦一隻沈没、五隻損傷の僅少にすぎないとされている。

『着任後、桜花の実物を目の前にして、首をひねりましたな。鹿屋の飛行場で見ておりますと、あの長い滑走路を一杯一杯に使ってようやく浮上し、ふらふらしながら飛んでいくのです。三〇〇〇メートル、四〇〇〇メートルの高度まで上げろといったって、陸攻にとって容易なことではないんです。

また戦場に到達しても、よっぽど条件がよくて、運がよくなければ戦果をあげることはできません。そういうチャンスを捉えるのはきわめて難しい。何かもっと、考えられんのかと思いました。

当時は、一般の国民の皆さんも、わしら軍人同様に戦争完遂に対して固い決意と覚悟をもっていたから、あれだけに戦えました。しかし敗戦になって、あのような兵器で、あのような戦法で戦わされた実情を知って、国民が怒ったのも無理ないと思います』

〈軍歴〉大正三年四月十七日、福島県に生まれる。昭和十一年三月、海軍兵学校卒業、六三期。「磐手」乗組。同十一月、霞ヶ浦海軍航空隊(操縦適性検査)、「陸奥」乗組。昭和十二年四月、任海軍少尉。同八月、「沖之島」乗組。同十二月、霞ヶ浦海軍航空隊付第三〇期飛行学生。昭和十三年七月、館山海軍航空隊付。同十一月、任海軍中尉。昭和十四年十一月、「赤城」乗組、昭和十五年八月、木更津海軍航空隊付。同十一月、元山海軍航空隊付。任海軍大尉。昭和十六年四月、元山海軍航空隊分隊長。中支、北支作戦。マレー、ボルネオ、インドネシア、ニューギニア作戦等に参加。昭和十七年八月、横須賀鎮守府付(病気のため入院加療)。昭和十八年九月、出水海軍航空隊飛行長兼教官。昭和十九年五月、任海軍少佐。昭和二十年三月、朝鮮の光州飛行場へ移駐。同三月、攻撃第七一一飛行隊長(鹿屋、小松基地)。同五月、第七二一海軍航空隊本部付(小松基地)で終戦。

獅子奮迅

——戦闘三一〇飛行隊長・香取穎男大尉の証言

〝母艦要員〟へ

海軍兵学校七〇期生は、あたかも太平洋戦争に間にあわせるために誕生させ、育まれてきたようなクラスである。それまでの海兵生徒は毎年四月に入校するのが常だったが、この期では例年より早められ、昭和十三年十二月一日に入校式が行なわれた。そして、卒業が三年後の十六年十一月十五日、まさに開戦約三週間まえだったのだ。ふつうなら翌年三月のはずだが、戦争にそなえてとられた措置だった。

『だから、ハワイ攻撃へ行った連中なんか、江田島を卒業するとすぐに列車で関東へ向かい、艦隊に配乗されたんです。それも、十六日の夜明け前に横須賀へ着き、ヒトカップ湾へ向かって航行している戦艦「比叡」を野島崎沖でつかまえ、暗い荒れる洋上でランチから飛び移って出撃して行ったんですよ』

こう語る香取穎男（ひでお）・元海軍大尉も七〇期生の一人だが、まことに彼ら四三二名の動きは慌しかった。かつて実施されていた練習艦隊による遠洋航海など夢のまた夢であり、少尉候補生らしい何の実習・訓練もないまま、実戦艦隊に配乗されていった。

『わたしは七戦隊の重巡「最上」乗組となりました。十六年十一月二十日に内地を出港して、二十六日には海南島三亜に入り、十二月四日にはコタバル上陸の船団を連れて錨を揚げたんだから、ほとんど息つくひまなしです。

開戦後は南遣艦隊でシンガポール攻略やジャワ攻略戦に参加し、あと、インド洋作戦を終わって内地へ帰ってきた。こうして半年ばかり船乗り生活をやり、少尉任官のその日、十七年六月一日から第三八期飛行学生として、霞ヶ浦で翌十八年二月まで〝赤トンボ〟の練習機操縦教育をうけたわけです』

香取さんは兵学校時代に将来の希望を調査されたとき、航空職域に入ることを〝超々白熱的大熱望〟として申し出たのだそうだ。飛行学生採用は大いに満足するところだった。

霞空での練習機教育を終えると、大分航空隊でさらに半年間、戦闘機搭乗員の訓練にしたがった。香取さんはさして大きい方ではないが、キビキビとした言動はいまだに俊敏そのもの、ファイター・パイロットとして打ってつけと見込まれたのだろう。

学生卒業は昭和十八年の九月十五日であった。すでにガダルカナルは敵手に落ち、山本連合艦隊司令長官戦死、アッツ島を失い、ソロモン諸島を米軍はひた押しに北上しつつある時期であった。戦況はいささかわが方に不利だった。とはいえ、まだ中盤戦である。その年六月一日に進級していた香取中尉たち意気軒昂の青年飛行士官は、ただちに前線へ飛び立つ身構えをした。だが……。

『大きな流れとして、われわれは基地航空隊へいく者と、母艦に乗る者との二た手に分けられました。ご承知のように昭和十八年七月一日に第一航空艦隊が編成され、陸上航空隊へいく連中はほとんどこの一航艦各部隊に配置されることになります。

わたしたちの一号生徒、兵学校六七期生の戦闘機乗りは、飛行学生卒業と同時にラバウルなどの最前線に出された。しかし、経験、技量が不足だったものだから、たちまち大きな犠牲を出してしまった。それで、これではいかんというので厚木基地へ集められ、九月から十一月まで編隊訓練とか空戦、射撃など、実戦に即した特訓を二ヵ月間うけて、それから一航艦の各航空隊へ配属されていったんです。

もう一つの流れの空母部隊。

十八年の末に、第一航空戦隊飛行機隊が岩国基地へ集められた。けれど、燃料がもう内地には不足してきたのでね、シンガポールへ進出してそこで錬成に入ったのです。

昭和19年12月、松山基地の601空分隊長当時の香取穎男大尉。

第二航空戦隊はというと、そのころラバウルにいたんだけど激戦で兵力を失い、トラックへ引き揚げてきた。そして、再建のためトラックはじめ大空襲のまえに、飛行機だけ置いて三月はじめ内地へ帰ってきたんです。これらの隊員を基幹員にして、岩国基地をベースに急速訓練を開始しました。そんなわけで、二航戦は再編もおくれ、シンガポールへは行かれなかった。

わたしら十八年九月卒業組のうち、母艦に乗ることを予定された者は、九州の築城（現在航空自衛隊が使用している）へ行って、着艦訓練などを始めました。けど僕は、残念ながらどちらへも入れられず、大分空の教官に残されちゃった』

しかし、髀肉の嘆をかこつのも、わずかの期間であった。次の三九期飛行学生を教育し、昭和十九年一月に卒業させると築城基地へ移り、大急ぎで着艦訓練に入った。

香取中尉はこれで〝母艦要員〟になったわけだが、まもなく二月に、第二航空戦隊付に発令される。さらに、二航戦飛行機隊は翌三月十日に、「第六五二海軍航空隊」に改編された。

マリアナ沖「大鳳」艦上での強運

戦争三年目に入った昭和十九年、久しく生起していなかった、日米両国艦隊の激突する日が近づいてきた。

その年五月一日に進級した香取穎男海軍大尉も、この戦闘に参加することになる。いわゆる「マリアナ沖海戦」への出動だったが、飛行機乗りとしては、香取さんの初陣でもあった。香取六五二空分隊長出撃時の乗艦は、二航戦の空母「飛鷹」に指定された。二二歳の若い張りきった零戦分隊長であり、空中では八機からなる編隊の中隊長だ。

戦局は急速に動く。五月三日、「あ」号作戦の開始発令。

一路、サイパンを目指して東進したわが小沢艦隊は、六月十八日払暁から索敵をはじめた。午後、空母六隻をふくむ米機動部隊三群を発見したが、遠距離のため戦闘は翌日に持ちこされた。十九日は、黎明索敵で四群の機動部隊を見つけ、〇七三〇（午前七時半）から〇八三

○のあいだに、まず三航戦、一航戦、二航戦の第一次攻撃隊が各母艦の甲板を飛び立った。
『僕も、二航戦の一次攻撃隊として「飛鷹」を発艦した。はじめは一航戦がねらった目標の「七イ」に進撃したんだが、途中で「三リ」に目標を変換せよという電報が入ったんです。これは誘導機の天山が受けたんだけど、「七イ」地点から南へ八〇マイルのところに新しく敵が発見されたということですな。しかし、それは偵察機の発見位置プロットの誤りだった』

むろん、それはあとで分かったことだが、機動部隊のいるはずがない。

『結局わたしたちは敵にとりつけなかった。三八〇マイルの進撃で燃料ぎりぎりのところだったので長居はできず、反転したわけです。ところが、誘導機の天山が変な運動をして見えなくなっちまった。さぁ大変ですよ。単座機で四〇〇マイルちかくも飛んで、洋上の一点の母艦まで帰らなきゃならないんですからね。しかも、四機の列機を連れているから責任がある。彼らは一心にリーダー機についてきている。

でも僕は、自分で考案した航法図板を持っていたので、およその味方位置の見当はつけられた。それに、クルシー（方向探知器）で「大鳳」の長波をつかまえることができたので、これは誤差は大きいけど、かなり役に立った。

航法はまあ大丈夫と、なかばホッとしながら飛んでいると、味方の方に向かって海面を這っていく飛行機が一機いるんです。てっきり、こいつは敵の索敵機だと思ってね。ならばひとつ食ってやろうと、わたしは突っこんでいった。そしたら、向こうはさかんに翼をふるんですよ。「この野郎、だまされるかっ」と接近したら、なんと日の丸がついているじゃないですか。天山でした。搭乗員の左腕には少佐のマークがついている。

黎明時に一航戦から索敵に出た、偵察隊長深川少佐（海兵六四期）だったわけ。では、この飛行機について行けば安心、と飛びつづけた。やがて、水平線の向こうに真っ黒な煙の上がっているのが見えた。これは味方部隊が飛行機にその位置を知らせるため出している煤煙幕で、ならば敵の空襲をうけていないと思ってさらに近づくと、煙の下に火も見える。魚雷三本をくって大火災を起こしている「翔鶴」だったんです。

天山は「大鳳」に向かいました。そのときすでに、「大鳳」には魚雷が一発命中していたんだけど、二四ノットの高速で白波をけたてて走っておった。で、わたしたちも天山につづいて「大鳳」へ降りた。もう、燃料がありませんでしたからね。それに〝不沈空母・大鳳〟に着艦すれば、これは大丈夫と内心思った』（笑い）

ところが、大丈夫ではなかったのである。魚雷命中により、亀裂の入ったタンクから洩れ出した航空燃料のガスが艦内に充満し、それに引火して大爆発を起こしてしまった。午後二時ごろだったという。

『わたしは艦橋へ上がって、そこにいた六〇一空の司令（「大鳳」飛行長）に戦況報告をしようとした。この人は支那事変のとき、中攻の渡洋爆撃などで鳴らした有名な入佐俊家中佐（海兵五二期）です。

そのときだった。ドーンと物凄い大爆発が起きた。目の前が真っ赤になって、あとは分からない。叩きつけられて、おそらく五分か十分は気を失っていたのでしょう。入佐さんはこのとき戦死された。

なのに、なぜ僕が助かったかというと、飛行服のままで、カポックのギッシリ詰まった救命衫(ライフジャケット)をつけとったためなんですな。「大鳳」を退去して、三時間くらい泳いで駆逐艦に救助されたんだけど、拾われてから調べてみたら、ライフジャケットの背中がズタズタに裂けておった。このお陰で、大爆発の爆圧をそぐことになったのでしょう』

十九日、わが艦隊は日本海海戦大勝の再現を夢み、総力をあげて敵艦隊に攻撃をかけた。が、期待に反し、いちじるしい不成功に終わってしまった。あまつさえ、旗艦「大鳳」と「翔鶴」が潜水艦の雷撃で撃沈されて大混乱におちいり、一航戦では二次攻撃隊も出せない始末であった。

初陣で〝二機撃墜〟の戦果

十九日は、敵機の来襲はなかった。その夜のうちに、あちこちの艦に救助、収容されていた搭乗員は「瑞鶴」に集合させられた。小沢中将は残存兵力を整頓し、攻撃の再興をはかろうとしたのだ。

『「瑞鶴」に移乗したわたしは、翌二十日の朝、第一直の上空直衛に上がった。この時は、まだ敵の来襲はなかった。日本艦隊の位置をつかんだ米機動部隊が攻撃隊を送りこんできたのは、午後五時半すぎだったですかな。雷爆同時攻撃でした。

僕も邀撃に飛び上がった。敵は最初、いちばん手近なところに取り残されていた補給部隊に襲いかかってきた。鈍速、鈍重な油槽船(タンカー)のことだから、たまったものじゃない。たちまち二隻がやられてしまった。

わたしが敵機を発見したのは、ちょうどこのときです。来たなと思ったら、艦攻隊は味方に向かって降下し、まわりこみ始める。急降下爆撃隊も順次列をといて爆撃隊形をつくりだした。僕のほうが一〇〇〇メートルぐらい上だったでしょう。そして、その上にグラマンが待ちかまえている。けれど、グラマンなんかにかまっていられない。僕の頭にあったのは、艦爆にしてやられたあのミッドウェーの苦い戦訓だけでした。こいつを成功させてはならない。

「瑞鶴」から上がったんだけど、一航戦の所属じゃないから列機は二機だけ。艦爆隊が急降下を開始しようとしたとき、味方艦隊も防御砲火を射ちあげはじめた。高角砲を空が真っ黒になるほどね。目の前で、バンバン味方の弾丸が炸裂するってのは、日本海軍の高角砲は当たらないとは思っても気持の悪いものですよ。その弾幕を突っきって艦爆隊へ突進した。墜とせなくてもよい、とにかく爆撃の照準を狂わせればいいんだから。

先頭の一番機が降爆に入った。上からまわりこんでる余裕はないので、横からドドドッと二〇ミリをぶっ放した。敵はSB2C、発射したとたん、グラリと揺れたからね、一発か二発は当たったと思う。おそらくあの艦爆の爆弾は命中しなかったのではなかろうか、急降下爆撃というのは非常に微妙ですからね。そんな攻撃をさらに二回やった。

もうだいぶ暗くなっていたが、ちょうど、三座の雷撃機TBFが魚雷発射を終わって、ヤレヤレとほっとしたようなようすで低空を飛んでいるところへぶつかった。これは出会いがしらといった状況でした。TBFも前方銃を持っているから、機首(あたま)を上げて反撃しようとした。しかし、わたしはすかさず後方へまわりこんで食いついたんです。けれど、追いつめられて操縦を誤ったんでしょうな、海中へ水しぶきをあげて落ちてしまった。何発か機銃弾が命中したようだ。二〇ミリなら当たれば分かります。翼なんかだと、大きな穴がボコッとあくのがよく見えます。

そのあと、こんどはF6Fにぶつかった。かなり暗かったから、敵サンも気がつかなかったんですね、スーッと前へ出てきたんですよ。針路が交差したので、ババババッと射ったら、もんどりうって海へ突っこんじゃった。これは命中確実、あれよあれよという間の出来事でした』

香取大尉は、初陣にして二機撃墜の戦果をあげた。SB2Cの方は、〝効果あり〟といったところであろうか。

そんな激撃戦闘機隊の奮闘にもかかわらず、わが艦隊はダメージをこうむっていった。激撃にあがった戦闘機は約四〇機、これにたいし、来襲した敵機はおよそ二二〇機（うち戦闘機八五機）だ。これでは善戦のおよばなかったのも無理はなかった。

『気がつくと、「瑞鶴」が飛行甲板に命中弾をうけて火災を起こしている。それでもどんどん走っていました。だから、僕は「瑞鶴」から発艦したのだけど、ここへは帰れない。では二航戦はと見ると、「隼鷹」型が一隻爆撃され、やはり燃えながら走っていた。もう一隻の同型艦も、上部に被害はないが傾いて徐行している。その上へ行ってみた。そしたら、「飛鷹」の符号が甲板に書いてある。「あっ、こりゃ俺のフネだ」と思ったんだが、雷撃機の魚雷にやられたんですな。

そのわきを見たら、「龍鳳」が健全な姿で走っておった。こちらは艦も小さいし、艦長の操艦も上手だったんでしょうね。で、「龍鳳」へ降りることに決めたんだけど、あたりは真っ暗です。

二機、誘導コースを回っていた。僕は分隊長だったので余裕のあるところを示し、その二機を先に降ろしてから着艦しようと考えた。ところが、僕の前に降りようとした機が失敗したため、飛行甲板のライトが消えちまった。着艦不能だ。その機は艦橋わきのバリヤーに突っこみ、そのまま整備分隊長たちをハネ飛ばし、自分も海中に落ちてしずんでしまった。まあ、この話はあとで聞いたんだけども。

さて、どこへ行こうかと思案したけど、暗くて何も見えない。ただ、西の方、やや明るいところに重巡「最上」のシルエットがぼんやり浮かんでいた。「そうだ、〝最上〟なら候補生のとき乗っていた懐かしいフネだから、このそばに着水して救助してもらおう」こう考えたんです。

脚を収めてフラップだけ出し、降下していってあと一〇メートルもすれば接水、とおもった瞬間、「龍鳳」の甲板にまたパッと灯りがついた。着艦可能だ。それで気が変わり、「龍鳳」へもどろうと反転したら、なんと「最上」から射撃されちまったんですよ。

二〇センチ主砲で、三式弾を射ってきた。見張員は一二センチ口径の高倍率双眼鏡を使っているので、多少暗くても味方の零戦であることは分かるはずなんだけど、空襲で逆上していたんでしょうね。前部の三砲塔六門が三斉射も浴びせてきた。いやぁ、その凄まじさといったら両国の花火どころじゃない。一発の弾丸から、何千という焼夷性の弾子がキラきらキラきら光って一斉に追いかけてくるんだから。

それで、「龍鳳」へ降りたのはわたしが最後だったのです。八時ちかかったんじゃなかったかなぁ。着艦して行きあしが止まり、飛行甲板上の整備員が着艦フックをワイヤーからはずして、滑走で前へ出よとの信号を送ってきた。

それで、前進のためスロットルを入れたら、エンジンがプスッと止まってしまった。燃料がなくなっていたんですよ。着艦がもう少し遅れたら、暗夜の着水でまず助かる可能性はなかったでしょう。これも、運とツキに見放されていなかった一コマだったと、今でも思っています。

「龍鳳」みたいに小さな母艦へ降着するのは初めてだったし、夜間着艦も初経験でした。システム的には昼間着艦も夜間着艦も変わらないんだけど、夜間飛行そのものをあまりやったことがなかった』

翌二十一日は「龍鳳」から二回、上空直衛にあがったが敵襲はなかった。

香取分隊長は二日間のあいだに、「飛鷹」「大鳳」「瑞鶴」「龍鳳」と乗りつぐ珍しい体験をしながら奮戦した。他の多くの戦士たちも、一身を犠牲にして獅子奮迅の戦いをくりひろげた。しかしその甲斐もなく、十九日、二十日の戦闘で第一機動艦隊は惨敗してしまった。以後、日本海軍は海上航空を主軸とする、近代的海戦遂行能力を完全に喪失するのである。

日本存立の根底をゆるがす大敗北を検討して、いくつかの原因、理由があげられている。いわくわが搭乗員の技量未熟、いわく味方のとった〝アウトレンジ戦法〟の失敗、いわく敵が新たに装備した戦闘機誘導装置による邀撃法、いわく敵の新開発した対空射撃用ＶＴ信管の威力、さらにはわが方に戦運のなかったこと……。だが、搭乗員の練度不十分ははじめから分かっていたことだった。香取隊長もいう。

『小沢長官か航空参謀か誰の発案か知らんがね、国運をかけた洋上決戦をしようというのに、自分のほうは怪我をしないで相手だけ撃とうというのは虫がよすぎる。肉を切らせて骨を斬るというように、敵を引きつけておいてその攻撃隊もこちらへ呼びこみ、そして相手を倒すのが常道ですよ。

これに反してミッチャー提督の方は、二十日の日、日本艦隊を見つけたときは二三〇マイルの距離があった。当時の米国艦載機の攻撃半径は二〇〇マイルだった。攻撃隊を出せば帰りは必ず夜になる。出発させたのは現地の午後四時半ですからね。スプルーアンス大将に止められるんだけど、空母部隊が全速力で日本艦隊に接近すれば十分、このハンディキャップをカバーできる、と力説して発艦させた。このへんに、日米機動部隊指揮官の大きな差があると思いますよ』

香取さんの語り口は、歯に衣をきせずというかズバリズバリだ。ちなみに香取隊長は、戦後、海上自衛隊に入隊し、航空集団幕僚長などを経て、江田島の幹部候補生学校長、呉地方総監をつとめた海将である。

五二型乙一三ミリ機銃の威力

昭和十九年秋、日本海軍は、均衡のくずれている艦隊で台湾沖航空戦、比島沖海戦を戦わざるを得ず、ついに空母部隊の元も子もなくしてしまう。

しかし、そのような悲境に立ちいたりながら、なお母艦部隊の再建をあきらめてはいなかった。一航戦所属の第六〇一海軍航空隊の存続がそのあらわれである。香取大尉は十九年十一月十五日付で、六〇一空飛行隊長兼分隊長に補職された。

『松山基地に着任すると、着艦訓練などをしながら、シンガポール進出の準備をはじめたのです。あそこで「雲龍」「天城」といった新造空母に乗って訓練を実施しようとしたわけ。ところが、ちょうどそのころ、米軍のリンガエン湾上陸が開始され、バシー海峡が通れなくなってしまった。そうこうするうち、本土の関東方面の空があやしくなってきた。南方行きどころではない。それで、六〇一空は昭和二十年二月十一日に第三航空艦隊へ編入され、とうとう母艦航空隊から基地航空隊に変わったんです。わたしも、六〇一空に所属する戦闘機隊〝戦闘第三一〇飛行隊〟の飛行隊長になりました。

するると、改編早々の二月十四日、六〇一空は全力、千葉県香取基地へ移動するよう命令が下されたのです。わたしたち戦闘三一〇は、当時、岩国基地で訓練しとったんだけど、この命令で十六日午前九時、二〇機で出発する予定にしました』

そのころ、米機動部隊は硫黄島攻略支援の目的で、関東東方海面に向かって進撃していたのである。二月十五日には偵察機から、午後一時、硫黄島南南東二〇〇マイルに敵艦船三〇〇隻発見の報らせも電報されてきた。十六日の関東空襲は覚悟しなければならなかった。そして、案の定であった。

『四機は整備が間にあわず、一六機を率いて岩国を出発しました。もちろん増槽タンクをつけ、全弾装備でした。けれど岩国を離陸するまえには、関東地方が空襲されているということを知らされていなかった。平塚の上空へ来たらね、下からボンボン射ってくるんですよ。

あそこには陸軍の火薬廠があったので、高射砲部隊がおった。空襲で頭に血がのぼっているものだから、敵も味方もわからない。一機ばかりチョッとけがをしてしまった。

これは敵が来ているな、と直感した。厚木方向を見たら、飛行場から黒い煙があがっている。敵機来襲まちがいなしと、わたしは判断した。あとで基地に着いて見ると、ダグラス輸送機がやられて燃えていたんです。

移動中だから、みんな身のまわり品などを後部に積んでいるし、増槽もかかえている。内地の上空で増槽をむやみに捨てるわけにはいかないから、まず厚木へ降りることにしました。ここで身軽になって、戦闘準備をととのえた。

発進したらはやく高度をとらにゃいかんのだけど、そのためにノーマルな上昇をしていると、いつ上から降ってこられるかわからない。それで、はじめ低空をはって北進し、そこから急上昇して右折し香取へ向かった。そしたら、二中隊がはぐれてしまって、手元には八機しかいなくなっちゃったんですよ。

霞ヶ浦のちかくだったけど、そんなときにグラマン八機とぶつかった。僕の方が上位にいたんだが、発見がおそかったので切りかえしていったけど角度が深くなってね、とても機銃が当たる状況じゃなかった。敵から離脱するとき射たれて、尾部に一三ミリ機銃の弾丸をくってしまった。香取基地へ着いたのは午後一時ごろでした』

この洞察と、とった処置はさすが香取隊長であった。二月十日に着任したばかりの杉山利一六〇一空司令から、〝判断の良い、決断力のすぐれた飛行隊長〟として信頼されていくのである。

『あくる十七日にも邀撃戦に上がった。朝はやく起きて、四時から待機していたんだが、このときは幸い、うちの飛行場は爆撃されないで、戦爆連合の敵は小泉の中島飛行機工場と霞ヶ浦の航空廠をねらってきたんです。僕の隊も十六日に四機がやられて人が少なく、七機が発進しました。午前十時ちょっと前だった。

霞ヶ浦上空でその敵編隊を発見した。敵は六〇〇〇メートルぐらいで来ているんだけど、こっちはなかなか高度がとれなくてね。小泉の工場へ爆撃をはじめたころ、やっと追いついた。

敵は約一二〇機、よく見ると、後方を守っているグラマン一二機の編隊がいる。こちらは高度をとりながら追いかけるので、さっぱり前に出られない。それで、艦爆隊の方はあきらめて、このグラマンに攻撃をかけたんです。横なぐりで入っていった。僕のところが列機をふくめて四機、それと陸軍のもっとも新しい戦闘機、四式戦（重戦「疾風」）も二機ほど戦いに加わってきました。

彼らは四機ずつの三コ編隊で飛んでおった。こういうときは、編隊長を狙うのがいちばんいい。で、わたしは最後尾編隊の編隊長機を目標にした。

相手はたくさんいるので、弾丸は大事に使わなければならない。あのころは零戦の改造型（五二型乙）が出ており、胴体上部につけてあった七・七ミリ機銃二門をやめて一三ミリ機銃一門に換えてあった。一三ミリは初速が大きいからよく命中するんですよ。気持がいいほど当たる。それで二〇ミリ機銃を使うのは後まわしにし、後方から一三ミリを射ちこんだ。弾丸が風防のなかへ吸いこまれていった。とみると、ポッと白い物が飛び出した。どこに命中したかわからんが、搭乗員が飛び降り、落下傘降下したんです。それからさらに追いかけて、小泉から厚木の上空まで空戦をつづけていった。あそこで弾丸を射ちつくしたので厚木基地に降り、燃弾を補充してもらってまた飛び上がった。できるだけ編隊はバラバラにならないようにしていたんだけど、二機は離れてしまい、一機だけついてきました。

このときの戦闘でわたしは二機を撃墜し、ほかに協同撃墜が二機。協同撃墜の二機目は確認しなかったのだけど、僕の二番機が「確実に墜としてますよ」ということでした。え？　味方には被害はありません。全機帰着しました』

横浜空襲のB29を墜とす

昭和二十年二月二十一日、六〇一空は三航艦の命で、米軍の硫黄島攻略作戦を阻止しようと全力をあげて戦った。それは彗星艦爆隊を主体に編成した、「第二御楯隊」による特攻作戦であった。この作戦で六〇一空は空母「ビスマークシー」を撃沈し、「サラトガ」を大破させる偉功をたてたが、いちじるしく戦闘力を減耗する。

進出した香取基地は海岸に近いため、ともすると敵飛行機の奇襲をうけやすい状態にあった。

『銚子の犬吠埼付近に電探（レーダー）があったんだけど、あまり有効でなかった。香取基地へ「敵機」という情報が入ったときは、もう頭上に来ていることが多かった。これでは仕様がないというので、練習航空隊があった茨城の百里原基地へ移動したのです。三月初旬のことだったけど、以後、ここが六〇一空の本拠になりました。

　こんど敵が攻略の鋒先を指向してくるのはいつか分からんが、沖縄だろうと判断し、急速訓練をやっていた。そしたら、三月二十五日に慶良間列島へ攻撃をかけてきた。それで、四月上旬には進攻があるものと予想して、三月二十九日、練度の低い搭乗員だけを残し、九州の第一国分基地へ移動したわけです。ここから沖縄方面の作戦に参加しました。いわゆる「菊水作戦」です』

　四月一日、ついに米軍は推測どおり、沖縄本島西岸に上陸を開始してきた。

　国分基地から反撃に出動する部隊は、地元・第五航空艦隊の七〇一空などと、三航艦からの二一〇空、二五二空、六〇一空、それから第一〇航空艦隊より派遣された宇佐空、名古屋空、百里原空、元山空であった。

『菊水一号作戦が発動されたのは四月六日でした。けれどその数日まえ、三日の日に六〇一空は北方の敵機動部隊にたいし攻撃命令をうけて出撃した。爆撃は攻撃第一飛行隊の彗星艦爆がやるのだけど、前路掃討隊としてわたしのところの戦闘三一〇が三二機で、午後三時に発進したんです。ほかに戦闘四〇二の紫電八機も、わたしの指揮下に入って出発した。

　高度七〇〇〇メートルで薩南諸島の上空を南下していくと、奄美大島と喜界島の中間で敵機を発見した。グラマンF6F、シコルスキーF4U、艦攻TBFの戦爆連合の約三〇機。しかも、なめきったことに、喜界島に向かって、高度一〇〇〇くらいから悠々と単縦陣で、爆撃練習中ですといわんばかりに急降下爆撃をやっとるんです。戦闘機は戦闘機で銃撃を加えておった。いままで、この方面の味方戦闘機は九州で行動しており、洋上に進出したことがないので、安心していたんですな。それに、こっちは太陽を背にして接敵したので、向こうとしては発見しにくいんです。

あわてる必要はない。紫電隊を上空掩護の予備隊とし、わたしはがっちり零戦隊をにぎって進撃高度のまま近づいて行った。そして、頃はよしとわたしは増槽を落とした。列機も一斉に投下する。けれど、まだ敵は気づいた様子がない。

周囲を見まわして、他に敵がいないことを確かめると、わたしは静かにバンクを振り、すべるように突撃に移った。列機も一団となって敵機の頭上に襲いかかっていった。ここで、敵ははじめて気がついたんですよ。バーッとクモの子を散らすように飛び散っていった。しかし、体勢はわが方に絶対有利。一撃でだいぶやっつけたし、わたしたちは思う存分暴れまわることができました。僕もF6Fを一機撃墜し、六小隊長の白浜上飛曹（芳次郎、のち飛曹長）などはF4U一機、F6F二機撃墜、F6F三機撃破という大戦果をあげておった。

とにかく、この日の戦いは飛行隊長として会心の戦闘ができました。撃墜したもの確実一機、不確実五〜七機、逃走した敵機は数機にすぎなかった。残念ながら味方にも八機の犠牲を出したけれど』

菊水作戦開始後は、四月七日と十一日に、香取大尉は機動部隊攻撃の制空隊として出動した。

艦隊や基地上空での防空戦はさておき、攻撃戦時の戦闘機の使用法には二通りあった。一つは、雷撃機、爆撃機の進撃に先立って敵陣に突入し、邀撃戦闘機と空戦、これを撃破して味方攻撃隊の安全を攻勢的に守ろうとする、前路掃討すなわち制空隊としての使用法。いま一つは、そのさい攻撃隊のすぐ上にかぶさり、楯になって襲撃してくる敵戦闘機の銃火を防ごうという直掩隊としての使用法である。

　戦闘機隊の戦士たちは、何の足かせもなく自己の技量を発揮できる制空隊での活躍を、当然のことながら望んだ。沖縄特攻戦では、フィリピン作戦時とことなり、直掩方式をやめて制空隊が何波かに分かれて進撃し、迎撃の敵戦闘機とわたりあい、そのあいだに特攻機が多方向から突入するという方法をとった。このやり方で、比島戦のときより成功率が高められたのだという。

昭和20年4月6日、菊水一号作戦で第一国分基地から敵攻撃へ出撃する香取機。当時、第601空戦闘第310飛行隊長だった。

　だが、四月中旬には、はやくも沖縄の運命は日にちの問題となった。十七日に六〇一空は最後の攻撃を行なって、ふたたび百里原基地に後退する。

　四月、五月、飛行機の補充は順調にはこび、各飛行隊とも定数を完備して戦力は回復していく。しかし、反面、五月、六月としだいに本土空襲は激しくなっていった。その防空戦でこんなことがあった。

『五月二十九日の昼間、横浜に大空襲があったんです。あのときはB29が約六〇〇機ちかくきた。六〇一空はもともと対機動部隊用ということで、大型機の邀撃戦にはあまり出なかった。けれどこの日は、われわれにも全力で上がれ、という命令が出された。わたしの隊だけでなく同じく六〇一空所属の戦闘三〇八も出動したので、合計六〇機くらいの零戦が迎撃したでしょう。

硫黄島からP51が約二〇機ついてきたんだけど、じつは僕は、P51が護衛しているのを知らなかった。その日は、高度五〇〇〇くらいに薄い雲があって、B29は雲のすぐ下をかすめるように編隊を組んでやってきた。P51はその雲の上にいた。

雲が邪魔をしているので、わたしたちは下から突き上げるように攻撃をかけた。それを繰り返していると、ピューンと光った大きな物が上から降ってきた。それがP51だったんですよ。僕の四番機が墜とされてしまった。

何回か攻撃をかけているうちに、B29の一機が横浜の防空砲台にやられて脚が出た状態になっている。脚が出るとスピードが低下するから、その編隊はその機に合わせて速力を落とし、ガッチリ組んだ編隊防御銃火で損傷機を守ろうとする。

零戦でB29を墜とすのは大変なんだけれど、これはいい鴨ができたわけです。何機かでとりついた。アイスキャンデーのような機銃の曳痕がビュンビュンとんでくる。グラマンあたりだったら、二〇ミリ二、三発で墜ちるけど、B29ではぶすぶす穴のあくのが見えても、胴体なんかじゃどうしようもない。燃料タンクに当たったって、かれらのは防弾ゴムでしっかりくるまれてますからね。だが、どうにかこうにか、ねじ伏せるようにしてこいつを撃墜しました。大きな機体がキリもみになって落ちていくのはまさに壮絶です』

六月が過ぎ、七月にはいった。すでにドイツは敗れ、日本をめぐる戦争の帰趨も決していた。しかし、陸海軍第一線部隊は本土決戦にそなえて、その準備に奔走する。三航艦も新たな配備をとることになり、七月十八日、六〇一空の戦闘第三一〇飛行隊は、司令が直率して三重県鈴鹿基地へ進出した。といっても、終戦の約一ヵ月まえである。おおかたは基地移動と整備に終始して、八月十五日を迎えたのであった。

ふりかえってみると、香取大尉の実施部隊生活は零戦にはじまり、零戦で戦い、零戦で閉じられた。戦争後半の、戦勢が傾き出してからの二年間だったが、その間の戦果は撃墜八機に達したという。

〈軍歴〉大正十年一月十五日、茨城県に生まれる。昭和十六年十一月、海軍兵学校卒業、七〇期。「最上」乗組。南西方面作戦参加。昭和十七年六月、任海軍少尉。第三八期飛行学生。昭和十八年六月、任海軍中尉。同九月、飛行学生卒業と同時に大分海軍航空隊付兼教官。昭和十九年一月、第六五二海軍航空隊分隊長(第二航空戦隊)。同五月、任海軍大尉。同六月のマリアナ沖海戦には空母「飛鷹」から発艦。同七月、第六五四海軍航空隊分隊長(第四航空戦隊)。同十一月、第六〇一海軍航空隊分隊長(第一航空戦隊)。昭和二十年二月、戦闘第三一〇飛行隊長。昭和二十七年七月十五日、海上自衛隊入隊。海将。昭和五十三年三月、退官。

戦果と武運

——戦闘三一一飛行隊長・田淵幸輔大尉の証言

射撃は下手だった？

——飛行学生は、関行男さんとご一緒でしたね？

『ええ、三九期飛行学生。いい男でしたがねえ、うまが合うというんでしょう、休みの日に河口湖へ遊びに行ったりしました。菅野直も兵学校は同期なんだけど、飛行学生は彼の方が一期はやい三八期なんです』

東京の都心から数十分の郊外におたずねした田淵幸輔・元海軍大尉のインタビューは、こんな話題からはじまった。関行男とは、いうまでもなく神風特攻隊敷島隊隊長として、最初の体当たり攻撃に成功した人であり、菅野直とは比島航空戦や昭和二十年の本土防空戦で、飛行隊長として勇名をとどろかせた撃墜王である。

海兵七〇期の卒業生だが、このクラスからは、約一八〇名という従来にない多数の飛行学生が採用された。それも二回に分けてだ。

『戦争が始まってみると、ハワイ攻撃、マレー沖海戦の戦訓から、これは何といっても航空重視でいかなければならん、さらに増員しよう、ということだったんでしょうね』
兵学校卒業者からの航空要員は毎年漸増されてはきたが、六九期になると、ついにクラスの四〇パーセントを超す大量の飛行士官養成に入った。七〇期では、はじめ十七年六月一日に一三〇名が霞ヶ浦航空隊へ入隊したが、十八年一月十五日に五〇名を三九期学生として追加したのだ。
『開戦直前に兵学校を卒業して、それから一年少々、飛行学生にいくまで第二戦隊二番艦の「扶桑」乗組になっていました。十二月八日の開戦は柱島で迎えたのですが、すぐ、ハワイから帰ってくる機動部隊〝収容〟の目的で小笠原近海まで出撃しました。
あと出動したのは、例のドーリットル空襲のとき、追跡して出港したんですけれど、間に合わなかった。それからミッドウェー作戦では、北方部隊の一艦として参加しましたが、このときも戦闘はしておりません。だから、一年間ほとんど瀬戸内海で訓練ばかりしていた、ということになります』
艦隊作戦の主役を航空部隊に奪われ、戦艦はまったく出番がなくなってしまったのである。いわゆる〝柱島艦隊〟になり下がってしまった。「扶桑」での氏の配置は、前半は副砲分隊の分隊士、後半は航海士だったという。乗組中の昭和十七年六月一日、田淵幸輔少尉候補生は海軍

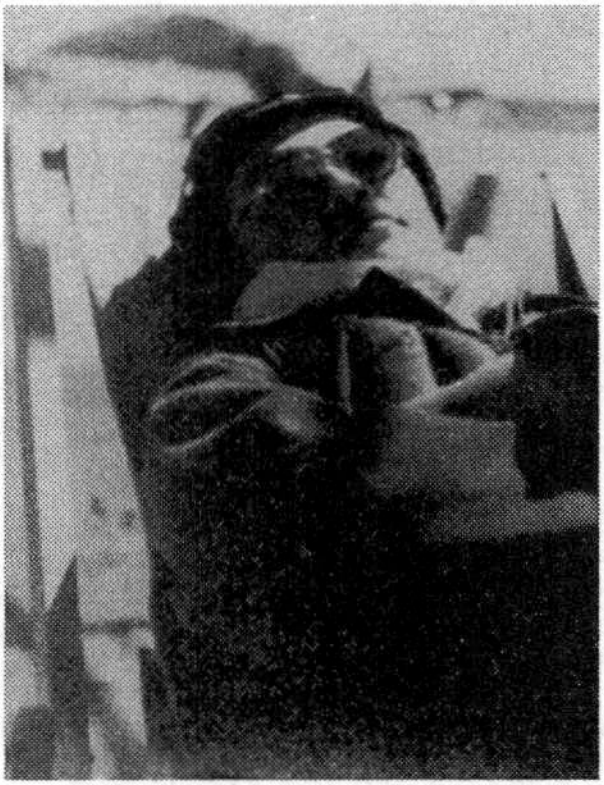

昭和19年7月、筑波空分隊長として教官職についた田淵大尉。

少尉に任官する。

たっぷり一年、船乗り修業をして飛行機乗りにかわったのだが、七二期卒業生からは兵学校を卒業すると、航空要員はすぐ飛行学生を命じられた。うちつづく苛烈な激戦は、それまでのような正統的海軍飛行士官養成コースを踏む余裕を、彼らにあたえてはくれなかったのだ。

——それから昭和十八年の一月に、霞ヶ浦航空隊へ入られたわけですね?

『航空全般を知るために、最初、総合的な地上基礎教育をうけて、一ヵ月くらいたってから飛行機に乗り出しました。〝赤トンボ〟と呼ばれた九三中練です。それがすんで、十八年の半ばごろに、各機種に分かれて実用機教程へ進みました。

わたしは兵学校時代から剣道に熱を入れていて、激しく戦うのが好きだったから戦闘機を希望しました。これは大分航空隊です。まだ九六式戦闘機がありましてね、後ろに教官が乗れるように改造した、複座の練習戦闘機です。

けれど、すぐ零戦の、やはり複座に改造した練習戦闘機にかわりました。え?　当時もわれわれは〝ゼロ戦〟という言葉を使っていましたよ。正式には〝レイ式艦上戦闘機〟というんですが』

——九六戦と零戦とでは、乗ったときの感じはかなり違うものですか?

『それは違います。九六のほうが軽かったですね、運動性が。飛行機そのものがちいさいから。脚が引っこまないのでスピードは出ないけど、小まわりの戦闘には向きます。特殊飛行なんかもやりやすかった』

三九期飛行学生は昭和十九年一月二十九日に卒業式を迎え、それぞれの任地へ出発してい

った。だが、学生中の十八年六月一日に進級していた田淵中尉は、

『教官に残されたんです。兵学校七一期の後輩、だから四〇期飛行学生の教育にあたったんです。それと、一三期飛行予備学生の訓練も受け持ちました。その教育途中、十九年四月二十二日付で、われわれは大分空から筑波航空隊へ移動しました。

もともと筑波空は練習機の航空隊だったのですが、大分空を実施部隊の基地にするため、実用機教育の飛行隊を筑波へ移した。そのため、筑波空の練習機飛行隊は築城の航空隊へ動かされるという形になりました。

筑波空でわたしは雷電に乗りました。別に、この飛行機で学生たちを訓練したというわけではなく、教官としての研修、未知の新型飛行機の体験ということだったんですな。雷電は背が高いから前方が見えにくい。最初うけた感じでは、ずいぶん乗りにくい飛行機だなあ、と思いましたね』

雷電一一型は火星一八〇〇馬力の発動機を装備し、二〇ミリ機銃四梃をもつ迎撃戦用の局地戦闘機、乙戦であった。のちにB29との戦闘に活躍する優秀機なのだが、駻馬のようなところがあり、操縦者からは好まれなかったらしい。

飛行学生を卒業したあと、そのまま教官として勤務する士官は技量優秀者だったと聞く。田淵中尉も、そんな一人であったにちがいない。

戦闘機の訓練は、まず射撃が第一番の必須項目としてはじめられる。基本として、曳的機が曳く吹き流し標的に後上方から機銃を射ちこむのだ。しだいに練度があがると、後下方射

撃、前上方・前下方射撃、垂直上方・垂直下方射撃、側方射撃と段階は高められていった。

戦闘機隊飛行将校は階級があがるにつれ、小隊長、中隊長となり、さらには大隊規模の編隊を指揮して、列機が有利な戦いを交えられるように誘導するのが重要な任務だ。しかし、リーダー自らも射撃が上手であるに越したことはない。

『いやあ、僕は下手くそでね、当たったことない、アハハ……。菅野（直大尉）はうまかったんじゃないかな？　「扶桑」で機銃分隊の分隊士をやってたんだから』と、田淵さんは率直に告白するが、謙遜も多分にまじっているのであろう。

訓練のつぎのコースは空中戦闘だった。これも基本は単機空戦だが、昭和十八年後半あたりから、実戦場では編隊空戦の時代に移っていた。

それまでは、行動する場合、三機で一コ小隊を編成するのが最小単位だった。が、この頃から、四機で一コ小隊を編み、戦闘ではさらに一・二番機、三・四番機の二チームに分かれる。

各チームでは、たとえば一番機が攻撃に入った場合、二番機はうしろから彼を掩護し、つづいて二番機に攻撃のチャンスがうつったら、かわって一番機がこれをカバーする。すなわち、二機の連係プレーで空戦をするように変化しつつあった。

やがて昭和十九年八月十二日付で、田淵さんも教官生活に別れをつげ、待望の実施部隊に出ることになる。その少しまえ、五月一日に海軍大尉に進級していた。

六五三空の分隊長に

あらたな赴任先は「第六五三海軍航空隊」であった。

かつては、空母の飛行機隊は搭載する母艦固有のものであり、したがって搭乗員にも「赤城乗組」あるいは「蒼龍乗組」などの辞令が出されていた。

だが、昭和十九年になって、このような方式をやめ、各航空戦隊ごとに一コ航空隊を常時、陸上に編成しておき、海戦やその他、必要のさい母艦に飛行機隊を分乗させ、弾力的、効率的な運用をする方法に改めた。

そんな発想で十九年二月十五日に開隊された一つが六五三空である。「千歳」「千代田」「瑞鳳」の飛行隊で編成され、第三航空戦隊所属となった。三航戦は大林末雄少将の指揮下で、六月に生起した「マリアナ沖海戦」を戦ったあと、七月十日には、一航戦で生き残った「瑞鶴」を加えて四隻の部隊になっていた。

六五三空には戦闘一六四、一六五、一六六、攻撃二六三飛行隊が編入され、田淵大尉は、その「戦闘第一六四飛行隊」の分隊長に補職されたのだ。飛行隊長は中川健二大尉（海兵六七期）だった。

『大分基地で、戦闘一六四に着任しました。つぎの作戦にそなえて、さっそく訓練です。実戦経験の豊かな者と学生、練習生を卒業したばかりの新参者がまじっているので、隊長も訓練の調整をとるのが大変だったと思います。わたしなども、ここで着艦訓練をはじめてやったわけです。

もっとも、基礎となる定着訓練は陸上航空隊でミッチリやっていましたが……。そうですねぇ、ひと通り初歩的な着艦ができるようになるのに、二週間ぐらいかかりましたかな。

九月末ごろには、母艦からする初期航空戦を行なえる程度までには、練度も上がっていました。瀬戸内海西部でやったのですが、訓練中には犠牲も出ました。垂直に近いくらいの深い角度で降下攻撃すると、引き起こしのときに物凄いG（重力加速度）がかかって失神してしまい、海面へ突っこんじまった者もいました』

飛行機操縦者の技量練度は、おおむね飛行時間に比例するといわれるが、六五三空に着任したころの田淵大尉の飛行時間数は六〇〇時間ほどであった。これは経験の浅い若年者が増えてきた当時としては、多い方だったのである。翌昭和二十年夏になると、兵学校出身（七二期生）の分隊長でも、三七〇～三八〇時間ていどであった。戦前の、十分時間をかけて搭乗員を熟成させていた時代には、八〇〇時間になって初めて一人前の戦闘機乗りといわれたものだという。それと、母艦機操縦員の練度判定には、着艦回数も重要な要素として使われた。

さて、次期作戦とは「捷一号作戦」であった。昭和十九年十月十七日、敵の大艦船部隊がレイテ島東方海上に出現、スルアン島に上陸してきた。そして十八日、レイテ島東岸タクロバン付近に上陸準備作戦を開始する。

豊田副武連合艦隊司令長官は「捷一号作戦発動」を下令すると同時に、「機動部隊本隊は第一遊撃部隊の突入に策応、敵を北方に牽制するとともに戦機に投じ、敗敵を撃滅せよ」と命令を発した。

栗田健男中将が率いる第一遊撃部隊、すなわち航空の傘を持たない水上艦隊をレイテ湾に無事突入させて敵上陸船団を覆滅させるため、小沢治三郎中将の空母機動部隊は陽動して敵主力艦隊を、極力レイテ島北方はるかに吊り上げよ、というのが命令の趣旨であった。

マリアナ沖敗戦後のわが機動部隊には、もう洋上で、堂々と敵主力空母部隊と渡りあえるだけの力がなかったのだ。小沢艦隊の中核となる第三航空戦隊の各母艦には、定数は一七四機であるのにようやくかき集められた、わずか一一六機の六五三空、六〇一空所属機が分載された。

『いよいよ出撃というので、十月二十日午前中に大分基地から各母艦への収容を終わりました。わたしは「千歳」に乗るよう指令をうけ、搭載された零戦は八機です。爆装零戦と天山艦攻を合わせても、やっと一八機でした。そして、その日の夕方、豊後水道を出撃したわけです』

命令には、〝牽制〟〝敗敵を撃滅〟などと美辞が並べられているが、実力のともなわない小沢機動部隊は、体を張り、囮(おとり)となって敵空母の攻撃の矢を吸収するのが任務だった。むろん、そんな犠牲のみを強要される辛い任務の遂行が作戦目的だとは、艦隊乗員の一兵まで知っていたわけではない。

〝囮部隊〟とは戦後の命名である。

部隊は敵に発見されるよう、わざと電波を輻射し南下をつづけた。ハルゼー機動部隊はフィリピンの島々の中央と南方から、レイテ湾にすすむわが遊撃部隊に空母がいないのを知ると、小沢部隊の出現に全神経を集中して警戒した。そして発見すると、麾下の全力をあげて襲撃することをハルゼーは決心したのである。

二十四日早朝には、小沢艦隊はマニラの北東四〇〇マイルの海上に到達する。索敵機を放って捜索し、正午ちかくハルゼー部隊の所在を知った。

ただちに攻撃することをきめ、一二〇〇（正午）、艦戦三〇、爆戦二〇、艦爆二、艦攻六の合計五八機の攻撃隊を発進させた。故障などによる発艦取り止めや引き返しなどで、搭載半数のそれだけしか進撃させ得なかったのである。田淵大尉も直掩隊として、八機を率いて「千歳」の甲板を飛びたった。

ルソン島アパリへ不時着

『直掩隊の指揮官は「瑞鳳」に乗った中川隊長があたりました。天山艦攻が一機、誘導機になって針路を南南西にとり、爆装零戦隊三コ編隊が高度約四〇〇〇ですすんでいったわけです。その上空八〇〇メートル付近を、わたしら直掩隊が編隊を組んで飛んでおった。視界は三〇マイルちかく、天候は良好でしたが、行く手に小さな積乱雲が散らばっておりました。発艦して一時間くらいたった、午後一時ごろだったですかな、指揮官機から「敵機発見」の合図があった。すぐさまわたしは増槽を捨て、戦闘態勢に入ろうとした。敵が後上方にいるのが見えたので、増速しようとした。プロペラが可変ピッチですから、ピッチを〝高〟に入れたそのとたん、バーッとオイルが吹いちゃって、真っ黒い油が風防の前面ガラス一面にかかってしまったんです。

もう前は見えません。風防をあけ、体を乗り出すようにして前を見るだけです。潤滑油系統のどこかが、おかしくなったんですね。十九年も後半ころになると、零戦にはそういう故障がずいぶん多かった。隊長の中川さんに聞いたんだけど、プロペラが吹っとぶという事故にあって、不時着されたことがあったそうです。というのも、未熟な工員が急いで造るものだから、出来あがりが粗末になったんでしょうなあ。

こりゃ、いかん、と思った。戦闘をできる状態ではないと判断されたので、列機には先に行くよう指示して、わたしは単機、わかれたんです。そして、アパリへ針路を向けました』

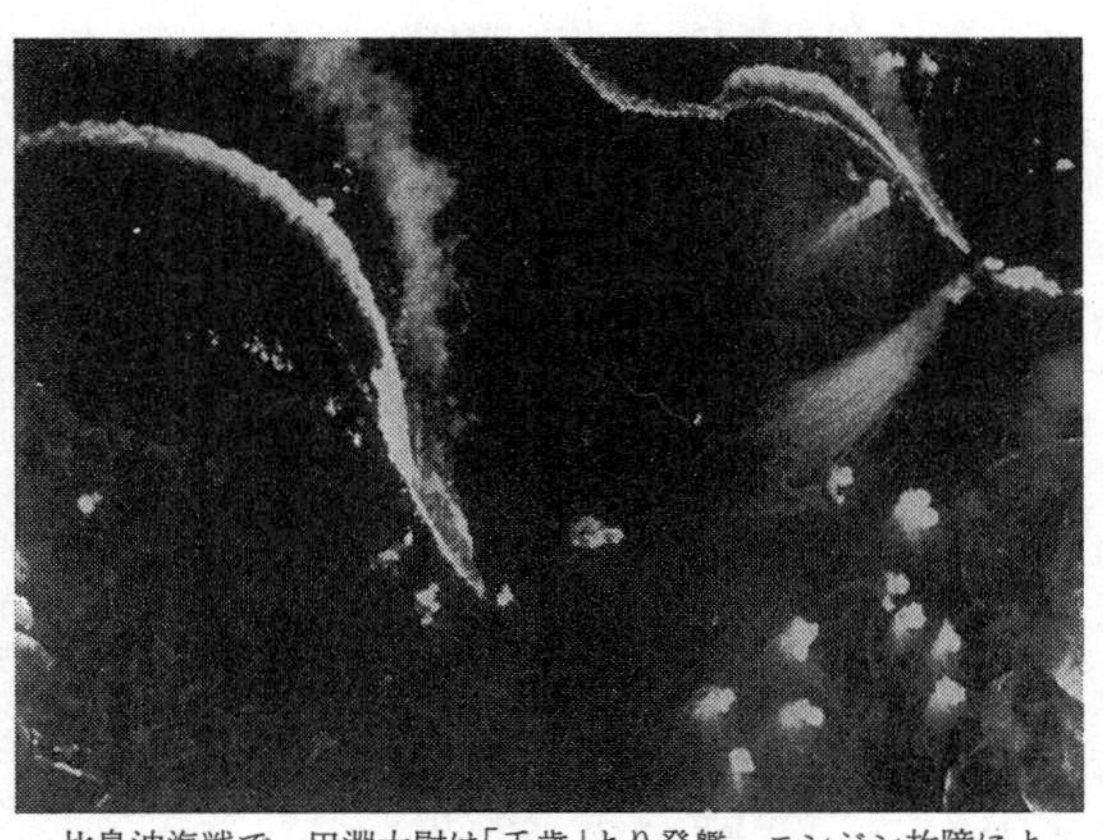

比島沖海戦で、田淵大尉は「千歳」より発艦、エンジン故障によりアパリに不時着した。写真は同海戦の「千歳」(右)と「瑞鶴」。

そのとき攻撃隊が遭遇したのは、約二〇機のグラマン戦闘機である。彼らは、雲の手前で待っていたのだ。攻撃隊の右側に位置していた制空隊、直掩隊の零戦がまず突入、空戦をはじめた。戦闘は二〇分ばかりつづけられ、大藤三男大尉は三機（うち不確実一機）、中川健二大尉、小平好直、横川一男飛曹長、鈴木正二上飛曹、長谷川達一飛曹は各一機、合計八機の撃墜を後刻報告した（防研戦史叢書『海軍捷号作戦〈2〉』）。

この間、爆戦隊は敵を発見できず、攻撃隊の大部分はルソン島のアパリもしくはツゲガラオに向かった。田淵大尉がアパリへ向首したのも、出発まえ、母艦への帰投が不能の場合は、そのようにせよとのあらかじめの指示に従ったのであった。

一方、「瑞鶴」から発進した攻撃隊もやはり敵機に迎撃されたが、こちらは敵艦隊を発見していた。午後一時五十分ころ正規空母二隻、特設空母二隻、その他数隻で編成された部隊で、攻撃隊はただちに襲撃にうつった。

空母一隻轟沈、一隻撃沈を報告してきたが、戦後の米側発表によれば、実際には損害はなかったのだとされている。「瑞鶴」隊でも母艦に帰投したものは一機もなく、大部はアパリかツゲガラオに着陸した。

『編隊から分かれてからは、故障を起こした単機で、敵にたかられたらそれっきりだし、しかも初陣だったので、いささか心細い思いをしました。

ところがアパリへ到着できないうちに、そこから少し南へ下がった海岸に不時着してしまった。それまでエンジンは一応順調に回ってましたが、不時着直前になって回転がおかしくなり出したんです。見ると、もう一機、その海岸に別の飛行機も不時着しておりました。で、そこへ降りたときに怪我をしましてね。なにしろ前方が見えんものだから、接地するときに早く起こしすぎて、五メートルぐらいのところから、ドーンと落ちるように着陸してしまった。そのときに、額と目を打ったんですね。

自分では気がつかなかったんだけれど、救助に来てくれた沿岸警備の陸軍さんに言われてわかった。「血で顔が真っ赤ですよ」と教えてくれたんです。それと、左目が真っ赤に充血してしまった。

傷の手当をしてもらって二日ぐらいたってからでしたか、車を出してくれるというので、それに乗ってアパリ基地へ行ったわけです』

　結局、攻撃後、空母へ帰投したのは六五三空の三機にすぎなかった。午後四時に母艦へ収容されたが、その一機は……。

『わたしのクラスで大藤大尉(前出)というのがいるんですが、この男が「千歳」へかえった。あくる日の邀撃戦に上空直衛であがったんだけど、こんどは母艦がやられてしまった。それで、海上へ不時着水して駆逐艦に救助されたんだが、また、その駆逐艦が沈められてとうとう帰ってきませんでした。こういうこともあるんですよ』

　攻撃隊を発進させた後も、小沢艦隊はその付近を行動して敵を牽制することにつとめた。翌二十五日には必ず敵の空襲があるものと予想していたところ、はたして午前八時二十分ころから、猛烈な雷爆撃がはじまった。上空直衛戦闘機一三機があがったが、たちまちあるものは斃れ、あるものは不時着水した。

　牽制の目的は完全に達成され、ハルゼー部隊はまんまとひっかかったが、午後三時ごろまでに都合六回の空襲で、「瑞鶴」「瑞鳳」「千歳」「千代田」の四空母は、ことごとく撃沈されたのである。

『アパリから艦攻が飛ぶというので、便乗してマニラ北方のクラークフィールド基地へうつりました。そして、日にちは忘れましたがマニラ空襲の少しまえ、ダグラス輸送機で、台湾、沖縄を経由して大分基地へもどったのです』

B29を邀撃できず！

――大分へ帰られてからは、どちらの航空隊へ行かれたのですか?

『茂原にいた二五二航空隊所属の、「戦闘第三一一飛行隊」の飛行隊長を命ぜられました。十九年の十二月十八日付でした。翌年の二月までここにいたんですが、二五二空はレイテ作戦に参加して帰還してから、第三航空艦隊直率の部隊になりました。戦闘三一一と戦闘三一七をこの茂原に置き、戦闘三一五、三〇五、三〇一の飛行隊は館山基地にいて、錬成につとめていたのです』

わが海軍は比島沖海戦に敗れ、「瑞鶴」以下四隻の母艦は全滅し、搭載飛行機隊もほとんど消耗してしまった。当分、海上航空作戦は不可能となった。空母部隊・第三艦隊の存在も無意味になったので、昭和十九年十一月十五日、ついに解隊された。

そして、母艦用航空隊も、六三四空は第二航空艦隊に移され、六〇一空だけを残して第六五三航空隊は同じく十一月十五日付で解隊された。六〇一存続は、細々ではあるが空母部隊再建の種を残したわけであった。

だが、この六〇一空も、二十年二月には三航艦に付属されて基地航空隊に転換されてしまうのだ。

三航艦は十九年七月十日に新しく編成された陸上基地航空艦隊で、司令部を木更津基地に置いていた。関東地区を中心に、九州方面までの防備が主任務だったが、戦況に応じ、適切に兵力を移動して一航艦、二航艦と連係することも考え、全航空艦隊攻撃力の集中を可能にする構えもとっていた。

マリアナ地区を発進したB29によって、東京が初空襲されたのは昭和十九年十一月二十四日の昼間であった。来襲機数は約一一〇機と記録されている。

七コ梯団に分かれて侵入し、富士山上空で東進、中島飛行機武蔵野工場や東京の市街地を爆撃して、鹿島灘から洋上に去った。

もちろん、陸海軍の戦闘機が邀撃したが、強い偏西風に乗る敵機の速力ははやく、戦果は芳しくなかった。

この当初ごろの海軍邀撃隊は、横須賀鎮守府部隊の第三〇二航空隊だった。その後、B29の空襲は東京だけでなく、各地へひろがっていった。三菱航空機工場のある名古屋地区なども、主要な対象になる。

昭和二十年二月十日、硫黄島からの電探情報がはいった。B29大編隊、針路零度との情報だ。めざすは関東地区であることに間違いなく、午後二時ごろ到達と推定された。案の定、伊豆諸島の東側を北上し、鹿島灘から侵入してきた。太田の中島飛行機工場に爆撃を加えたのは、三時から三時四十分の間だった。

横鎮は午後一時四十二分に空襲警報を発令、厚木基地の三〇二空では、雷電三五機の他、計七四機の戦闘機を発進させて邀撃した。この日は、茂原の二五二空からも零戦隊が戦闘に参加した（防研戦史叢書『本土方面海軍作戦』）。

『迎撃に飛びあがったんですが、ずいぶん高かった。九〇〇〇くらいで来襲してくるんだけど、それには、こちらは一万メートルの高度が必要なんです。

しかし、零戦で一万というのはギリギリでした。そこまで上昇するだけで、アップアップというところですよ。すでに爆撃を終えて帰るところだったから、いくら追いかけても追いつけない。下から撃つ高角砲の弾丸も、敵編隊のはるか下方で炸裂していた。結局、敵にとりつくところまでも行けなかったんです。敵が来るまえに上がって哨戒しており、そこへ敵機が飛来するという幸運にめぐまれれば、工合がいいんですが』

上昇力に優れた防空戦闘機の雷電でさえ、一万メートルの高度をとるのには三〇分近くもかかる。しかも雷電は速力がはやい反面、航続距離が短いので、あまり早期に発進すると、所定高度で待機しているうちに燃料がなくなってしまう恐れがあった。

対戦闘機用戦闘機の零戦にとっては、B29の攻撃は至難のわざであった。しかし、この日はわが邀撃隊と地上防空隊の奮戦で、敵は八九機のB29のうち一二機を失っていた。以後、B29による攻撃は夜間空襲に力点を移しかえていく。

五航艦の麾下に

またそのころ、米軍無線通信状況の動きから、敵は新たに太平洋方面で大規模な作戦を準備していると判断されていた。ひきつづき情報を追い、分析してみると、大機動部隊がウルシー泊地を出撃し、小笠原諸島かあるいは関東方面へ進航している模様であった。

はたせるかな、昭和二十年二月十六日の早朝、東京の南東わずか一〇〇マイルの海上に姿を現わした。硫黄島上陸作戦を実施するため、前もって関東地区の航空基地をたたき、妨害を減少させておくのが目的だった。

十六日午前七時五分、房総半島南端の対空監視哨は、小型機編隊が北進してくるのを発見した。その艦載機群は、高度を四〇〇メートルと極めて低くとって進撃してきたので、レーダーで早期に発見することができなかったのである。

米軍機は、発見一〇分後には早くも鹿島灘や三浦半島、南房総から逐次、侵入してきた。第一波合計およそ九〇機が、周辺の飛行場を襲ってきた。午前中つづけざまに第四波までの艦載機群に攻撃をかけられた。館山、香取、茂原、神ノ池、木更津の航空基地が、低空から銃撃された。

飛行機の被害は、各基地を合わせると、地上で炎上したのは五〇機に達し、迎撃に上がった戦闘機六機を喪失した。地上施設では、神ノ池基地の格納庫と兵舎に多少の被害をうけたほかは、わずかであった。

午後になると、約九〇機の第五波が九十九里方面から侵入してきて、より深い地点にある厚木や陸軍の成増、調布の飛行場を襲ってきた。二時すぎにはさらに、約四五〇機の大群が中島飛行機太田工場を爆撃する。

第三航空艦隊にも待機命令、攻撃命令が出された。七五二空、一三一空、三四三空などには待機が令されたが、二五二空には茂原、館山両基地の全力で邀撃配備につくよう、命じられた(前掲書)。

『わたしの隊は香取基地上空で敵を邀撃するため発進し、哨戒しておった。第一直であがったんですが、時間がたって第二直の戦闘三〇八と交替のため、基地へ降りようとして着陸態勢に入った。そうしたら、とたんに下からバンバン射ち出したんです。そのときになって敵が来たんですね。

頭上から降ってきた。わたしは強引に着陸したんだけど、列機はパーッと左右に散って、敵を避けようとした。　結局、二番機は霞ヶ浦の湖面に不時着し、三番機は墜とされてしまったのです』

この日の戦闘機隊邀撃戦果は、二五二空と他部隊を合して撃墜確実一二機、ほぼ確実四機だったという。

その後まもなく、戦闘三一一飛行隊は二五二空を離れて「第二〇三海軍航空隊」の所属にかわった。

『南九州各地の飛行場に展開する航空隊を統轄する第五航空艦隊というのが新しくつくられて、二〇三空もその所属航空隊でした。わたしが発令されたのは昭和二十年二月二十六日付で、最初に行ったのは笠ノ原基地（鹿児島県）です』

五航艦は二十年二月十日、ちかく生起が推測される南西諸島方面での戦闘に、精鋭を結集するため新編された艦隊だった。したがって、三重県鈴鹿以東の東日本は三航艦が、以西を五航艦でと、一応の作戦分担が定められた。司令長官は宇垣纏中将である。

戦闘三一一は、三月に一時、第二国分基地の第七〇一航空隊へ移ったことがあった。爆撃機隊の掩護が任務だったが、それは二〇日ほどで、三月二十七日にふたたび二〇三空へもどり、こんどは出水基地へ進出した。

その前々日の二十五日、予想どおり、敵は沖縄の西方、慶良間列島に上陸してきた。豊田連合艦隊司令長官は、二十六日「天一号作戦」を発動する。そして四月一日、ついにアメリカ軍は沖縄本島へ上陸を開始した。

たちまち彼らは飛行場を占領し、四日には北飛行場に小型機を進出させた模様であった。

が、今のうちならまだ奪回可能とGF司令部は判断し、敵機動部隊、輸送船団を撃滅するため、全航空部隊に総攻撃を下令した。これが有名な「菊水作戦」である。

四コ航空艦隊と、海軍の指揮下に入った陸軍第六航空軍を結集する全力攻撃だった。四月六日、第一回の「菊水一号作戦」が発令され、一時的にではあるが、沖縄上空の制空権を奪い返した。

ひきつづき作戦は実施され、十二日に菊水二号を展開する。

『記憶がはっきりしないんだけど、確か、この第二回目の菊水作戦だったと思うのですが、特攻攻撃の制空隊を指揮して出て、天候がわるく、全機引き返したことがありました』

その前にも、戦闘三一一飛行隊から、特攻攻撃の直掩で出撃し、戦死した隊員があった。七〇一空に所属していたとき、三月十八日の彗星隊を直掩し、還らなかった堀井正四少尉、江崎志満夫一等飛行兵曹、白川一男飛行兵長、ならびに三月二十日出撃の寛応隆中尉、佐藤清一等飛行兵曹の五名である（『神風特別攻撃隊隊員之記録』零戦搭乗員会）。

田淵大尉の戦闘三一一飛行隊長は五月十七日までで、そのあと、戦闘三一二飛行隊長に転補された。所属航空隊は二〇三空のままだったが、五月二十五日付で、二〇三空、三三二空（のちに除かれる）、三四三空、三五二空の四航空隊で、第七二航空戦隊が編成された。第五航空艦隊は、新編時にくらべ、航空隊数が大幅に増えたため、内部をいくつかの航空戦隊に分割する必要が生じたものと考えられる。

七二航戦所属になってから、二〇三空は築城基地へ後退し、本土決戦にそなえて兵力を温存し、訓練にだけ従事することとなった。

田淵隊長は、八月十五日の終戦の大詔を築城空の士官室で聞く。

戦闘機乗りとして、ついに田淵さんは撃墜戦果をあげることができなかった。実戦部隊生活がわずか一年の短い期間にすぎなかったせいもあるが、根本的にはそういう武運に恵まれなかったからである。肝心なときに、チャンスに逃げられた。まことに無念だったにちがいない。

〈軍歴〉大正九年七月十二日、神奈川県に生まれる。昭和十六年十一月、海軍兵学校卒業、七〇期。「扶桑」乗組をへて、昭和十七年六月、任海軍少尉。昭和十八年一月、海軍飛行学生（第三九期）として霞ヶ浦海軍航空隊付。同六月、任海軍中尉。昭和十九年一月、大分海軍航空隊付教官、ついで筑波海軍航空隊付教官。同六月、任海軍大尉。同九月、第六五三海軍航空隊戦闘六一四飛行隊分隊長。同十月、比島沖海戦参加のため空母「千歳」に乗艦、出撃。ルソン島北部東岸に不時着負傷。マニラより大分基地に帰還。同十二月、二五一海軍航空隊戦闘三一一飛行隊長（茂原基地）。昭和二十年三月、第二〇一海軍航空隊付、ついで第七〇四海軍航空隊付となる。同四月、第一回沖縄特攻直掩隊として参加。同五月、第二〇三海軍航空隊戦闘第三一二飛行隊分隊長（笠ノ原基地）。同六月、戦闘第三一二飛行隊長となり、築城基地に移動。同九月、復員。

部隊最古参
——偵察三〇二飛行隊長・伊藤敦夫少佐の証言

「瑞穂」と南方作戦

おなじ海軍の飛行機屋でも、水上機乗りは一般に温和だといわれている。東京府立五中出身の伊藤敦夫・元海軍少佐も、爽やかなシャキッとした話しぶりだが、そんな感じを抱かせる方だ。兵学校は六三期、日華事変がはじまった昭和十二年の十二月一日、飛行学生になった生っ粋の二座水偵操縦士官である。

『(飛行)学生に採用されて霞ヶ浦航空隊へあつまったとき、みんな、華やかな戦闘機や空母に乗れる艦爆とか艦攻を希望するんですよ。それでわたしは、「貴様たち、そんなに陸上班へいきたいなら、俺は水上班でいいよ」と譲ってフロート付き飛行機に乗った』のだという。いかにも温厚な伊藤さんらしい志願動機だ。

飛行学生を卒業し、館山航空隊付、「熊野」乗組、「利根」乗組をへて、鹿島航空隊分隊長時代の十五年十一月十五日に、氏は海軍大尉に進級する。さらに十六年九月、戦艦「陸奥」飛行長から水上機母艦「瑞穂」の飛行分隊長に発令された直後に、太平洋戦争の開戦を迎えた。

『第一一航空戦隊といって、「千歳」と「瑞穂」とで戦隊を構成していました。「瑞穂」の初代飛行科分隊長の萩原要（海兵六二期）という人が十六年の四月、艦隊の演習のとき雨の中を飛行中に行方不明になりましてね、二代目にわたしのつぎのクラスの橋爪桜鯉大尉がきたのですが、十月二十五日に彼も零観で訓練中、空中分解で亡くなってしまった。それで、「陸奥」へ行ったばかりのわたしが、急遽、三代目分隊長に補職されたわけです。三日後の二十八日でした』

〝零観〟すなわち零式観測機は、旧来の九五式水偵の代替機として新製され、複葉ではあったが全金属製、単浮舟の洗練された優秀な二座水上機で、一一航戦にはじめて装備されたばかりの新鋭機であった。だが、カタパルトからの射出時に、上翼の中央翼の部分に「シワ」がよるのが見られた。それが、空中分解の直接原因と推定され、一一航戦搭載の零観全機を出撃まえ、あわただしく横須賀の空技廠に空輸し、中央翼の補強をすることになった。

『着任した時、戦隊は別府湾北部の杵築（きつき）に集まっていたのですが、わたしは機体の補強工事のため、横須賀との間を何回か往復しました。終わったのが、十一月の二十日ごろでした。それから特殊飛行とか演習弾をつかっての急降下爆撃の訓練を一回行なっただけで、射撃の訓練は実施する時間がありませんでした。そのほかコンパスの自差修正や機銃の膅軸線整合（照準器の軸と銃身の軸とを合致させる作業）やらに数日をついやして、すぐパラオへ向け出港です。

赴任して間もなく、わたしは艦長、飛行長といっしょに、司令官（藤田類太郎少将）のところへ呼ばれて、以下のこのことはこの三人以外いっさい他言無用と念を押したうえで、十二月八日に開戦予定、当地出港までに全飛行機の戦闘準備を完了しておけ、と指示されました。「千歳」も同様です』

緒戦時、一一航戦は高橋伊望中将の比島部隊に属し、「第四急襲隊」と行動を共にすることを当面の任務としてあたえられた。フィリピンの要地に上陸する部隊の乗船船団を護衛して、対潜対空警戒を行ない、敵地侵入後は泊地上空の警戒、陸戦支援を実施するのだ。十一月二十七日、寺島水道発、十二月二日パラオ着、八日にパラオを出撃した。

『「瑞穂」は、はじめのうちは「千歳」と別動しまして、最初にやったのはルソン島の南端に近いレガスピーの急襲です。

飛行場攻撃を命ぜられ、朝くらいうちから六〇キロの陸用爆弾を抱えて飛び出したのですが、その肝心な飛行場が分からんのですよ。あのころは、地図にマークがついていても舗装されていない滑走路が多く、ただの野原みたいに見えるんです。

それで、もう一度よく探せというわけでまた出かけたら、草ッ原に四角くて細長い滑走路らしいものが見えました。そして、着陸妨害のためでしょう、ドラム缶が何列も並べて置かれていました。建物があるわけじゃなし、飛行機も

トラック島の「第6艦隊偵察機隊」隊長当時の伊藤敦夫少佐。

いない。爆弾を持ってって、そのまま持ち帰った次第です。

水上機母艦では泊地に入ると、たいてい近くの海岸にキャンプを張って基地を設営するのです。その方が、飛行機隊の作戦行動に便利ですからね。平時の演習や訓練のときもそうです。レガスピー占領のときは、北東海上のカタンドアネス島の北側に、基地をとろうと計画していました。けれど、北東の季節風が吹き出した時分で波浪が大きく、こいつはダメだというので島の裏側へ移ったのです。

「瑞穂」には、特別陸戦隊が一コ小隊ほど乗っていました。まず警戒用の哨戒艇（旧二等駆逐艦）が射撃してから陸戦隊が揚がり、これなら良しということになると、器材を海岸へ持っていき、基地を設営したのです。

こういうわけで、上陸部隊の方も抵抗らしい抵抗もないままに、レガスピー上陸作戦は順調に経過しました。無事揚がってしまえば、われわれ飛行機隊の陸戦支援用務はありません。泊地上空をぐるぐる飛んで警戒にあたるだけでした』

陸軍木村部隊は十二月十二日、〇二四五（午前二時四十五分）上陸を開始し、午前九時にはあっけなく飛行場を占領した。約六〇〇名いたフィリピン軍は、すでに十日のうちに退却していたのだ。「瑞穂」は当時、零観一二機と、三座の九四式水偵三機を搭載していた。この作戦で、十二日までに出撃した「瑞穂」機は零観のべ八一機、九四水偵七機と記録されている。

『飛行分隊長は、何事でも隊員の先頭に立ってするのが役目ですから、わたしも飛んでいきました。ただ、戦闘機や攻撃機隊とちがって、大編隊で出動するわけではありません。いくつもある目標に単機あるいは二、三機ずつに分かれて向かって行ったのです。けれど、戦闘らしい戦闘はありませんでした』

と伊藤さんは謙虚に語る。だが、九四水偵隊はカタンドアネス島の無線電信所を爆撃破壊し、零観隊四機はレガスピー南方で敵自動車五台を銃撃破壊するなど、陸戦協力で地味な戦果をあげていた。十六日に基地を撤収すると、「瑞穂」はラモン湾上陸作戦の支援に向かった。

『内地を出港するときは、フィリピンからはじめてジャワ占領まで、攻略部隊を支援していくのだ。ハワイ空襲の結果いかんにもよることだが、われわれの進攻作戦中、わるくすると一一航戦飛行機隊の半分は消耗するだろう、といわれていました。だから、すごく意気ごんでいたと同時に、悲壮感さえいだいていたものです。

ところが、いざ戦場にのぞんでみると、戦争ってこんなものかと首をかしげたくなるような戦いの連続でした。ラモン湾で輸送船の上空を警戒していたとき、三〇〇〇メートルくらいの距離に敵戦闘機を発見したので追いかけたことがあります。しかし、気がつかれたら向こうの方が速いですからね、逃げられてしまいました』

伊藤大尉はなにがしか拍子ぬけするような思いにかられるのだが、これは開戦とともに第一一航空艦隊が比島にマレーに展開した、〝航空撃滅戦〟のきわめて大きな成果による反映であった。

十二月八日の第一撃で、在比アメリカ軍保有機の約半数は撃墜破したと推定され、十三日現在の敵残存機数は二〇機ていどであろうと判断されるほど好況だったのだ。

「瑞穂」は以後、昭和十七年一月にメナド攻略、ケンダリー攻略、アンボン攻略を支援し、二月、マカッサル、それからパンジェルマシン攻略、スラバヤ占領作戦に参加する。さらにチモール島クーパンの上陸作戦を支援し、この間、偵察員一名の戦死者を出しただけで、三月下旬、四ヵ月ぶりに母港横須賀へ帰港した。まことに幸いな予想はずれだった。

「長門」飛行長で「あ」号作戦参加

『ところが、工廠へ入渠し、一ヵ月ほど整備してこんどはミッドウェーへ行くというので、集合地の瀬戸内海へ向かう途中、敵潜水艦に撃沈されてしまったのです。

　不用意といえば不用意だったんですな。日本近海にはまだ敵潜出現の情報もなかったため、之字運動なんかやらず、横須賀を出ると潮ノ岬沖へ直線ではしっておった。海は非常に静かで、満月の夜でした。わたしなども、軍服のままもう私室で寝ていたのですが、五月一日の午後十一時半頃、警報のブザーが鳴りまして、「総員配置につけ」「左前方魚雷音探知」、スワ敵潜だ！というわけです。すぐはね起きて靴をはき、部屋から飛び出そうとすると、ドーンです。「あっ、やられたっ」という感じでしたね。

　衝撃でいったん右へ傾斜しましたが、たちまち三〇度あまり左舷に大きく傾いて、もう何かにつかまっていなければ立っていられません。まもなく傾斜はもどり、左に一〇度くらい傾いたままとまりました。命中した魚雷は一本でしたが、左舷の機械室と発電機室の中間に当たったんですよ。右舷の主機械は大丈夫だったんだけど、主配電盤が破損し、発電機、排水ポンプその他の補助機械の運転はすべて不能で、漂流するより仕方がなくなりました』

火災が生じ、軽質油に引火したが、消防ポンプもうごかないので密閉消火のほか手段はない。数時間後に一時は下火になった。注水作業で艦のバランス保持につとめたが、艦尾から水没しはじめ、総員退去が令された。やがて艦首が垂直に立つと、そのまま急速に海に呑みこまれてしまったのである。

『沈んだのは二日の午前三時半すぎごろでしたかな、被雷後やく四時間あまり浮いていたことになります。航海中は、両舷に一杯ずつ救助艇（カッター）を用意してあったので、怪我人たちはそれで脱出させました。

綱梯子をつたって海に入ったわたしは、丸太が一本浮いていたので、ちかくの五、六人を呼びあつめ一緒につかまりました。多少海水（みず）も飲みましたが、一時間くらいたったとき、あとから来た四戦隊のフネが内火艇を降ろしてくれ、それに助けあげられたんです』

いったん館山基地へ収容されたのち、伊藤大尉は呉海軍航空隊飛行隊長兼分隊長に補任される。呉空には九五水偵、零観のほか、あたらしい潜水艦搭載用の零式小型水偵も装備されており、もっぱらそれら搭乗員の前線補充のための訓練を行なっていたが、翌十八年四月十五日付で、在トラックの第六艦隊司令部付を命じられた。この艦隊は潜水艦部隊だ。伊藤さんは、新編成の「第六艦隊偵察機隊」隊長として、全潜水艦搭載機の基地訓練や整備補給を集中コントロールし、また戦訓調査を行なうのが任務であった。

そして一年、昭和十九年三月二十五日に戦艦「長門」飛行長兼分隊長の職で、ふたたび海上へ出ることになった。

『そのころ「長門」は、シンガポールの南のリンガ泊地へ進出して訓練をしていたので、はるばる航空便を乗りついで現地に向かいました。

「長門」は九五水偵を二機、搭乗員はわたしを含めて二組もっており、本来なら、とくに戦艦の場合は、二座水偵の任務として、〝弾着観測〟の訓練を行なうべきなのです。しかし、泊地のなかでは主砲の実弾射撃などできません。それに、ご承知のように大艦巨砲による艦隊決戦の時代は過ぎていましてね、こんどの戦争で、弾着観測が役に立ったという海戦はほとんどなかったんじゃないですか。

観測結果を機上から送る通信訓練はやりましたけれど、あらかたは対潜哨戒訓練でした。目視で潜望鏡を発見するのですが、ごくわずかの時間、海面に首を出すあんな小さな物を上空からではなかなか見つけられません。

トラック島の近海は透きとおっていて、三〇〇メートルくらいの高度なら、真上に行けば潜没している潜水艦そのものを発見できることもあります。斜め上からなんかでは分かりません。リンガ泊地は水深三〇メートル程度だから、戦艦が走りまわると海底の泥を巻きあげちゃって、透視どころではないんです。なのに、見つけないといって叱られるんですけどね（笑い）』

赤道直下のリンガで訓練に汗を流していた十九年五月一日、伊藤飛行長は海軍少佐に進級した。

そんな「長門」が出撃するのは「あ」号作戦、すなわち六月に生起した〝マリアナ沖海戦〟であった。「大和」「武蔵」とともに、第二艦隊の第一戦隊に属していたが、「長門」は独り第二航空戦隊「隼鷹」「飛鷹」「龍鳳」の直衛艦として第三艦隊へ分派される。

六月十九日、わが機動艦隊の攻撃隊は敵艦隊撃滅をめざして発進したが、戦果をあげられず、かえって大被害をこうむってしまった。あまつさえ、新鋭大空母「大鳳」と、歴戦の「翔鶴」が潜水艦の雷撃で撃沈されてしまう。翌二十日、味方艦隊は敵機動部隊に発見されて猛烈な空襲をうけ、「飛鷹」も沈没した。

『こちらの空母から、攻撃をかけることができなくなってしまったわけです。それで、艦隊の水上機をぜんぶ集め、夜になったら敵艦隊にたいし索敵攻撃を実施することにきまりました。

けれど海図のうえで調べてみますとね、九五水偵では攻撃したあと艦隊へもどってくるのが容易ではない距離なんです。また味方の陸上基地へ飛ぼうにも、そんな適当な場所はない大洋の真っただ中の地点なんですよ。いよいよ今夜で俺の命運も終わりだと、覚悟をきめました。

ところが、そうこうしている午後、敵機が攻撃をかけてきた。各艦、対空砲火をドンドン射ちあげます。当時、一般水上艦で飛行機格納庫を持っていたのは「大和」「武蔵」だけですからね。「長門」も主砲で三式弾を発射しましたから、その爆風で露天係止してあった飛行機はつぶされたり、翼が曲がってしまったんです。それで、夜間攻撃は取り止め、ということになりました。結局、わたしはマリアナ沖海戦で飛ぶ機会はなかったのです』

レイテ湾めざした「大和」艦橋で

マリアナ沖海戦に敗れ、第三艦隊、第一航空艦隊の飛行機と搭乗員は壊滅的な打撃をうけた。その急速再建のため、熟練者が比較的多く残っていた水上機部隊から、多数の搭乗員が陸上機に配置転換されることになった。

『しかし、わたしは引きつづいて水上機に留まることとなり、「第一戦隊司令部付」に発令されました。七月一日付でしたが、同時に「第一戦隊飛行長」という辞令もうけたのです。乗艦は「大和」に指定されました。この配置は第一戦隊内では航空参謀と呼ばれ、しかも実兵力計零観六機、搭乗員六組をもつ「大和」飛行長であり、「武蔵」飛行長であり、また「長門」飛行長でもあったのです。部下偵察員はいずれも弾着観測の名手であり、操縦員も第一級のベテラン揃いでした』

次期作戦にそなえ、第一戦隊をふくむ栗田健男中将の第二艦隊は、ふたたび油の豊富なリンガ泊地で猛烈な訓練を開始した。米軍がレイテ湾口へ侵攻してきたのは、昭和十九年十月十七日のことである。第二艦隊に、レイテ湾の敵上陸地点へ突入し、輸送船団を撃滅せよとの命令が下った。艦隊は二十二日午前八時、ボルネオ島ブルネイ湾を出撃する。「捷一号作戦」すなわち〝比島沖海戦〟へ向けてであった。

が、不幸なことにその翌二十三日、パラワン水道を通航中、潜水艦の襲撃で艦隊旗艦「愛宕」と「摩耶」が撃沈され、「高雄」が中破落伍してしまった。海中を泳がされた栗田中将以下の司令部職員は、駆逐艦「岸波」経由で、宇垣纏中将が指揮する第一戦隊旗艦「大和」へ移乗した。二艦隊司令部では、かねてより、旗艦を「大和」型戦艦に定めたいと望んでいた。しかし、連合艦隊も軍令部も、第二艦隊は夜戦部隊だからとの理由でそれを認めなかった。「愛宕」の沈没で、はからずも希望が実現した形になった。

『けれど、宇垣司令官は以前から、「こんどの突入作戦は混戦乱闘となる恐れがあるので、〝大和〟に旗艦を変更したらどうか」と言っておられたのです。「岸波」から栗田長官たちが移乗してくるときも、それに先だって、わたしたち戦隊幕僚をあつめて、つぎのように注意されました。

戦隊の作戦行動については艦隊司令部の指揮にまかせ、戦隊司令官の指揮範囲を戦隊の内部事項だけに限ることにする。

したがって、幕僚の仕事も第一戦隊内のことに限定する。艦隊司令部の業務に口をはさんだり、批判がましいことを言わないよう厳重に注意せよ。ただし、援助、協力を求められたときは積極的に補佐し、手伝いをせよ、とですね。

そして宇垣さんは司令官室、公室、参謀長室などの部屋を栗田さんの司令部に明け渡し、ご自身は艦長予備室へ入られました。もちろん森下さん（信衛（のぶえい）「大和」艦長）は艦長室（私室）の提供を申し出されましたが、宇垣司令官はそれをお断わりになりました。司令官公室としては、森下艦長の艦長公室を共用されたはずですよ。けじめをはっきりさせたこういう点、宇垣さんはじつに律儀で立派だったと思います』

二十四日、艦隊がシブヤン海に入ろうとした朝八時ころから、敵の触接をうけはじめた。第一回の空襲は午前十時少し過ぎに開始され、約四五機の雷・爆・戦の編隊が襲ってきた。「大和」がまず主砲を射ち出し、「長門」も主砲、副砲の砲門をいっせいに開く。はやくも「武蔵」と「妙高」が傷ついた。

第二回目の空襲は、ちょうど正午にはじまった。最初に砲撃を開始したのは「長門」だったが、敵の主目標は超大型艦「大和」「武蔵」におかれていた。三波、四波、五波と執拗に攻撃はくり返される。

五波目の空襲が終わったのは午後五時三十分であった。「大和」は森下艦長の巧妙な操艦と幸運に恵まれ、魚雷は一本も命中せず、爆弾も至近弾は多数あったが、命中弾は艦尾に一発うけただけですんだ。

『そういういきさつで、一戦隊司令部の業務は軽減され、この日、わたしはきまった任務もないままに戦闘艦橋にいたり、襲撃の合い間を縫っては、一段下にある参謀休憩室で電報綴りを見ていました。

「大和」めがけて走ってくる航空魚雷は何本もあったんですが、長さは少し短くズングリして、スピードは日本のよりだいぶ遅いように見うけた。雷撃機が投射点につくころを見はからって転舵するんだけど、なにしろ七万トンの図体だから、なかなか回ってくれない。船体スレスレのところまで魚雷が来たときには思わず足を踏んばり、手すりを握って一生懸命、艦をネジッたものですよ』

第五波の空襲が終わった午後三時半ころ、被害が累増するので栗田部隊は一時反転し、連合艦隊にその旨電報を打って西方へ向かった。そして午後五時十四分、再度、東方へ反転、進撃したのである。〝不沈艦〟と称された「武蔵」が沈んだのは、それから少したった午後七時半だった。

『前日いらい重巡二隻が沈み、二隻が落伍、そのうえ「武蔵」までが沈没した。これは重大な損失です。けれど、本来この突入作戦は全滅覚悟で計画されたはずのことであり、どんなに苦しくても進撃は続行しなければならないと、心のなかで思っていました。

それには、これから夜中に通過しなければならないサンベルナルジノ海峡の突破が、最大の難関だろうと考えました。敵艦隊の待ち受けが十分予想されたからです。艦橋にはわたしの仮眠する場所はないので、暗くなってから飛行長室へもどり、横になると疲労でぐっすり眠りこんでしまいました。

ふと目がさめると、フネは順調にエンジンの音をたてて走っているんですね。近くの士官室へ行って様子を聞いたら、「なんの障害もなく海峡を突破して、南に下がってますよ」という返事なんです。ヤレヤレ無事突破できたか、と胸をなでおろしました。日はかわってもう二十五日、レイテ突入の日です』

栗田艦隊を北転させた電報

この日早朝、栗田部隊は、サマール島沖へ進出したとき突如、目ざすレイテ湾の反対方向に敵艦らしいマスト数本を発見した。午前六時四十四分ころである。よく見れば、なんとそれは空母の群れであった。ここに戦艦対空母のきわめて珍しい水上戦闘が生起する。第一戦隊が主砲の射撃を開始したのは午前七時直前だった。

『第一戦隊の各艦は、それぞれ零観を二機ずつ持っていたのですが、「長門」の二号機は「武蔵」に預けられ、一号機は「大和」の格納庫へ入れられていました。けれど「武蔵」が沈んだので、残っているのは三機だけになってしまったわけです。

二十五日はレイテへの突入日ですから、それに先立って湾内の敵情偵察と、さらに主砲射撃の弾着観測に使う予定になっていました。そのため、「大和」では夜あけから飛行機の準備をはじめました。後部甲板で、格納庫から出した飛行機をクレーンで運搬車へ乗せようとするんですけど、風上に向かって戦闘速力で走っているため、強い風にあおられてなかなか乗せることが出来ないのです。小一時間もかかりましたかな。

ところが、七時五十分ごろになって、とつぜん司令官が「飛行機を飛ばそう」と言われたんですよ。しかしそのころ、敵空母から発艦した飛行機がたくさん上空に集まってきて、雲に見えかくれしながら爆撃、銃撃をくり返している。艦上では、まさに対空戦闘たけなわです。で、「司令官、この状況では出すわけには参りません。すぐ落とされてしまいます」と申し上げました。すると、「いや、搭乗員には空に死場所を与えよ。艦に残っていても〝大和〟もあと数時間の命だ。搭乗員もその方を喜ぶよ、そうしなさい」と諭されるんですな。

あの時は、わたしも、レイテ湾に突入すれば全滅、完全に全員戦死だと思っていました。そこで、「飛行機射出用意、搭乗員艦橋にきたれ」と放送したのです。集まった搭乗員には、まず敵母艦群の位置、兵力、針路、速力などを観測報告し、そのあとレイテ湾へ飛んで在泊する敵艦隊、船団の位置、兵力を偵察したうえセブ島水上基地に帰り、後命を待つよう指示しました。

わたしは射出の指揮をとり、カタパルトから離れて海面を這うように飛んでゆく部下の飛行機を涙で見送りました』

敵の眼をかすめるように、八時十四分、一機が発進し、四〇分後につぎの一機が発艦したが、首尾よく敵情の概況偵察と報告に成功し、無事、味方基地に帰着することができた。しかし、やがて戦闘を開始してから二時間半がたち、戦いは各隊バラバラとなってレイテ突入への燃料も心配になってきた。栗田中将は戦闘を中止させ、部隊の集結を命ずる。

敵正規空母三～四隻、重巡二隻、駆逐艦数隻撃沈の大戦果をあげたと艦隊司令部は判断し、ふたたびレイテ湾へと艦首を向けた。ところが、午後に入って、またも〝敵主力部隊、正規空母部隊、レイテ湾口の北一一三マイルに発見〟との電報をうけとった。敵艦隊との決戦にこだわった栗田部隊はまたまた反転し、この敵に向首するのである。

『飛行機を発進させてからは、わたしはほとんど艦橋にいましたが、その間に、いろいろな電報が入ってきました。

海図台のわきに立っていたとき、だれか参謀の一人だったでしょうが、「……（位置どこそこ）、敵の主力部隊あり……（時刻）」と、電報を読みあげたのです。これに対して、長官だったと思いますが、「ここからの方位、距離は？」と質問された。士官の一人が海図に位置を入れ、「北方やく六〇マイルです」と答えていました。到着した電報は海図台のところにしばらく置くので、わたしも手にとってみました。たしか〝機動部隊〟でなく、〝主力部隊〟だったと思います。飛行機からの電報でしょうが、発信者名がないので基地がうけて放送したのかもしれないし、あまり確かな電報ではないような感じでしたね』

だが、この電報が、栗田司令部の〝北転決定〟の重大契機となったと伊藤さんは判断する。

『北への反転が指示された時は、宇垣司令官は戦闘艦橋におられなかったように記憶しています。というのは、北転後しばらくして、司令官が艦橋に来られ、怪訝な面持ちであたりを見まわしておられた。そしてわたしに、「どこへ向かっているんだ？」と質問されたので、

「北に向かっています」と答えて、例の電報をお見せしたのです。宇垣さんは無言で見ておられました。いまお話したように、戦隊指揮を艦隊司令部にまかせてからの司令官は、艦橋にはあまり来られませんでした。

その翌日だったでしょうか、用事でわたしが司令官の部屋へ入ったところ、ちょうど出ようとされるところでした。用件をすますと、宇垣さんはひと言、「レイテへ行かなかったのは、間違いだったな」と言われました』

こうして、レイテ湾に蝟集していた敵上陸船団の撃滅という、栗田艦隊出撃の最大目的は放棄されてしまった。

水爆「瑞雲」による沖縄作戦

比島沖海戦から帰還すると、戦艦、巡洋艦の搭載機はすべて艦から降ろされた。伊藤少佐は、しばらく横須賀海軍航空隊付で待機していたが、昭和十九年十二月十五日、「偵察第三〇二飛行隊」(T三〇二)の飛行隊長に転補された。

T三〇二は、このとき伊藤隊長がリーダーとなって新編した特設飛行隊で、編成地は横浜航空基地、使用飛行機の機種は、昭和十八年八月に制式採用された「瑞雲」だった。全金属製、単葉、双浮舟、艦隊協同作戦用に五〇〇キロ爆弾を搭載する高速水上偵察機兼爆撃機として設計された飛行機だ。最大速力は二四〇ノット(時速四四八キロ)。

『飛行隊の飛行機定数は常用一八機、補用九機、合計二七機とされ、所属は第八〇一海軍航空隊です。八〇一空は、もと横浜海軍航空隊といって、飛行艇の部隊でしたが、当時は江口英二大佐（海兵五二期）が司令でした。

瑞雲のプロペラは恒速可変ピッチで、急降下爆撃の速度制御板があり、前後席とも風防がついていました。水偵では初めて二〇ミリ固定銃二基と偵察席に一三ミリ旋回銃が装備されたんです。けれど、武装がつよくなり、便利にもなったとはいえ、それだけに鈍重な飛行機だな、と感じたものです。

伊藤少佐が飛行隊長をつとめた偵察302飛行隊の装備機・水偵兼爆撃機「瑞雲」――五航艦直率の部隊として沖縄戦を戦った。

編成当初は二十年五月ごろを目標に、台湾からフィリピンに進出して偵察三〇一と交替する予定でした。しかし、戦場の様相はとてもそんな呑気なことは許してくれそうにもありません。すぐ戦闘可能な組、多少訓練すれば戦闘できる組、当分訓練しなければ使えない組の三グループに分けたんですが、若い飛行予備学生の一三期、乙種予科練の一八期、甲種予科練一二期の出身者が多く、はじめはどうなることかと心配しました』

伊藤隊長の予想通り、昭和二十年二月になると、第五航空艦隊からの命令で即戦闘可能グループの指宿進出が令された。さっそく第一陣、第二陣の計一五機が出発し、残留した要錬成組も四月から五月にかけて全機が九州へ進出した。

『ですから、うちの隊は沖縄戦の最初から終わりまで戦ったんです。任務は、指宿を作戦基地に、奄美大島の古仁屋を中継補給基地、博多を後方基地として、とくに慶良間列島方面の敵艦艇爆撃に置かれていました。

第一回の攻撃隊の出たのが三月三十一日ですが、四月十日までにのべ約五〇機が出撃し、戦死三組、機体の大破七機の犠牲を生じましたが、みんな頑張って切り抜けました。そのうち、この方面は梅雨に入って出撃できない日もありましたけれど、しだいに夜間飛行にも慣れて困難な戦闘をつづけていきました。

午後、攻撃命令が下ると、その日の出撃機数と搭乗員の組み合わせをきめます。本来ならわたしの飛行隊は、艦隊から八〇一空司令へ命令がきて、司令からさらに下達される指示で動かなければならないのです。が、五航艦司令部と八〇一空との協議で、T三〇二は独立部隊として取り扱われることになり、T三〇二への命令は着信にするから、それにもとづいて行動するよう指示されました。

また八〇一空司令からは、〃部隊で一番古参の隊長だから、いっさいお前にまかせる〃と連絡があり、したがって、沖縄戦のときのうちの隊は、五航艦直率部隊の一つとして全部わたしの裁量で行動しました。

敵の来襲状況をみて、日没前後から古仁屋へ向かわせ、ここで燃料を補給し爆弾を積みます。月齢によって大体の出撃時間はきめておくんですけど、天候とかその他の状況で、最終的な発進時間は攻撃隊指揮官が決定しておりました。攻撃後は、また古仁屋を経由して日出前後に指宿へ帰投したのです。

わたしの隊の任務は、ひたすら沖縄周辺への攻撃をくり返すことでした。それからまた、艦隊司令部からは、「お前のところは、とにかく敵の上空での滞空時間を長くして、制圧につとめよ」ともいわれておりました。無理をせず、息を長く戦えということです。

出撃させるにも、これは夜間飛行はどうかな？　と思うような搭乗員もいます。梅雨どきでしょう、この時季の雲の中は昼間だって危険です。それで、どうしても自信がなかったら帰って来ていい、帰ってこいと言って出してやりました。今日一回じゃない、明日がある、今日一回で死なれたらあとが困るんだと、こんこんと話して出撃させました』

戦闘にのぞむさいの、こんな伊藤隊長の温かい心遣いに、隊員は大きな感銘をうけたらしい。戦後生き残った旧隊員たちは、集うごとにその当時の感激を懐かしい思い出とともに語り合っているようだ。

緒戦の頃の、飛行経験豊富なベテランでさえ、戦争に慣れるまではすぐには目をはなせなかったという。まして戦争後期の若い搭乗員には、いっそう注意しなければならなかった。いたずらにハッパをかけ、無駄死にさせるのは愚策である、と伊藤隊長は考えたのだった。

やがて八〇一空から詫間航空隊へ所属がかわったT三〇二は、さらに五月二十四日、六三四航空隊司令の指揮下にうつった。フィリピンで苦戦をかさねた偵察第三〇一飛行隊も、すでにこの航空隊に所属し、台湾にさがって隊の整備をしていた。そこへT三〇二が加わり、陣容を立て直した六三四空は、沖縄攻撃を実施しながら逐次九州へ帰還しつつあった。

『司令から「隊長は古仁屋へ進出せよ」という命令をうけましてね、中継地での指揮をとったわけです。このころは沖縄への特攻攻撃がさかんに行なわれていたのですが、ときどき海軍や陸軍の特攻機が不時着してきました。陸上機は島の北部の平坦地とか海岸に、水上機は古仁屋の水道へ着水してくるんです。

原因は主にエンジンの不調なんですが、陸上機の場合はほとんど破損してしまいますから、夜明けに、うちの瑞雲や三座水偵に乗せて指宿へ送りかえしました。水上機は応急修理のうえ引き返させました。

「特攻」という攻撃法は、一種の〝勢い〟にのって実行できるものですからね、途中でいったん挫けると、すぐに再興するのは非常に難しいんです。それでも、多くの搭乗員は「行きます」と言うのですけど、あくる日、たった一機で再出撃させるのは忍びなかったので、所属部隊から特別の命令がない限り、わたしはよく諭して帰らせました。

しかし、操縦員は、飛行時間が一〇〇時間かせいぜい一五〇時間くらいだったのに、爆弾をつけたまま初めての水道によく着水できたものと感心します。

でも、こういうことがありました。予備学生出身の少尉が機長偵察員で、飛行兵長の操縦する観測機が不時着してきました。わたしは基地に帰ることを勧めたのですが、機長は修理がすんだらここから出撃させてくれと言うんですよ。

整備員に手入れをさせたら、エンジンはどこも悪くないというんですな。夕方出発しましたが、しばらくしてまた発動機不調でもどってきた。機長は、「決心はついています。このまま帰ることはできません」と断固として申すので、もう一度整備して翌日再出撃ときめました。その晩は、黒砂糖とわずかの羊かんで形ばかりの送別の席を設けました。

夜半すぎ、単機で発進したのですが、わたしはじめ整備員も爆音が聞こえなくなるまで見送りました。そうしたら午前十時ちかく、奄美大島の東側の見張所から、一〇マイル東方海上に二座水偵が一機漂流中と知らせてきたのです。基地隊に救助を依頼したところ、今からでは空襲も予想されるので、夕方フネを出しますという返事でした。けれど、午後になって機体は見えなくなったと報告が入りました。機番号は分かりませんが、おそらく昨夜整備しなおして送り出した飛行機だったろうと思います。所属部隊へは、攻撃に発進させたとだけ報告しましたが、まったく心の痛む事件でした。その予備士官の名前はまだ覚えています。

正式にではありませんが、うちの隊にも瑞雲で特攻をやる意志があるかと司令部から打診してきましたが、わたしは即座に、「それだけはやめたいと思います」と断わりました。当時、夜間攻撃を継続している水上機部隊はT三〇二だけですし、とにかく、生き残った水上機乗りの一番優秀な人たちが、わたしのところには集まっているのですからね、それを一発で死なせてしまうのはまことにもったいない話です』

ついに、沖縄作戦は不成功のうちに終わる。六月二十三日、伊藤少佐の職は所属航空隊、六三四空の飛行長にかわった。前任の古川明少佐が鹿島航空隊飛行長に転じたので、その後にすわったのだ。部隊は唐津湾の北端に置かれた玄海基地（小富士基地）へうつった。海上護衛隊の零式水偵四八機も増強され、これには雷装をほどこして本土決戦にそなえた。そして、この全機を引きつれ、上陸部隊に突進するのが伊藤隊長の最後のはたらきになるはずだった。だが、その活躍を見ることなく八月十五日を迎えた。

『それにしても、二座水偵は弾着観測という本来の目的に使用される機会に恵まれず、艦隊の前路哨戒とか船団護衛とかの副次目的に活動しました。

船団護衛では、零戦ですと遠くまで敵を追いかけて行ってチャンバラやるんだけど、水偵は船団の上空を離れずに護ってくれるので、護衛される側からはずいぶんと好評だったと、ガダルカナル戦はなやかなりし頃、ショートランドの水偵隊の同僚たちから聞かされていました。空戦性能もよかったから、ショートランドに配置された零観などは、P38なんかともいい勝負をしたようです。まぁ、余技で大活躍というところですな』

〈軍歴〉大正二年五月二十日、東京に生まれる。昭和十一年三月、海軍兵学校卒業、六三期。「八雲」「摩耶」による練習航海をへて昭和十二年四月、任海軍少尉。同七月、「摩耶」乗組、同九月、「望月」乗組、同十二月、海軍練習航空隊第三〇期飛行学生。昭和十三年七月、館山海軍航空隊付、昭和十四年二月、「熊野」乗組、同五月、「利根」乗組、同十一月、鹿島海軍航空隊付兼教官。昭和十五年十一月、鹿島海軍航空隊分隊長。任海軍大尉。昭和十六年九月、「陸奥」飛行長兼分隊長。同十月、「瑞穂」分隊長。昭和十七年五月、呉海軍航空隊分隊長。同十二月、呉海軍航空隊飛行隊長兼分隊長。昭和十八年四月、第六艦隊司令部付。昭和十九年三月、「長門」飛行長兼分隊長。同五月、任海軍少佐。同七月、第一戦隊司令部付（大和）。同十一月、横須賀海軍航空隊付。同十二月、偵察第三〇二飛行隊長。昭和二十年六月、第六三四海軍航空隊飛行長。

あとがき

「あの大戦を戦い抜いて、生き残っておられる海軍の飛行隊長を訪ね、生の話を伺おうではありませんか」

こんな提案が潮書房編集部の出口範樹氏からあった。平成五年初頭の頃であったろうか。昭和二十年八月十五日に日本の敗北で太平洋戦争が終末を告げ、もう半世紀が過ぎ去った。この五〇年を、当時、二〇歳代、三〇歳前後だった青年士官たちに加えてみれば……。とすれば、実戦談を、それもかなりの程度、責任ある立場にたっていた人々から話を聴けるのは、現在をおいてないのではないか。出口氏の提案に即座に応じた筆者のインタビューは、さっそく始まった。

そして、第一回の訪問先にあげられたのが壹岐春記・元隊長であった。いらい隔月にインタビューをかさね、『丸・別冊「戦争と人物」』に連載（平成五年八月〜八年四月号）していった。はやくも三年の歳月がたち、訪れた隊長の数は一七人におよんだ。その対話を集成したのがこの本である。

ところで、〝飛行隊長たちの太平洋戦争〟をテーマに聞き歩きをつづけたわけだが、ここでの飛行隊長とは、たんに空中を飛んで行き、戦う飛行機編隊の隊長という一般的な意味の用語ではない。海軍の職制上きちんと定義づけられた職名だ。重みのある配置名だった。

しかし、飛行隊長を説明するために、いま、海軍航空隊令や艦船職員服務規程の講釈まがいのことを記すのも、ずいぶんと気のきかないはなしだ。それに、大戦中、日本海軍の航空母艦内や陸上航空隊内の組織は大幅に変化し、一と口に説明することはかなり困難である。といって、飛行隊長とは何か、に触れないわけにはいかない。

一応、太平洋戦争前半ごろのシステムで述べてみよう。艦長の指揮統率する空母、司令の指揮統率する航空隊には、最重要な飛行機関係の職場として飛行科と整備科があった。飛行長を科長とする飛行科は飛行機で飛ぶのが主務、整備長を科長とする整備科は艦上（地上）にあって飛行機を飛ばす後押しをするのが主務だ。

当時の母艦内編制では、各機種ごとに概ね九機で一個飛行「分隊」を形成し、二～三個飛行分隊で一個「飛行隊」を編成するのが通常だった。そして、二～三個飛行隊で「飛行科」の主部が構成されていた。主部といったのは、飛行隊のほかに、飛行科要具庫員、爆弾庫員、写真員（偵察・戦果写真等の現像焼付をする）、発着機員（リフトや滑走制止装置等を取り扱う）など、付帯業務に従事する乗員も飛行科には含まれていたからだ。

であれば、空中攻撃とりわけ大作戦時には、飛行長が飛行機隊の総指揮をとるのが望まれたであろう。だが、母艦では海戦時、操艦や防空戦指揮に忙しくなる艦長を直接補佐する必要があったので、かれ自ら搭乗して攻撃に出ることは不可能だった。必然的に、そのようなさい、空中部隊の最高指揮官として陣頭に立たなければならないのが飛行隊長であった。

ここに、このインタビューでとくに飛行隊長を対話者として選んだ理由があった。隊長は上層指導部で立案した作戦計画をよく理解し、また部下隊員の技量・性格などにも通じていた。これも理由の一つであった。

ただし、陸上の中攻部隊あたりでは、飛行長自身が出撃した例は多い。飛行機の搭乗人数に余裕があった、母艦部隊と基地部隊では指揮運用上に相違があった、などが理由にかぞえられよう。

ともあれ、一七回の訪問でいろいろ勉強させられたこと、目を見開かされたことが多かった。若くして重い責任を負った青年士官たちが、いかに心身をすり減らすように戦ったか、戦い抜いたか、全篇を読んでいただけば、筆者がここに多言をついやすまでもなく、感得されるにちがいない。

また、飛行隊長という配置の特質上、海軍兵学校出身者がほとんどであり、ただ一人、予備学生出身の現役士官に参加ねがった。多くの読者は、こういう経歴の士官を知らなかったのではなかろうか。飛行隊長には少数ながら、海軍機関学校、高等商船学校、予科練出身者もいる。こんな方々にも登場いただいていたら、この企画はいちだんとふくらみを増していたのでは、と残念に思っている。

さて、インタビューの終わった時点で、伺った元隊長のうち鬼籍に入られた方が、はやくも数名をかぞえる。ご冥福をお祈りするとともに、あらためてその節の御礼を申しのべたい。

くり返すが、戦後五〇年。今後は、このような企画もしだいに実行が困難になろう。

インタビューには、出口氏が同行して終始援助して下さった。氏の労がなかったならば、こうして記事にまとめることは出来なかったはずだ。また、単行本化にあたっては、光人社の牛嶋義勝氏から多大のご指導、ご鞭撻とご協力をいただいた。末尾になったが、ここに両氏にたいし厚く感謝申し上げる次第である。

平成八年四月

雨倉孝之

文庫版のあとがき

母艦、陸上航空隊をとわず、実際航空戦のかなめとなる「飛行隊長」はその配置ゆえに犠牲が大きかった。

たとえば、太平洋戦争開戦時ハワイ空襲を行なった第一航空艦隊の空母六隻には、合計八名の飛行隊長がいた。このときの戦いでは、奇襲が成功したせいもあり全隊長が無事生還した。が、後日の珊瑚海海戦、ミッドウェー海戦、南太平洋海戦で一名ずつ、計三名の飛行隊長が戦死している。

それから、第一段作戦の終了後異動があり、新規乗艦の隊長がミッドウェーで一名、南太平洋で一名別に戦死したので、約一年のうちに五名もの貴重な人材を失なってしまったことになる。

これらの隊長は、兵学校五二期の淵田美津雄中佐を筆頭に、五六期から五九期までの精鋭飛行将校だった。飛行機に乗り出してから一番若い人で九年、最古参の淵田中佐は満一五年におよぶベテラン揃いであった。

こんな隊長のなかから五名の損失は痛かったが、続くソロモン戦線での母艦機転用で、補充されてきた飛行隊長たちも、少なからぬ消耗を強いられた。

それに加え、航空部隊の拡張で昭和十九年夏、マリアナ沖海戦を戦った第三艦隊の母艦航空隊飛行隊長は、二年たっただけでだいぶ若くなっていた。石見丈三少佐の六二期を最古参に、六六期の隊長も出現した。

さらにマリアナ沖、比島沖に敗北し、昭和二十年の本土防空戦の頃になると、驚くほどの若年化を見せてしまうのである。

紫電改戦闘機隊で勇名をはせた第三四三航空隊を例にとると、この部隊には編成時、三個の特設戦闘飛行隊が配属された。任命された飛行隊長は鴛淵孝、林喜重、菅野直の三大尉である。

それぞれ海兵六八期、六九期、七〇期の卒業生で、飛行歴は鴛淵が四年、菅野は三年だった。昭和十七年当時の平均一〇年に比較すると、愕然とするほどの経歴の浅さであった。

〝飛行機乗りの生命は若さ〟といっても、これは若がえりすぎである。飛行技術の練度はともかく、それを裏側から支え、熟成された技量をつくり出す経験が不足するのは否めなかった。

彼らはそれを闘志で補った。不惜身命の果敢さで戦い、敵邀撃戦に瞠目すべき大戦果をあげた。しかし、三四三空が戦闘を開始した二十年三月から、五ヵ月とたたないうちに三名とも散華してしまったのである。

ところで、本文庫版の親本である『陣頭指揮』が発刊されたとき、すでに話をうかがった三名の元隊長が亡くなられていた。その後、さらに判明しているだけでも三名の方が鬼籍に入られた。

日本が敗戦を迎えてから、もう五十五年がたとうとしている。戦争体験者自身が戦記を書く、あるいは他者が聞き書きをする、ということは極めて困難となった。今後は残されている記録、写真等を掘り起こし研究する戦史の時代に入っていくのであろう。

平成十一年九月

雨倉孝之

新装版　平成十九年十二月　光人社刊

解説

野原　茂

海軍航空隊は、横須賀、霞ヶ浦、佐世保などの基地が所在する地名を冠した「常設航空隊」と、航空母艦をひとつの戦闘単位とする、いわゆる「艦隊航空隊」、それに日中戦争（支那事変）を契機に誕生した、陸上基地を本拠地とする「特設航空隊」に区分される。

これら各隊には例外なく「飛行隊長」というポストがあるが、主な任務が搭乗員の養成、訓練にある常設航空隊と、有事に際して実戦活動にあたる艦隊航空隊、および特設航空隊では、その内容に違いがある。

一般的な航空隊の指揮系統は、トップが司令（空母の場合は艦長）、その下に副長兼飛行長と整備長が居て、その下に飛行隊長、さらに飛行分隊長、整備分隊長という序列になる。

常設航空隊の飛行隊長は、日々の訓練、飛行作業の統括が仕事であり、自らが航空機に搭乗することはほとんどない。これに対し空母、特設航空隊の飛行隊長は、有事に際しては指揮官として出撃する。すなわち、実際に飛行任務にあたる最高位のポストであった。

飛行隊長ポストに就くのは、一般的には大尉もしくは少佐の将校だが、太平洋戦争開戦劈頭のハワイ・真珠湾攻撃は、六隻の空母を集中運用するという前例のない大作戦だったため、第一次、二次攻撃隊の総指揮官として、空母「赤城」飛行隊長に復帰していた淵田美津雄中佐が任ぜられる特例だった。

搭載機定数の少ない小型空母は別として、前記ハワイ攻撃に参加した六隻のごとき、いわゆる「正規空母」と称される各艦には、艦上戦闘機、艦上爆撃機、艦上攻撃機の三機種が搭載される。

飛行隊長ポストは、とくに機種別の搭乗員が規定されていた訳ではないが、太平洋戦争開戦前後は艦上爆撃、攻撃機の搭乗員が補された場合が多く、前述のハワイ攻撃時を例にしても「赤城」の淵田美津雄中佐（九七式艦攻偵察員）、「瑞鶴」の嶋崎重和少佐（同操縦員）、「蒼龍」の江草隆繁少佐（九九式艦爆操縦員）が有名。

ちなみに、空母の場合は作戦参加中といっても、搭載機が毎日出撃するわけではなく、出撃日以外は単に航海する他の艦船と同じなので、この最中は飛行隊長、分隊長も当直将校として艦橋に詰め、航海作業の補佐にあたった。

ミッドウェー海戦での大敗を機に、空母搭載機のなかで艦上戦闘機の増強が必須とされるようになったことを背景に、それまで艦上爆撃、攻撃機搭乗員が飛行隊長ポストに補されていた風潮も変化し、艦上戦闘機（零戦）の操縦員が補されるようになった。

昭和十七（一九四二）年七月、新たに発足した第三艦隊で、中核的存在になった空母「翔鶴」の飛行隊長には、零戦搭乗員の新郷英城大尉、同型艦「瑞鶴」の飛行隊長には同じく岡嶋清熊大尉が任ぜられていた。

艦戦隊の任務は、敵戦闘機および攻撃機の襲撃から母艦、および味方艦爆、艦攻隊を守るために空中戦を行ない、これを撃退することだが、飛行隊長自らは空中戦に没頭するのではなく、全般状況がよく把握できる位置に占位し、各隊の動きを補佐するのが重要な役目だった。

昭和十九（一九四四）年三月一日、日本海軍は現下の戦況に鑑み、より効率的な航空兵力の運用を図るために「特設飛行隊制度」を導入。それまで、ひとつの航空隊単位で作戦に投入していたのを改め、新たに一〜三桁の数字隊名を冠する特設飛行隊（装備定数四十八機が標準）を編制し、作戦に応じてこれら特設飛行隊が、各航空隊、および各空母に転入、出するようにした。

この特設飛行隊の長が文字どおりの飛行隊長で、従来までの航空隊、あるいは空母の飛行隊長とは名称は同じでも内容、責務はかなり異なっていて、より独立性が高まったと言える。

この特設飛行隊制度導入後に編制された部隊中、最もよく知られるのが局戦「紫電改」を擁し、最後の海軍精鋭戦闘機隊として勇名を轟かした、二代目の第三四三海軍航空隊「剣」に隷属した戦闘第三〇一飛行隊長菅野直大尉、同四〇七飛行隊長林喜重大尉、同七〇一飛行隊長鴛淵孝大尉であろう。

彼ら三名は飛行隊長に補される以前から、零戦を乗機として相応の実績を残しており、紫電改による三四三空での功績を残しつつも、敗戦までに全員とも壮烈なる戦死を遂げている点が共通する。

戦闘機隊以外の飛行隊長としてよく知られる一人が、〝艦爆の神様〟とまで称えられた江草隆繁少佐（最終階級）である。彼は日中戦争当時からその凄腕が広く知られ、太平洋戦争開戦当時は空母「蒼龍」の飛行隊長職にあり、ハワイ・真珠湾攻撃において米海軍「アリゾナ」級戦艦一隻に二五番（二百五十キロ）爆弾を命中させている。

その後は新鋭陸上爆撃機「銀河」を装備する、第五二一海軍航空隊の飛行隊長に転じ、昭和十九（一九四四）年六月の「あ」号作戦に参加。同月十五日サイパン島西方海域の米海軍機動部隊攻撃に向かったものの、正確無比なレーダー照準の対空砲火により、江草少佐機を含めた八機全てが撃墜され、壮烈なる戦死を遂げた。

陸上基地から発進して、遠い洋上での艦隊決戦に馳せ参じる機体として誕生した、日本海軍独特の陸上攻撃機を擁する航空隊の飛行隊長として知られるのが、その陸攻育ての親とも言うべき存在の、初代鹿屋海軍航空隊の新田慎一少佐。

陸攻隊にとっての初陣となった、日中戦争初期の昭和十二（一九三七）年八月十四～十六日の三日間にわたって実施された、有名な「渡洋爆撃」の第二撃（十五日）に参加。敵戦闘機の迎撃をうけ、撃墜されて戦死してしまう。

この新田少佐と同様に、陸攻隊の著名な飛行隊長で悲劇的な最期を遂げたことで知られるのが、第七二一海軍航空隊に隷属し昭和二十（一九四五）年三月二十一日、九州の鹿屋基地を発進した一式陸攻装備の攻撃第七一一飛行隊十八機を率いた野中五郎少佐。

同飛行隊は通常の陸攻隊とは異なり、一式陸攻は体当たり特別攻撃専用機「桜花」

の搭載母機だった。しかし、重量増加で性能低下の著しい母機は、桜花の発進地点に辿り着く前に、米海軍空母のグラマンF6F戦闘機の待ち伏せ攻撃をうけ、なす術なく全機撃墜され野中少佐も戦死した。

海軍航空の中では少数派のため、一般に広く知られる存在ではないが、飛行艇部隊の飛行隊長として特異なエピソードを持つのが詫間海軍航空隊に属した日辻常雄少佐。日辻少佐は、昭和十七年十一月二十一日、当時所属していた第八五一海軍航空隊で、九七式飛行艇の機長としてソロモン諸島のガダルカナル島南方洋上を哨戒飛行中に、米陸軍ボーイングB-17四発爆撃機と遭遇。戦史上あまり例がない四発機同士の空中戦を展開。互いの防御機銃で激しく射ち合い、一機目のB-17のエンジンから火焔と黒煙を吐かせたが、二機目とは相撃になって被弾・損傷。墜落寸前の状態で、かろうじてショートランド島基地に帰還した。

NF文庫

飛行隊長が語る勝者の条件　新装解説版

二〇二四年二月二十日　第一刷発行

著　者　雨倉孝之

発行者　赤堀正卓

発行所　株式会社　潮書房光人新社

〒100-8077　東京都千代田区大手町一-七-二

電話／〇三-六二八一-九八九一(代)

印刷・製本　中央精版印刷株式会社

定価はカバーに表示してあります

乱丁・落丁のものはお取りかえ致します。本文は中性紙を使用

ISBN978-4-7698-3348-2　C0195

http://www.kojinsha.co.jp

NF文庫

刊行のことば

第二次世界大戦の戦火が熄んで五〇年——その間、小社は夥しい数の戦争の記録を渉猟し、発掘し、常に公正なる立場を貫いて書誌とし、大方の絶讃を博して今日に及ぶが、その源は、散華された世代への熱き思い入れであり、同時に、その記録を誌して平和の礎とし、後世に伝えんとするにある。

小社の出版物は、戦記、伝記、文学、エッセイ、写真集、その他、すでに一、〇〇〇点を越え、加えて戦後五〇年になんなんとするを契機として、「光人社NF（ノンフィクション）文庫」を創刊して、読者諸賢の熱烈要望におこたえする次第である。人生のバイブルとして、心弱きときの活性の糧として、散華の世代からの感動の肉声に、あなたもぜひ、耳を傾けて下さい。

＊潮書房光人新社が贈る勇気と感動を伝える人生のバイブル＊

ＮＦ文庫

新装解説版 **空母艦爆隊** 真珠湾からの死闘の記録
山川新作
真珠湾、アリューシャン、ソロモンの非情の空に戦った不屈の艦爆パイロット——日米空母激突の最前線を描く。解説／野原茂。

フランス戦艦入門 先進設計と異色の戦歴のすべて
宮永忠将
各国の戦艦建造史において非常に重要なポジションをしめたフランス海軍の戦艦の歴史を再評価。開発から戦闘記録までを綴る。

海の武士道 敵兵を救った駆逐艦「雷」艦長
惠隆之介
漂流する英軍将兵四二二名を助けた戦場の奇蹟。工藤艦長陣頭指揮のもと海の武士道を発揮して敵兵救助を行なった感動の物語。

新装解説版 **幻の新鋭機** 震電、富嶽、紫雲……
小川利彦
戦争の終結によって陽の目をみることなく潰えた日本陸海軍試作機五十機をメカニカルな視点でとらえた話題作。解説／野原茂。

新装版 **水雷兵器入門** 機雷・魚雷・爆雷の発達史
大内建二
水雷兵器とは火薬の水中爆発で艦船攻撃を行なう兵器——水面下に潜む恐るべき威力を秘めた装備の誕生から発達の歴史を描く。

日本陸軍の基礎知識 昭和の戦場編
藤田昌雄
戦場での兵士たちの真実の姿。将兵たちは戦場で何を食べ、給水し、どこで寝て、排泄し、どのような兵器を装備していたのか。